何婧

2022
11.8.

老師的十二樣見面禮
增訂版

簡媜

一個
小男孩的
美國
遊學誌

獻給老師

當黑夜降臨，富家之子手上有燈，

窮人家的孩子只有——

老師。

【目次】

〔返航〕暴風雪相送

孩子，我希望你明白：
一個對自己的學習與成長缺乏責任感的人，是走不了遠路的。

新序

讓孩子長成你想像不到的樣子

1. 撥動那一根弦

原以為，十六年前那趟遊學之旅隨著次年出版《老師的十二樣見面禮》已歸檔完畢。時光似萬箭齊發，我們向前奔跑無暇回頭，天真活潑的小童跑成青年、壯年父母跑進初老階段。時光之箭還在飛，沒料到書跟人一樣，有時相忘於江湖，有時繞了一圈「花開時節又逢君」；時光之箭墜地，回憶之閘打開，往日情景重現：兩個大人問一個小孩要不要去美國短期遊學，小孩一口答應。一無所知故一無所懼，勇敢是無價之寶，他身上很多。

如今隔著一程回顧，三個旅人、四件行李、一趟遊學，什麼都沒準備好，兩個大人拉著小學生男主角就上飛機，準備好的大概是滿懷期盼、興奮、好奇之心及一張信用卡。其實，生命豈是準備好了才出生，人生之路亦非等你準備好才開展，有這顆心、這張卡就太夠了。

無論在人生哪個階段，如果不是有「媽媽之眼」，即使同樣置身於異國雪山小城，我流連的會是歷史古蹟、山川野景、酒坊餐館，絕不會是一座校園，感動的是藝術、文化、人物，也絕不會是薄紙袋裝著的，一個老師送給孩子的十二樣見面禮。

十二樣禮物，象徵十二種學習。這種學習豈僅在小學階段而已，是涵蓋我們整個人生的重大項目，它是形上世界精神層面的ABC、ㄅㄆㄇ，必須從小打下厚實基礎；「OK繃。恢復別人以及自己受傷的感情。」自我療癒的能力難道只有小學生需要？「銅板。你是有價值而且特殊的。」自信心與自我價值的建立難道只有小學生需要？「救生圈。當你需要談時，可以來找我。」拯救自己的能力難道只有小學生需要？去問問頂尖大學心輔中心，他們會告訴你不計其數青春之星黯淡甚至殞落的故事，而每一顆殞落星子不就是因為找不到救生圈？

十五年前（二〇〇七）出版這書，引起不算小的注目與討論，各媒體報導、採訪、座談演講次數超過我其他書之總和，原因無他，這本書撥動那根藏在社會陰暗角落、裹雜塵埃的「教育之弦」；我，一個毫無準備的人，但憑期盼、興奮、好奇之心記下異國小學校園實錄，猶如拿一顆他山之石，走到教育之弦前面，無需呼喊各門各派教育理論以壯膽，直接用力撥下去。當讀書會邀我分享，會後一位媽媽塞給我字條，密密麻麻寫著她含淚讀完整本書，希望她的孩子能在溫暖友善的校園上學、能遇到鼓勵他的老師，換我含淚讀字條。在南部校長研討會上，我用PPT詳盡介紹校園經營，有校長低頭寫筆記、發言分享新計畫，充滿企圖心。在東部教師研習會上，我感受到老師們熱情澎湃的活力，那麼想要為教育、為孩子奉獻熱血，不止一位老師分享參考〈織一張閱讀網〉，挑選圖書館書籍、分等級、設計題目，藉此鼓勵學生借閱、作答的成果。我記得他們分享這些時臉上洋溢著光芒，那是只有老師才有的光芒，那麼美麗、莊嚴。我內心非常激動、感謝。從這些討論的濤聲中，見識到追求理想校園教育的豈僅是父母而已，更重要的是校園內的老師們，在未被人事傾軋、行政綑綁及有礙教學的事項拉扯之前，我相信他們願意為孩子而活。

十五年來，書中〈老師的十二樣見面禮〉與〈拄拐杖的小男孩〉兩篇文章選入教科書、選集的次數最多；前篇關乎教室裡的教學理念，後篇提醒校園中友善力量的重要。每個孩子進學校，身上背的除了書包，還有自身的家庭故事與剛翻開第一章的生命之書。那些家庭故事和樂溫馨、生命之書從第一頁起就是聰穎健壯的孩子，在校園裡較具優勢。而背負破碎家庭、失能父母、坎坷家境的孩子，那份沉重讓他們臉上無歡、眼神驚惶，進校園是來喘息往往不是來學習。至於生命之書一翻開即是缺文漏頁裝訂錯置的孩子，他們以身障姿態或已被、未被診斷出的病症進了校園，很快地被另眼相待。這些缺文漏頁裝訂錯置的「事實」跟著他們一輩子，因這「事實」而遭受的「現實」也毫不客氣地跟著一輩子。這公平嗎？一個無罪生命承受先天缺憾已是第一層不公平，再要承受後天的人為霸凌與輕蔑是第二層不公平。我們若讓他們無止境地活在歧視下，又怎能自詡文明？善良，本是與生俱來的珍貴品質，有什麼道理進了「以學習為目的」的校園第一件事，竟是把珍貴東西直接丟掉？

我們朗朗上口讓孩子學習「帶得走的能力」，是否也應時時警惕，不要讓孩子在學校丟掉「本來就有的能力」。

2. 壯遊與視野

近日重讀杜甫詩，感觸尤深。洪業先生《杜甫》一書譽之為「中國最偉大的詩人」，誠哉斯言。杜甫詩感時憂國常以天下蒼生為念，讀來不夠清甜浪漫，不易被少年喜愛，壯年以後閱世深闊，放眼大局審度時勢，方能讀透杜甫詩中悲天憫人的高貴情操，感其詩品、人品合一，是一座高聳入雲的紀念碑，無論放在哪個時代哪國文學史，都是永恆的。

想起年少時讀《唐詩三百首》，背的第一首杜甫詩是〈望嶽〉：

岱宗夫如何，齊魯青未了。造化鍾神秀，陰陽割昏曉。
蕩胸生曾雲，決眥入歸鳥。會當凌絕頂，一覽眾山小。

此詩寫登泰山所見，讀來頗有壯志凌雲、胸懷宇內之氣概。有意思的是，這首詩也是杜甫早年作品，寫於年輕時期，頗能見出詩人旺盛的生命力與企圖心，「會當凌絕頂，一覽眾山小。」既是寫預期中攻頂後所見之景也是自我期許：一定要攀登到泰山峰頂，放眼望去，眾山渺小。同樣的胸襟也顯露在另一首早年的詩〈房兵曹胡馬詩〉，此詩寫一匹胡馬，後四句：

所向無空闊，真堪託死生。驍騰有如此，萬里可橫行。

可想見，年輕杜甫心胸裝的不是小確幸的安穩日子，是不管生於哪個時代、長在何種家園一個年輕人所能拓展的至高至闊的「生命視野」。這視野，決定了一生格局。杜甫活了五十九歲，他的格局早在年輕時即已奠立、開展，一生經歷戰禍亂世，浮家泛宅、貧病交迫幾乎是丐者苦況，也不曾使他變了質、走了樣。是什麼力量讓一個自嘆「飄飄何所似，天地一沙鷗」的人持守悲憫慈懷之心、堅定貧賤不移的節操，一直是我深思之所在也是尊敬之所在。杜甫在世時並不知道他的詩歌將豐實一整個文化的厚度，那麼，這就是迷人且奧祕之處，一個人怎麼有辦法看穿肉體凡胎的短暫生命而擁有足以與時間並行的視野？「千秋萬歲名，寂寞身後事。」他讚譽李白的詩句，更像是上天賜給他的預言。

杜甫晚年有一首長詩〈壯遊〉乃自傳色彩的回憶之作，述及少壯之年曾遊歷吳越、齊趙等地，飽覽山川之險、風物之奇。壯，除了指少壯年齡，更深一層指的是豪邁之心、壯闊之行。從古典文學中不難發現，「壯遊」是古代讀書人很重要的自我養成之法，以年為單位，讀萬卷書、行萬里路，涵養出胸襟與視野。此種養成理念放在現代，依然新穎。

回到我們現代。「壯遊」意涵不應只是跟隨旅行團出國遊玩，或許更類近單騎走天涯的踏查之旅或遊學。現代年輕學生比我們這一代擁有更多機會、資源進行壯遊，於寒暑假或以交換學生名義進行遊歷。如果讓孩子畫兩張「壯遊路徑圖」，一張是夢想中、一張是現實中可行的，會是什麼樣子呢？不管是單點駐營、參加暑期出國遊學營或是如《說走就走》一書父子步行環島五十一天，體驗讀萬卷書、行萬里路之深度旅行，相信有助於視野之養成。

書中小童姚頭丸（這綽號僅限童年期）經歷這一趟遊學後，有兩種能力被激發出來；一是英文能力，完全不怕跟外國人溝通，即使英文不夠出色也能「侃侃而談」，尤其聊到NBA、NFL，聲情狀似母語。這種附加收益使他國中、高中都不必為了大考去補習班補英文，只需閱讀英文雜誌與書籍，循序考過英檢初、中、高級及托福，為我們省下金錢及親子做早晚課誦念「囉嗦經」的時間。第二種是國際移動的能力，這是後來才顯現的。他有滿強的適應力不畏懼往外走。大學期間，利用暑期至A國大學遊學三個月、至B國某公司實習三個月、大四到C地大學當交換學生一年，畢業後赴A國攻碩，碩畢後去B國就職，拿著護照拉著行李上飛機，一落地即適應當地環境。吃與睡有豬的本事、耐磨耐操像牛的徒弟，他的名字有個「遠」，這字看起來像一匹馬載著他奔馳、衣袂飄揚的樣子。一人軍隊、豬牛馬隨行，年輕就是應該吃苦耐勞，到大世界闖一闖。他離鄉背井在國外工作，無親無故無人脈全靠自己安頓，近日碰到當地疫情嚴重、封控兩個月在家上班，一手機一筆電猶如雙節棍，為轉換工作跑道，線上密集鍛鍊程式語言、狂撒數百封履歷、視訊面談考試，終於進入心目中的理想公司朝著他的志向「資料科學家」邁進，效法身邊眾多在異國拚搏的學長、朋友的成長路徑圖，一步一腳印向前。

然而，他的成長過程並非一帆風順，那些考驗（尤其是人際挫敗）曾是頭頂上的陰霾，勇敢地通過後，風風雨雨都算數的，逆增了他的裝備。當他輕描淡寫說起轉行到ＩＴ領域，線上求職種種很硬的、毫不留情的詰問與測試時，我正在校訂本書，想起當年遊學，他與一本超出他的程度、七百多頁英文小說奮戰的情景；用電子辭典查生字，每一頁查了一二十個生字，「像個墾荒小兵一鋤一鋤挖，挖了一百多頁尚未放棄」……對照現在，他為轉換跑道封在家中兩個多月學習也是「一鋤一鋤挖」，頗驚訝孩子長成我想像不到的樣子。

或許，這就是生命讓人驚喜的地方，朝著夢想前進，穩扎穩打，不放棄，終究會踏上自己所隸屬的那條軌道。就像我，一個沒有任何現實資源與條件的人竟然找到文字軌道圓了夢，也是長成我的父母想像不到的樣子。而這一切之所以可能，除了來自對生命興起「會當凌絕頂，一覽眾山小。」的壯遊氣魄之外，更重要的是讓天賦自由；生命尋找出路、天賦渴望飛揚。當我們願意成為孩子翼下之風而不是框住他的籠，或許我們就能安適地坐在貴賓席上，欣賞他們帶來超乎想像的精采演出。然後，像所有癡迷粉絲會做的那樣，我們只需尖叫與鼓掌。

非常感謝長住柯林斯堡的邱顯聰大哥提供攝影，為增訂版添加不少可供神遊忘憂的照片。當年他們一家熱情關注我們，提供無微不至的協助，如今又以優美景致讓拙著生輝，讓這本書的增訂版有「想像不到的樣子」，更像是充滿期盼、興奮、好奇等能量的美好禮物了。

二〇二二年七月五日

出發

三個旅人與一趟遊學

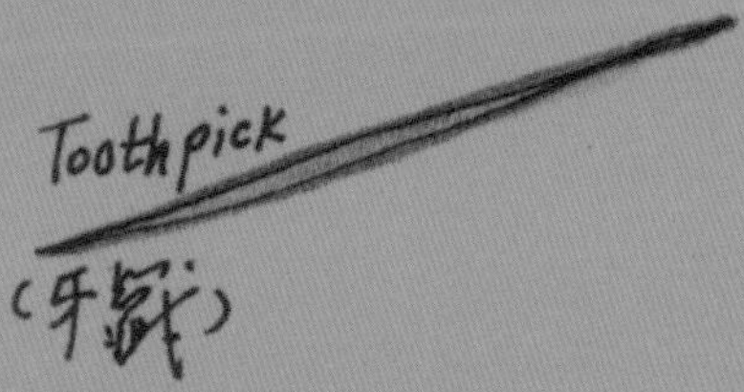

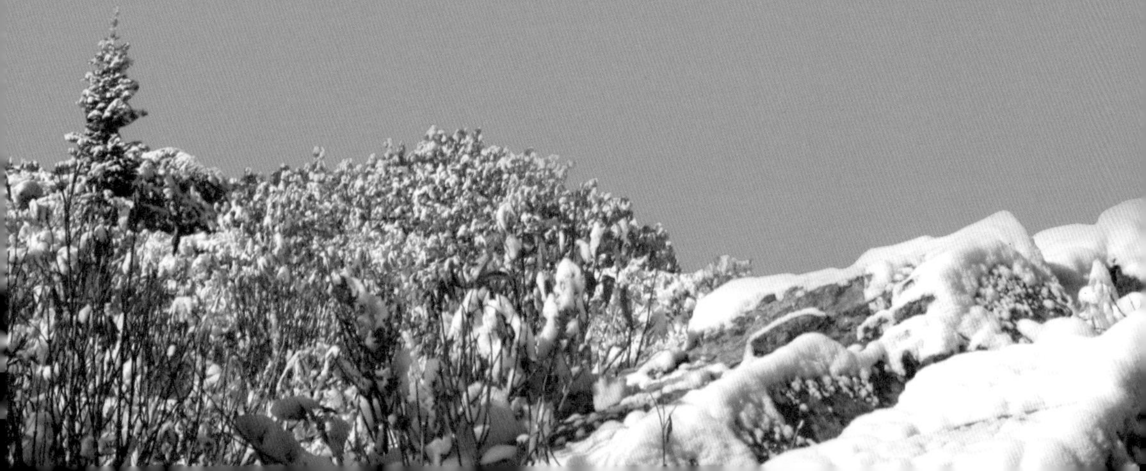

旅行要開始了

一個叫科羅拉多的地方

Colorado，西班牙語，意為「紅色」，中譯科羅拉多，感覺不出色彩繽紛之美。

科州位於美國西部，屬洛磯山脈區，北為懷俄明州（Wyoming），東是堪薩斯州（Kansas），南為新墨西哥州（New Mexico），西是猶他州（Utah）。面積乃全美第八大州，十萬四千平方英里（約八個台灣）。以地球位置而言，位於北緯三七－四一度、西經一〇二－一〇九度。海拔最高點為四千三百九十九公尺（Mt. Elbert），最低一〇一七公尺（Republic River），平均為二〇七三公尺。

氣候乾燥，少雨，全年約有三百天陽光日，晴空湛藍。四季分明，冬季多雪，急寒速暖溫差變化頗大。因高山積雪厚實，成為全美著名的滑雪勝地與熱門度假景點。

科羅拉多著名的是擁有洛磯山脈最高峰，地形從東部大高原區陡然爬升為西側崇山峻嶺，連緜高山、起伏丘陵、平坦高原交會出雄偉壯麗的陽剛地理；全州擁有五十八座超過一萬四千英尺（四千二百六十七公尺）的山峰，其中最高峰為Mt.

科羅拉多州，一個色彩豐富的地方。

Elbert，允為登山探險家嚮往的天堂。由於自然資源豐沛，亦擁有四座國家公園：洛磯山（Rocky Mountain National Park）、大沙丘（Great Sand Dunes）、綠桌子（Mesa Verde，西班牙語）及黑峽谷（Black Canyon of the Gunnison），各具地理與歷史特色，頗為馳名。

著名的科羅拉多河發源於洛磯山脈，西向進入猶它州，沿途鑿出詭奇地景，河岸遍佈龐大高聳的赭紅色巨石，極為懾人，據說即是Colorado 紅色之名由來的原因。

此地早年為印第安族樂土，十七世紀有西班牙探險家前來淘金。現雖不復以金礦聞名，但「金塊」（Nuggets）此一隱含探險與開發雙重歷史意義的文字成為丹佛職業籃球隊名，與橄欖球「野馬」（Broncos）、冰上曲棍球「雪崩」（Avalanches）、棒球「洛磯」（Rockies）之名相同，皆標舉科羅拉多壯闊豪邁的自然風情與以之為榮的在地文化認同，驕傲地訴說著：這是洛磯山脈貫穿的地方，這是金光閃閃的多礦之地，這是野馬奔騰的高原，這是擁有雪崩奇景的國度。任何旅人透過這些語彙，立刻明白這大地仍在大自然的權力管轄範圍。科羅拉多，這座以雲杉為州樹、雲雀為州鳥的百年州，慷慨地以鬼斧神工的景致、瑰奇的森林河湖、皚皚雪域與沁涼的高原氣流，饗宴著每一位渴望重返自然的旅人心靈，經自然之神洗滌，無不終生難忘。

全州人口四百四十一萬，除了傳統農牧之外，觀光旅遊、高科技產業亦占重要地位。首府為丹佛市（Denver），大丹佛地區人口約兩百五十萬，為高度繁榮的商業大城。

位於科州北部的柯林斯堡（Fort Collins），或譯為「可凝視堡」，處於東部大高原西端，在洛磯山腳下，海拔一千六百公尺。人口超過十二萬，屬中型城市，超市、商城齊備，治安良好，居民友善。多大樹、公園綠地與雁鴨，離丹佛、洛磯山國家公園均約一小時車程。由於位處繁榮與自然美景中點，使之兼具大城市便利與小城之閒適優美，近十年來，屢獲多家雜誌評選為「全美最適合人居住」、「最適合退休生活」、「最適合教養孩子」的城市之一，且排名居前。二〇〇六年更榮獲《錢》雜誌評選為「最適合人居住的城市」第一名。

Colorado State University（CSU）位於柯林斯堡，其前身為創立於一八七〇年的科羅拉多農學院，以農業學科起家，一九五七年始定名為 CSU。現有八個學院，兩萬兩千名學生，一千四百位教職員。

Dunn I. B. 小學，位於 CSU 學區內，是設有國際學程的普通公立小學。

三個旅人與一趟遊學

姚同學，老男人，此行主要目的赴 CSU 短期訪問，學術交流。

姚頭丸，小男生，此行主要目的赴 Dunn 小學就讀四年級。因姓姚，頭大如丸，其母暱稱之「姚頭丸」，與酒吧夜店之禁藥全然無涉，但與自得其樂的生活態度有關。

作者，資深女性，專業作家與專業家庭經理人（轄區內僅兩名壯丁），自稱「二專」。此行主要目的是伴學伴遊伴膳伴宿。因無所事事，台灣牛把犁田當作散步的勞碌病發作了：

「閒著也是閒著，寫本書吧！」

一棵高大的樹，在雪季時的丰姿。

給親友團的e-mail

親愛的親友：

自離開台北家門到深夜踏入美國科羅拉多州丹佛市小旅館，二十三小時內，我們三個人、三個背包、四件行李在雲端。

看到兩次同月同日的夕陽，參觀三座機場，步入兩架飛機，被美麗的空中小姐叫起來餵食兩次，發兩次花生米，聽兩個機長嘴含滷蛋似的報告飛行高度，接受指示脫下手錶調了兩次時間，這當中我打了姚頭丸兩次屁股——他將原應端坐的經濟艙當成可平躺的頭等艙快把我擠出窗外。抵達丹佛時，仍是三人三包四行李，按照運輸學定義，這叫一帆風順。

我瞇著眼睛（太累了）踏入小旅館，十分鐘之內，以媲美陸軍野戰部隊訓練的效率，取出百靈牌煮水壺、三副碗筷、三包泡麵，備好晚餐兼宵夜。有熱水就有活力，我十分感謝那只煮水壺，決定將它列入傳家寶名單，排在著作之後房地產之前，授以大綬景星勳章，以表彰它的忠貞與清廉。

吃麵時，姚同學不知是累壞了還是以為我們住的是君悅飯店，問：「這是旅館提供的嗎？」我累得不想發表廚房工具學演說，但還是忍不住反問：「你有看過美國旅館提供筷子嗎？」

來到海拔一千六百公尺高的異國城市，首先感到涼，腳指頭像滴了十顆露珠，兩臂生出羽毛有颼颼之感。台灣的酷熱潮濕彷彿是上輩子的事，可見皮膚是人體最善變的器官，離開一地立刻刪除氣溫記憶。相較之下，腸胃像個老婢女，忠心耿耿；我這個沒路用的人躺在床上，一面跟時差作戰一面神遊市場水果攤，像獵人對獵物點名：蓮霧，「有」，香蕉，「有」，龍眼，「有」，水梨，「有」，西瓜，「有有有」……。靠著想像懷抱一顆渾圓豐碩多汁的西瓜，我半流口水半露微笑，漸漸滑入夢鄉。實不相瞞，這是我這輩子所做的第一個水果春夢。

次日一大早，姚同學的老友 Hari 教授開一部休旅車來接。此次行程多虧他代尋住處洽詢小學。從丹佛驅車一小時抵達目的地柯林斯堡（Fort Collins），一個美麗寧謐的小城。

由於CSU的宿舍需等到月底才能空出，但姚頭丸的開學日在即，我們一向不喜歡匆匆忙忙，為了安頓提早來，暫時在Oak Ridge的社區租屋兩個禮拜，房租每日七十元（若月租則一千五百元），比旅館便宜一半以上。此屋位於新興住宅區，兩房兩衛有廳有廚有洗衣機電視，其實就是一個舒適乾淨的家。我們三個累壞的人一進門都叫出聲：「哇，怎麼這麼漂亮！」立刻跌入軟綿綿的大沙發裡。

放下行李箱二十分鐘內，有個高個兒出現在我們面前。他叫昊南，CSU的年輕教

藍天、雪地、枯樹林、屋舍，共構出優美的景致。住在這裡，會不自覺地吹起口哨。

授，山東人。一聽到中文，我的耳朵立刻支起來。由於昊南這名字混點鄉音聽起來像「好難」，我跟姚頭丸在背後編排：難不難？好難！

「好難」先生是個稱職的「全陪」，但讓他陪的人必須夠聰明跟得上其講話速度與思維跳躍，才能迅速獲得珍貴訊息。要是思維較慢又精神不濟，會覺得旁邊有台收音機好像壞了，按照女生維修電器的本能反應，會拿腳去踢他。

他帶我們去超市採買，辦手機，上銀行，租車，這些是紮營要件。接著網路通了，筆記電腦腦袋瓜正常（萬萬沒想到這台輕薄筆記竟在日後成為我的革命夥伴，開啟我的電腦彈奏生涯）。我旅行前的焦慮症狀至此全部消散，開始認定這就是我們的家了。

第二天，我們仍然必須對抗時差，講沒幾句話就打呵欠，像勒戒所的煙毒犯。第三天開始，三人有兩人拉肚子，頻頻進盥洗室「告解」。

這很正常，聽這名字就懂，所有旅人進入科羅拉拉拉多多，都必須繳一點「綜合所得稅」。

學校篇

老師的十二樣見面禮

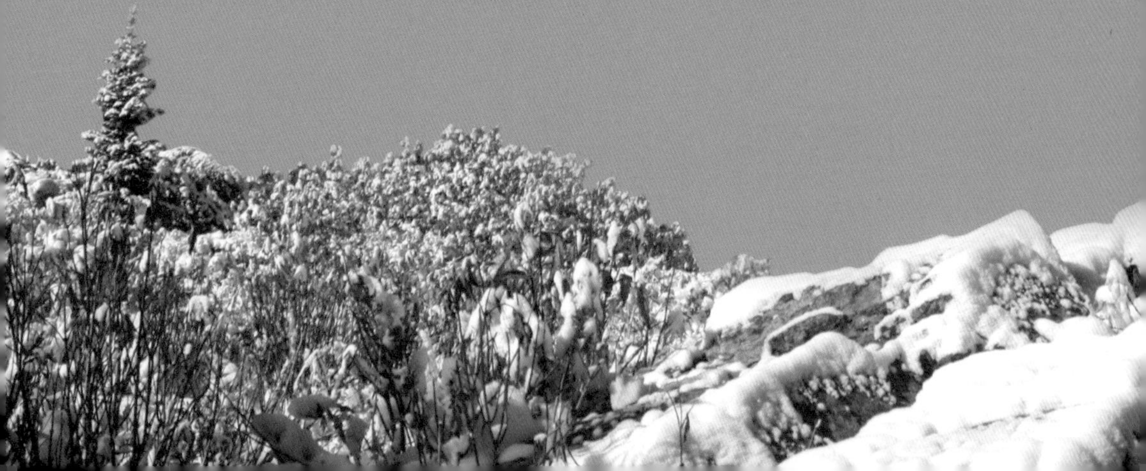

一所小學

這所小學叫 Dunn International Baccalaureate World School，簡稱Dunn I.B. School。位於柯林斯堡城北，離繁榮的老街及CSU很近。

踏上科羅拉多之前，我們完全不認識這所學校。行前一個多月，還考量姚頭丸的適應能力（他說出國念書壓力很大）、語言問題（聽說讀寫都不行）與擔心種族歧視而託朋友打聽私立小學。不巧，那家私小因另一家私小關門造成學生湧入竟然「早早就給他額滿了」。

我們的四隻眼睛都傻了，這趟遊學總不能讓姚頭丸遊來遊去卻沒學校可學吧！

合該是姚頭丸出門運不錯，正是走投無路時，非常巧，姚同學在一次會議後餐聚與來自CSU的某美國女士提及將有科州之行，正在幫孩子找學校，那位女士說她的孩子念離CSU很近的一家小學叫Dunn，還誇讚這學校多好多好。這真是黑暗中的一絲希望，天助無助者，「那就去盪（Dunn）一盪吧！」我說。

於是，我們這三個懵懵懂懂的旅人來到柯林斯堡，放下行李喘口氣，帶著CSU開出的相關證明與姚頭丸原學校開出的英文成績單及衛生所的英文版預防注射表（證明該打的疫苗都打了），趕在開學前兩天去學校辦理入學手續。

我們報到時，辦公室一位小姐很親切地接待我們，驗明正身——新學生姚頭丸，問他比較喜歡用哪個名字，「Jack。」他說。雖然學識淵博的齊奶奶曾建議用護照上的Alan不要用Jack，但他已經習慣這個猶如阿財阿福一般普遍的Jack了。

填寫基本資料後，有位專教外籍生英文加強班的老師與我們進一步討論年級，考量英文程度且姚頭丸年紀較五年級的小，決定降級進四年級。接著參觀教室，見級任老師Reines小姐，她長得高頭大馬，有著明亮的笑容。

辦公室小姐再次提醒姚頭丸，開學那天要記得進二十八號教室，並重複告知廁所位置，又交代一些作息常規，給了相關資訊。諸如：九點以前到校即可，下午三點半放學。午餐可自帶亦可在校吃，每餐一．七五元，每月會發一張menu。可以一次繳一個月餐費，或一週繳，或天天讓他帶一．七五元來也是可以的。「天天？」我心想：「太人性了，真不怕麻煩哩。」

前後不到三十分鐘，姚頭丸成為Dunn的學生。

我們充滿感謝，這小學具有四海一家的教育胸襟，願意收只來一學期「沾醬油」的外籍生。

就這樣，我們這兩個大人齊力喊一二三，把天生樂悠悠的姚頭丸「丟進」Dunn裡面，讓他自行求生。

（其實還是很擔心，萬一不能適應每天哭著回來怎辦？屆時，我恐怕又得搬出那套「男子漢的氣魄、台灣人的驕傲」鼓舞理論來給他做靈療。）

Dunn除了小學部，亦附設幼稚園兩班（約等於我們的大班生）。學生人數四百一十多人，因 CSU 已婚學生或研究者之子女就讀的關係，其國際學生占五分之一，來自三十四個國家，儼然是個小型聯合國。

每年級三班，但五六年級只兩班。每班約二十三人左右，五六年級因歸為兩班故人數較多。

然而，這所小學曾是一所學生嚴重流失，面臨招生困境的學校。

由於小城往南邊開發，新興住宅區及公司亦往南移。人口少了，影響招生。後來，來了新校長，尋思學校再造之道，同時掌握 CSU 國外學生與訪問學者之子女就讀的需求，改造學校引進國際認證學程（International Baccalaureate），成為全世界一百二十四個國家一九〇九所IB系統的學校之一（台灣有兩所IB學校，台北美國學校及歐洲學校）。由於領導有方，辦學風評佳，又連續多年獲得優等評鑑，不出數年，家長帶著學生回來了，Dunn 成為這城數一數二的小學，百分之五十五的學生住在學區外，屬跨區就讀。換言之，有不少在地家長並不以外籍學生多影響教學品質而排斥這學校，正好相反，他們認同地球村國際公民觀念，希望孩子從小交世界各國的朋友；若一個孩子班上有韓國、日本、蒙古、印度、台灣、中國、孟加拉、非洲……同學，從小上課像開聯合國會議，將來，他看待人生與世界的方式是很不一樣的。

這浴火重生的鳳凰，說來簡單，其過程不知包含多少教育者的心血與熱情啊！

我因此相信，天底下沒有燒不熱的爐子，沒有辦不起來的學校。只要有心。

與他們道再見踏出大門時，我問姚頭丸喜不喜歡這學校？他說喜歡。

我看得出來。他進入這所每間教室都佈置得溫暖、明亮、有創意的學校，立刻卸下心防，宛如回到熟悉的地方，主動用不靈光的英文問這是體育館嗎？那是美術教室嗎？老師們個個笑咪咪的態度、親切的對話且適度的幽默都讓人放鬆。不只他喜歡，我也被這溫馨的氛圍觸動而有了好印象與好心情。有一種說不出的愉悅，多年前我們參觀天母美國學校時就有這種舒服的感覺，現在在這裡這感覺又回來了。好像，學校就應該這樣，每個人都笑咪咪地嗨來嗨去，美好的事情隨時在發生。

一進 Dunn 小學，牆上貼一張很大的世界地圖，用黑線從不同國家拉出小標籤，寫上每一個外籍學生的名字與國籍。我幫姚頭丸在地圖前照相，告訴他，不久，你的名字會在上面。

其實，第一眼看到地圖我就知道我們來對地方了。因為，我觸摸到這學校那一顆充滿教育熱情的心。而且，這顆心向全世界開放。

一張世界地圖與學生名字，說明這個學校張開手臂擁抱學生，不管你來自何處。

老師的十二樣見面禮

「放輕鬆不要緊張，這裡的老師都很親切，沒什麼事難得了你的對不對。看到老師要打招呼，讓他們知道台灣來的小朋友都很有禮貌。上課要專心聽，聽不懂也要聽，聽久就懂了，不明白的地方要問。兩塊錢放好別丟了，午餐時記得帶去交，不要第一天就給人家白吃白喝，知道嗎？」

「知道了。」

「午餐不要選油炸的。」

「好好好。」

「好你個頭，敷衍我，到時你一定忘光光。上學有沒有信心？」

「有啦有啦！」

「上課專心不能亂講話喔！」

「好，我走了，媽，再見。」

「再見，祝你好運！要記得多喝水喔！」

（唉，這個媽怎這麼囉嗦！）

這是開學第一天。我們暫時住在南區的租屋，待月底CSU的宿舍空出再搬去。此處離學校較遠，姚同學開車先送小姚去Dunn，再去CSU幹活。我一人在家讀書寫功課非常快活。

落地已數天，生活初步安頓。姚頭丸吞了幾個漢堡打了幾次球後，原先的緊張與壓力一掃而空，也習慣哇啦哇啦講英文，滿口ok ok，sure sure，反正給它「凸落去」，聽不懂是別人的事不是他的責任。

自從借到一個大同電鍋，我這個「全陪」已能供應三餐，還做了壽司。美式生活不鼓勵花太多時間在廚房，超市有很多處理好的菜、肉，很得我的歡心。這裡的水質是高山溶雪，甘美無比，可生喝，帶來的烏龍茶用這水泡，特別甘醇。既然老小二姚都去上學，我首要之務是好好使用這大屋，才不辜負一日七十元房租。

下午四點多放學歸來，姚小弟心情不錯，大老遠就聽到聲音。他似乎有一種天生的適應環境能力是超乎我們想像的，一進門就嚷嚷：「媽，我交了七個朋友！」他念出一串名字。「不錯不錯，第一天就立下豐功偉業！」我說。

「但是，鬧了一個笑話！」他說，上體育課時（兩班各一半混在一起，另一半上音樂課），老師要男女生分開各排一隊，他很雞婆地對一個長髮小朋友用不靈光的英文說：「You are a girl, you must go there.」

小朋友回答：「I am a boy.」

我笑著說：「你的眼睛放口袋嗎？連男女都分不清就去指揮交通！」

33 老師的十二樣見面禮

「他留長頭髮耶，看起來像女生！」姚頭丸說。

「誰說男生不可以留長髮，穿裙子也可以哩！你留長髮我幫你綁辮子要不要？」

「不要不要。」

姚小弟的書包裡沒有功課，只有一個牛皮紙袋。打開看，掉出牙籤、橡皮筋、OK繃、鉛筆、橡皮擦、口香糖、棉花球、巧克力、面紙、金線、銅板、糖果。我乍看以為他把食物垃圾全裝在一起，正要開訓，忽然看到一張粉紅色信，看了才恍然大悟，甚至有點感動。

級任老師 Reines 小姐首先歡迎小朋友進入四年級，接著說，這個紙袋裡的東西可能有點怪，但象徵一些訊息，當你看到這些東西，希望提醒你想起這些訊息。她寫著：

第一件牙籤，提醒你挑出別人的長處。

第二件橡皮筋，提醒你保持彈性，每件事情都能完成。

第三件OK繃，恢復別人以及自己受傷的感情。

第四件鉛筆，寫下你每天的願望。

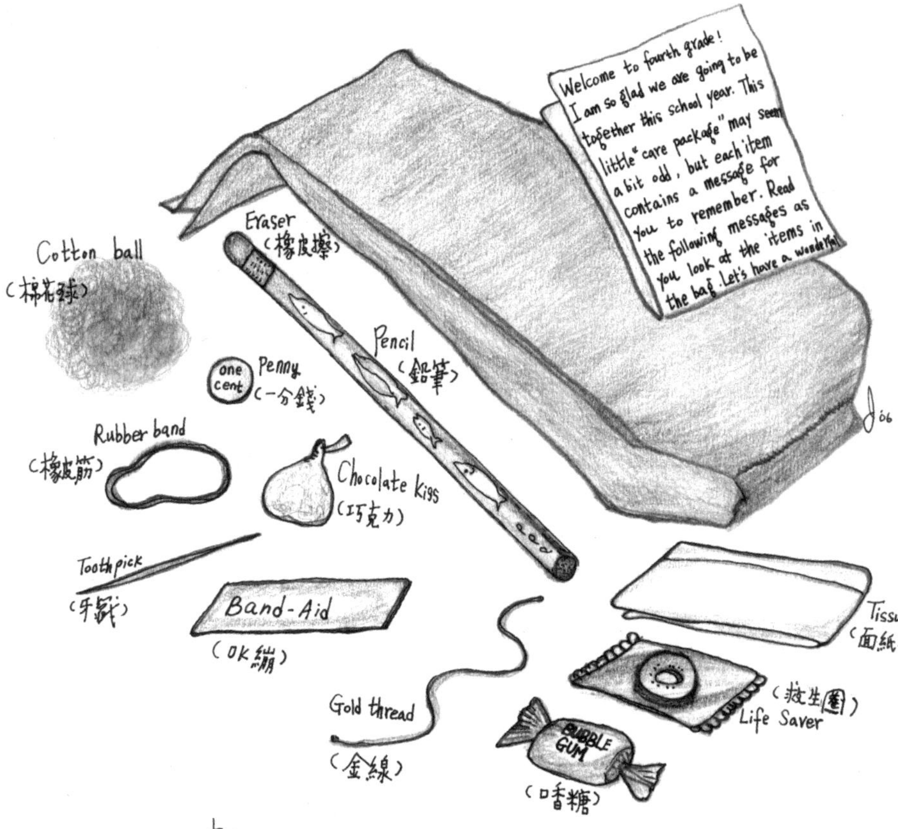
Welcome to fourth grade!
I am so glad we are going to be together this school year. This little "care package" may seem a bit odd, but each item contains a message for you to remember. Read the following messages as you look at the items in the bag. Let's have a wonderful
Cotton ball
(棉花球)
Eraser
(橡皮擦)
Pencil
(鉛筆)
one cent
Penny
(一分錢)
Rubber band
(橡皮筋)
Chocolate Kigs
(巧克力)
Toothpick
(牙籤)
Band-Aid
(OK繃)
Gold thread
(金線)
Tissue
(面紙)
(救生圈)
Life Saver
BUBBLE GUM
(口香糖)

老師給小朋友的牛皮紙袋

第五件橡皮擦，提醒你 everyone makes mistakes and it is OK。每個人都會犯錯，沒關係的。

第六件口香糖，提醒你堅持下去就能完成工作。而且當你嘗試時，你會得到樂趣。

第七件棉花球，提醒你這間教室充滿和善的言語與溫暖的感情。

第八件巧克力，當你沮喪時會讓你舒服些。

第九件面紙，to remind you to help dry someone's tears，提醒你幫別人擦乾眼淚。

第十件金線，記得用友情把我們的心綁在一起。

十一，銅板，to remind you that you are valuable and special。提醒你，你是有價值而且特殊的。

十二，救生圈（救生圈形糖果），當你需要談一談時，你可以來找我。

一個老師大費周章準備二十三個紙袋，確認每個紙袋都裝齊了十二樣東西，開學第一天，送給每個孩子當見面禮，還寫了信，充滿濃厚的人文氣息與溫暖情懷。沒有一件提醒作業考試測驗卷評量練習簿，也沒提醒安靜守秩序準時處罰，卻提醒「你是有價值而且特殊的」，提醒「挑出別人的長處」，提醒「記得幫別人擦乾臉上的眼淚」。

我想起幾個朋友的孩子在台灣時學習成果不佳，到國外卻拾回自信心，原因可能是老師第一天就告訴他，你是有價值的，你是特殊的，而不是你怎麼這麼笨，你很蠢，除了吃飯還會做什麼，你簡直是多餘的……。

作為媽媽，誰不希望開學第一天孩子得到這樣一個牛皮紙袋呢？

我忍不住想，牛皮紙袋裡裝的是一顆什麼樣的老師的心？

 老師的十二樣見面禮

姊妹校野餐

昨天，姚頭丸帶回一些文件，包括老師給家長的信（自我介紹，教學目標，課程重點，言明自四年級開始要打等級ＡＢＣ，數學教學範圍等），學習檔案夾（folder，每週四會帶回家給家長簽名，次日交回），當月午餐菜單（選項很多，看menu成為我們的樂趣），很厚的聯絡簿，還有一些健康資訊與學校小報……等。老師還建議每天回家做功課的時間含閱讀不要超過四十分鐘（台灣媽媽一定叫出來，這這這樣的學校有什麼競爭力？）我猜這是要讓孩子有時間去運動，以及享受親子生活。這裡的公園、草地多到奢侈的地步，黃昏時小野獸都出來騎車踢球溜滑板。有一處公園居然有四個棒球場。顯然他們認為運動非常重要，姚同學的朋友 Hari 教授的兒子念高二，下了課常去練馬拉松跑十公里。寫到這，不禁感嘆我們的政府從未替童年設想，孩子無處奔跑，只好去安親班才藝班。

今天，學校為了歡迎日本姊妹校的師生來訪，在公園舉行野餐，參加的家庭各帶一盤菜去，我炒了豌豆蝦仁，就在那兒，我重新認識姚頭丸。

我們到時，亭子裡已聚了一些人。我與他並肩走，接著各以本能：我往無人的後面去，他直接走向前面人群，穿梭於高頭大馬的洋人之間開始打招呼交談，美國人、日本人、大人、小朋友，一路交際下去。忽然我不認識這小孩。

我回想自己每次參加藝文聚會都坐在人少的地方，即使去領獎，也捱到逼不得已才坐到第一排。這粒姚頭丸是我生的嗎？當大家在長桌擺上食物排隊取用，我與他端著盤子要回座，他突然說：「媽媽，我要跟他們坐。」於是就坐入一桌陌生人中，用生疏的英文問日本小孩：「Who's Japan's best pitcher?」他熟知世界知名棒球員，想知道松阪大輔的日本名字。但對方似乎不知如何回答，後來他又去問一位日本大學女生，看到有人哭了，又跑去關心。非常忙碌。此時，老師對我們說，一般東方小孩都不太願意講話，Jack很不錯，大大稱讚了一番。

我問姚同學：「你們家哪一代有人像他那樣嗡嗡地？」他也同意，這小孩很能適應環境。

這是我第一次覺得或許姚頭丸適合從事外交工作。當然，國際禮儀、文化涵養、談話藝術都必須全面性地學習，要不然，中華民國的邦交國會斷到剩沒有。

燦亮的夏日午後
City Park 湖面上
野雁悠遊。

課程概述

開學已過四週，姚頭丸因天生有一種興奮的搖頭丸性格，雖然缺點是常常搞不清狀況以致時有「白目」演出，但優點是很能適應環境。他幾乎是上學第一天就適應了，而且因每天帶兩塊錢去選午餐，吃的又是我們平常不太供應的漢堡披薩雞塊巧克力牛奶，他感到很快樂。午餐是一・七五元，找的一個 quarter（〇・二五元）給他當零用錢，他集四天就來跟我換一元美鈔，仔細藏在抽屜裡。也許，他覺得上學可以吃違禁品又能賺錢，很划算，所以很快適應。

每天早上八點三十分，供學生免費乘坐的 School bus 停在院子前，CSU宿舍村的小孩都上 Dunn 小學，大家排隊等車。有韓國、中國、台灣、日本、中東、非洲以及當地美國人，儼然是小聯合國。每天看校車是一景，慢慢慢慢地小朋友一個個上車，都坐好了，女司機還站起來親自巡一遍，再廣播一下，才鳴喇叭開動。往前彎入一停車場倒車回到路口，又停下來，其他車輛也停下來讓校車，聽說這裡校車最大，開車的人看到校車像看到總統座車，禮讓來禮讓去，終於開走。這時間夠台灣媽媽開車飆過三個路口。

姚同學每天走路十五分鐘去學校，有個研究室可做功課，中午與幾個同事一起吃墨西哥餅夾豆泥，一塊錢一捲，吃得比姚小弟還差，所以我儘量供應充裕的早晚餐。

Dunn 小學是這城裡排名一二的學校。CSU的Aggie Village 宿舍村（原名為農科學生村，現供已婚研究生、博士後研究、訪問學人居住）正好是學區，我們住在這裡既解決姚頭丸上學問題又能減少房租開銷（月租五百八十八元，含水電，差不多是最便宜的了），兩全其美。

學校九點開始上課直到十二點，中間幾乎不下課，但可上廁所、喝水。三小時中有不同課程，學生須各自到不同的教室上課，不可搞混。十二：〇〇－十二：四十五吃午餐、到外面玩，接著上課，從十二：四五－三：三八之間只有一次下課，除非天候不佳，否則學生大多在外活動。三：三八放學，搭校車，約四點回到院子前。為什麼放學時間那麼怪，姚同學的解釋是州政府對每學期的上課時數有規定，加減乘除就是這個數吧！我還是很不解，這在台灣不被媽媽罵死才怪，每天得對學校的鐘調手錶。

從時間看，上課並不輕鬆，沒什麼休息。一年級也是全天上課，不像台灣一二年級只上半天，孩子不得不去安親班。我一直不能理解上半天班的道理何在？當然，這裡的學校也扮演安親班功能，為了方便上班家長，早上七點鐘即可送孩子去，還供應付費的早餐。下課後，可留到六點，但這些課外照顧都須另外付費，一次十三元。

四年級的主要課程有：Reading、English/Language Arts、Spelling、Math、Science、Social Studies，以及體育、美術、電腦、音樂。前六項課程是重點，尤其以閱讀、拼字、數學最重，科學與社會上學期未上。

課本都是很厚的精裝本，十六開彩色銅版紙，閱讀課本有六百多頁，數學二百九十頁，若要買豈非貴死了。但他們有一項作法也許台灣可以學習，課本是每年重複使用的，所以免費。姚頭丸是四十二號，開學次日，學生去圖書館依座號領課本，不可在上面畫線，學期結束須歸還。姚小弟那本課本已有三個人用過，封面裡書卡寫著他們的名字。

課本厚意謂著內容豐富，且無須考量父母的書費負擔。該科的作業本是新的。姚小弟到目前只交四元美金的簿本費，其餘都是免費。未完成的作業可以帶回家寫，但幾乎不須帶厚課本回來。而台灣恰好相反，每年買一堆課本，版本各異，姊姊用過無法給弟弟，出版社又有改版花招，以致課本用完即丟。這樣做，誰得利呢？

二九〇頁的數學課本是什麼內容？謹不厭其煩列下各章：

1 Who le Numbers（整數）
2 Decimals and Percents（小數與百分比）
3 Fractions and Rational Numbers（分數與有理數）
4 Data and Probability（數據和機率）
5 Geometry & Constructions（幾何學和結構）
6 Measurement（測量）
7 Algebra（代數）
8 Problem Solving（解決問題）
9 Calculators（計算機）

四年級教室，23人一班，座位安排有分組用意。

10 Games（遊戲）

11 World Tour（環遊世界）

我翻一下課本，感覺他們對數學的視野與我們很不同。有一次的數學功課是讀第十一章 World Tour 某一節，寫下令你印象最深的兩件事。那一章雖是介紹世界地理，其實隱藏很多數字資料，可說是巧妙地用數學語言來描述世界。姚頭丸寫的是：沒想到亞洲竟然有廿六億人口，以及我現在才知道世界上大約有兩百個國家。

兩百與廿六億，這麼大差距的數目伴隨知識一起進入數的想像裡，這是第一章整數的暖身操。課本中，有很多很長的描述，不是小明有十塊錢小華是小明的五倍兩人共有多少錢之類，而是接近 Discovery 與國家地理雜誌的知識性描述。

我不禁想像，那些寫教科書的編輯群中，除了數學家還有地理、歷史、經濟學者，才有可能拉高視野。那麼，從這種視野養出來的孩子，他一定相信數學是可以處理國家大事、世界問題的一門學問。我不禁想，如果我們四年級的數學課本有一章敘述一六六一年鄭成功率軍自澎湖出發攻打台南的荷蘭人，從氣溫、軍艦、士兵、船行時速、風浪、糧草、地形標高……，用數學語言描述整場戰爭之部署、進行，再讓學生對各項問題、難題進行計算，尋求解答，這樣會不會比一天寫一張測驗卷靈活有趣呢？會不會無形中培養一種宏觀視野？

另外，四年級會碰到小數，從課本上看，他們教的比較複雜。由於美國幣制關係，日常生活常看到三．五六元、二二．九九元，off 三十％，因此一來就處理到小數百分位。台灣在小數部分只教十分位，百分位待五年級才有。當然這是小節，道理懂了，孩子理解到千分位都沒問題。但是，我感覺那課本同時給孩子相關概念，譬如，同時列出：100，10×10，10^2。1000，$10 \times 10 \times 10$，10^3……等等。次方的概念在此出現頗讓我吃驚。

數學可說是重課，老師希望孩子天天做一點數學。一週至少三天有數學功課，但負擔不重。每教新單元，老師會先發一份教學綱要，說明此單元之重要內容，藉此希望家長協助孩子理解或從生活中練習。

數學採程度分級上課，分高、中、基礎級，亦有幾個學生跳級到五年級上數學，這幾人應是經過嚴格鑑定的資優生。除了正常課程，學校的數學老師另開有課外數學課，免費給有興趣或程度較好的孩子參加，通常利用九點上課前的時間，參加的學生必須提早到校，靠家長送來。

Dunn小學雖是公立學校，因是國際性小學，有開第二外語，主要是西班牙語（注）。姚小弟及其他幾個外籍學生不必上，另去一位老師那兒上英文加強班。但他有幾次跟著上西班牙語，學了：空腮亞嘛母恰恰，你叫什麼名字？光這一句我就學到「翻魚肚白」，可見老狗學不了新把戲。由於學校與日本小學締結姊妹校，所以開有日本語供有興趣的學生在課外學習。我猜，若有一天他們與中國小學或台灣小學締結姊妹校，也有可能開設中文課吧。

閱讀與拼字加起來等於我們的國語，閱讀與數學一樣亦採能力分級。每天都有這兩門課，學生各去自己的教室依學習狀態及程度上課，稀鬆平常。姚小弟上的四年級

注：

根據二〇二〇年聯邦人口普查，美國總人口三．二九五億，白人人口占五七．八%、西語裔或拉丁裔占一八．七%、黑人或非裔占一二．一%、亞裔占五．九%。由於西語裔人口甚多，很多商品亦同時標示西班牙文。

三個班約七十人，一到上課時間各奔教室各有進度功課。其餘課程則仍在自己班的教室，他們叫 Home Room。

我很贊成這種作法，如此才能因材施教，提高學生的學習效率，一味追求齊頭式平等或假象資優毫無意義。

姚小弟的負擔不算輕，一個人進到全英文環境「打拚」豈是容易？到了學校，聽、說、讀、寫，只能靠自己求生。除了閱讀課，還有拼字課與文法課得對付。另外，他的級任老師還在課堂念故事，一本少年小說：*There is a Boy in the Girls's Bathroom*，有個男孩在女生廁所。沒有書，學生聽完後須回答一些問題，類似我們的學習單，譬如有一題問：「He was an island」是何義？我們考慮姚小弟的程度特地去買書，讓他在家預習。一百九十多頁全文字，確實工作不輕，他也認命不抱怨（這是他的優點）。每天都有功課，主要是數學與閱讀二十分鐘。

乍看閱讀二十分鐘這項功課，覺得很空泛，但老師告訴學生對功課要有責任感，學生也真的執行。父母每天必須在聯絡簿簽名，若確實有做功課就打勾，次日可集一顆星星，集滿十個可換：玩具、用品、電玩時間、沒有功課，四選一。這一套台灣也施行，可見鼓勵孩子的招術中外皆然。

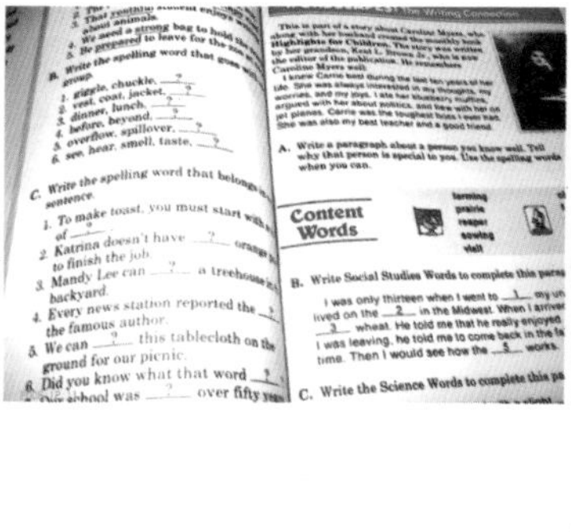

美國小學的 homework 很少，
拿一支筆「凸」十分鐘就解決了，
但課堂上的學習份量並不輕。

我發覺他們非常注重閱讀，可說把它當成最重要的回家功課。孩子也不怕看厚書（課本都厚得像磚塊），閱讀的持久力較足，學校幾乎是排除萬難（無太多紙筆作業、測驗卷、練習簿等功課）把晚上時間空出來培養學生的閱讀習慣與能力（即使如此，他們還叮嚀不要超過四十分鐘。為什麼？我猜是白天已經很累了）。台灣因薄課本影響，很怕厚書，出版社對厚薄的計較已到偏執地步，J.K.羅琳若是台灣作家，《哈利波特》一定不可能那樣出。加上學校、家長崇尚紙筆作業注重考試成績又要課外補習，孩子沒有太多時間閱讀。由此可見兩套不同的教育理想與實踐。也許不同國家對於要栽培出什麼樣的下一代各有堅持吧！我們的紙筆訓練有助於熟練度，面對考試也能有好表現。如果我們做父母的認同這樣的教育理念倒也罷了，若覺不足，那就得自求多福。

有一次與「好難」聊天，他說大陸學生為了高考（考大學）也是採「題海戰術」，做遍題庫以求佳績。他任教的經驗覺得，經過這種訓練的學生到了國外很能考試，但做研究很快碰到瓶頸，上不去。看來，兩岸在某些地方還挺合拍的。

我也很贊同週六日無功課，讓大家都休息。別讓媽媽每到星期日下午開始發脾氣，罵小孩為什麼功課沒做完？很多媽媽的子宮肌瘤跟孩子的功課有關，教育部與健保局應聯手正視這個問題。

即使我覺得這學校已經不錯了，這裡還是有私立學校，學費一學期二千五百元（約台幣八萬二千元）。唉，教育已是階級產物，貧富差距大到可怕。

受到班上同學看《哈利波特》的影響，姚小弟輸人不輸陣也向圖書館借一本

《哈利波特》第四集，七百三十四頁，密密麻麻的英文。他帶回家，我們都覺得「膨風」，苦勸他「要為台灣爭光」也不是這麼胡搞瞎鬧的，面對現實換一本小的吧。他說班上有個美國女孩借第五集更厚八百多頁，我說你怎跟她比，這是她母語耶。他堅持要看。好好好，有志氣！（老娘看你能撐多久？）為此，我們去書店買書，平裝八．九九元（約台幣300元），精裝三十二元（含稅，台幣1050元）。姚同學考慮字體大小拿了精裝，我考慮那傢伙可能三分鐘熱度且攜回台灣較輕便拿了平裝，兩人「滷」半天，差點打起來（誇飾啦），最後他贏。我碎碎念：「你很凱喔，為英美文化產業做貢獻，我得賣多少本書才賺一千元？你迷上J.K.羅琳那個老妖精啦？」

姚膨風真的在呼過口號之後展開「哈利波特查字典之旅」，每頁用鉛筆寫了一二十個生字，拜「無敵CD826」之助，緩步前進。我看他像個墾荒小兵一鋤一鋤挖，挖了一百多頁尚未放棄，對他說：「妳惠綿阿姨的學生要是都像你這樣，她不知有多安慰！」我們答應他，看完的話送他一頂橄欖球帽。他也把書帶去學校，老師允許他們做完工作後可以看自己的書。同學看他打開小機器查生字，都說：「cool啊！」

每週四會帶回一檔案夾，須家長簽名。大多與校務、班務有關。他們很能不厭其煩地跟家長聯絡，連一個老師要去受訓幾天由誰代課都寫封信給家長，顯示家長與學校的關係密切。後來我聽說很多家長在學校當義工，視為責任，幾天前四年級三個班一起開家長會（等於我們的學校日），姚同學說大約六七十人去，差不多每個家長都到，這麼高的出席率已說明一切。

除了學校日，另有三十分鐘的個別談話，讓老師與孩子、家長一起談。我們被排在九月底，不知會談什麼。

觀摩他人是自我矯正的方法之一，像我們這樣一路陪孩子上學的媽媽，有時也不免受大環境影響，陷入填鴨、成績、分數、競爭焦慮的可怕陷阱，我們花那麼多錢、時間上補習班做什麼？保證什麼？得到什麼？姚頭丸喜歡這裡的小學，四點回到家，書包一丟，先去院子打籃球一個多小時——這裡的院子是一長形寬闊草坪，種三四十棵大大小小的樹，另有一遊戲區，備有沙坑鞦韆、溜滑梯、籃球場、足球場。放學後，小朋友全出籠，打球、溜滑板、騎腳踏車、爬樹，推娃娃車的媽媽們則聚在草坪上聊天曬太陽——打夠了回來洗澡、吃飯，在沒有電視干擾下，晚上有兩小時自己安靜看書，九點多睡覺。每天吃得飽飽、睡得飽飽。看起來功課負擔不多，其實他主動在學的東西比以前多且難。我覺得很奇妙，可能每天打球玩夠了，不知不覺增加學習的胃納吧！

老師也很辛苦。也許我看到的只是表相，我覺得在和諧、有希望的社會，一個老師比較容易沉浸在忙碌裡享受著工作帶給他的成就感！

台灣最缺的，就是那份和諧與希望吧。

國旗誓詞

每天早上小朋友踏進校門，一天是怎麼開始的？

回想四十年前我讀的那所鄉間小學，一踏入校門，要先向國父銅像鞠躬，再向站在旁邊的值星老師道早安。國父半身銅像坐在大榕樹下的小花圃，正對著校門，你不可能看不見，最好要放慢速度看見，要是青狂狂奔進校門煞不住腳，可能撞進國父懷裡。每個人都知道，國父是鐵打的，撞上會很痛。

進了教室，把書包掛在桌面邊，擦桌子（桌面上偶有男生留下的鞋印）。掏出當日課本依節序放好，作業簿本考卷亦依序擺妥，鉛筆盒打開再次確認文具皆備鉛筆沒斷（多像銀行臨櫃人員，沒辦法，我從小不喜歡混亂），把便當放入蒸籠，開始早自習看一點書。

接著去戶外責任區清掃，速速做完返回教室，整隊踏步準備朝會。

朝會最重要是唱國歌升旗每天驗收愛國心，接著聽校長或訓導主任或值星老師（國高中時以教官為主）講話罵人，沒幾人聽得懂罵什麼，因為在激動的情緒下那支麥克風會變成一窩虎頭蜂，嚶嚶嗡嗡，間或夾雜吱吱尖叫如殺豬聲，以及突然冒出來的口令：「安靜！全體立正！稍息！立正！稍息！」於是就有受慣性支配的同學自作主張再來一個立正，其實教官沒再喊，惹得周邊同學笑他蠢。

從小學到高中，我們這一代的一天都是這麼開始的。

姚頭丸原來的學校只在星期一朝會，現在小學大多如此。清掃工作移到下午放學前，上課前的晨光時間安排視訊英語節目。

Dunn小學不須升旗唱國歌，國旗由一名學生直接升上或降下，但每天早上有一小段Live視訊時間。每週輪流由兩位六年級學生當主播（每個人都會輪到），透過電視，老師報告相關校務，接著全體起立，右手置於左胸上，宣讀國旗誓詞：

I pledge allegiance to the flag of the United States of America and to the Republic for which it stands, one Nation under God, indivisible, with liberty and justice for all.

據云，九一一之後，學校更重視培養學生的愛國情操。雖曾有無神論者認為「under God」一語違憲，一狀告進法院引發討論，然大體上那面星條旗是毫無疑慮的，每個學生每天對他宣誓。

有一晚，姚頭丸心血來潮在家練習背誦誓詞，我才知道他每天去學校也跟著大家行禮如儀。

老實說，我百感交集！

我們這一代注定被「國族認同」大課題折磨得不成人形，極端主義者各自捍衛，勢如水火，社會裂痕難以彌平。令我憤然的，尤其是那些搖旗吶喊「愛台灣」卻盡謀私利的政商媒體名流，極盡操縱之能事，不問台灣前途不顧人民死活。我恐懼著，也許數十年後回首（那時若我還活著可能只剩一條殘命），才發現台灣一年年衰敗乃毀在「認同」這顆腦瘤上；產業外移，資產匯出，移民或備妥另一安全身分，子女隨時可送出國安頓，主計處所稱最富階層的人心照不宣地腳步朝外。他們都有過敏性生存鼻炎，打幾個政治噴嚏就知氣候驟變，從空氣中嗅出毀滅懸浮微粒漸漸濃了。而當這一階層默默佈署時，M型社會另一階層的人還在血脈僨張喊：「民進黨，當選！」「國民黨，當選！」，尚未察覺除了房貸卡債失業危機及一張選票外，自己與子女什麼都沒有。

「with liberty and justice for all」，這句話如此動人，撥動早已被扯斷的那條理想社會心弦，深覺有生之年不可能見識這社會降臨（即使星條旗國自己也不例外）而頓生傷感。

姚頭丸背完美國國旗誓詞後，基於天生的愛國情感與自我平衡，竟唱起「山川壯麗，物產豐隆」國旗歌——雖然很多人唾棄它，但此時此刻這是唯一能代表國家的歌。

我想起他從幼稚園開始即很奇怪地喜歡升旗唱國歌，曾在家吵著要練習升旗，我只好與他一人拉一條窗簾繩子唱國旗歌，在床邊嚴肅認真地升了一次隱形國旗。這麼一個天生具有國族概念的人，總有一天會被逼問認同問題，而有個外省第二代爸爸確實不利於被貼上外省第三代標籤的姚頭丸——這個標籤採父權品管方式，只要父方是外省就算。屆時，他怎麼面對困境？

屆時，恐怕我已垂垂老去。我唯一謹守的是絕不用折磨我這一代的那條認同之繩去綁死他，他是自由的國際公民，宇宙浪子。

讓他決定自己是誰。

拄枴杖的小男孩

那還是個檸檬綠的夏天，我們興奮地站在指定的那棵大樹下排隊等校車。這是第一天，小朋友臉上的表情透露其年級；一個鬈髮的韓國小男孩牽著媽媽的手一路哭過來，不用猜，一年級。

接著，所有人的眼光被他吸引，一個拄拐杖的小男孩。

他從最遠的那區宿舍村走來，銀色陽光照著瘦小身影，兩根拐杖之間是歪歪斜斜的步伐，臉上戴眼鏡，背著書包。他的媽媽推輪椅走在後面。

距離一箭之遙，隊伍這裡有人喊他，他的小拐杖划得快起來，但腳的速度跟不上手的意志，改以聲音回應同伴的招呼。

他未加入排隊，站在隊伍旁邊。我因此看到他有一張開朗的美國小男孩的臉，牙齒未長齊，左耳戴著助聽器。媽媽也是溫和強壯的樣子。他們各與朋友聊著。草地上，小朋友排隊，七八個媽媽話家常。

校車來了。小男孩先上，媽媽收好輕便輪椅遞給女司機，彼此笑著招呼很熟悉的模樣。其他小朋友一一上車之後，巴士開走。

一個拄杖小男孩上學了。不知怎地，早晨的印象像烏兒整日在腦海迴旋，令我莫名不解。我重新回想陽光下他與媽媽遠遠走來的情景，終於了解盤旋的原因在於，那印象如此明亮，自在，溫和。這些跟我所來自的那個社會同樣遭遇者的處境不同，天與地般不同。

顯然，姚小弟也注意到他。幾天後主動報告，他叫馬托，一年級。校車到學校，有個老師會幫忙把輪椅拿下來，送他進教室。全校在大禮堂集會時，他看到馬托坐輪椅，老師推他來。後來，他觀察到馬托搭車的規律，問那位接車老師：「為什麼馬托星期一和五的早上不搭校車？」老師顯然頗驚訝他注意到這事，告訴他，那兩天早上馬托必須去醫院治療腳。我們猜，應是復健。

學校是一層樓建築，所有教室、廁所皆是無障礙。馬托除了行走不方便無法跑跳，其餘作息都很方便。

隨著時序流轉，每天這一段搭校車的路，似乎成為馬托很重要的練習。他越走越穩，展示醫療與自身鍛練的成果，有幾次，甚至跑了幾步。他的媽媽仍然一派從容走在後面，有時，連輪椅都沒帶。

接著，這個小男孩跟大家一起排隊，站在草地等校車。之前，他與輪椅站在隊伍最前面，總是第一個上車。排隊的二十多個孩子們無須任何提醒，自然而然等著，讓馬托先上車，沒人催他快一點，沒人不耐煩發出叫聲，一切是這麼自然、平安。即使是宿舍村有名的兩位脾氣較不易控制的孩子，我默默觀察到他們對馬托的善行：為他開柵門，走在他旁邊以防路滑跌倒。現在，馬托不做例外的那一個，他要跟大家一

下雪日次晨，上學一景。氣溫約攝氏零下十度，雪照下，學照上，很少停課。

樣，開開心心地排隊，聊天。

下雪次日，小徑非常滑，我必須摟著姚小弟慢慢走。卻看到馬托拄杖如騎著他的寶馬一般，慢慢地穩穩地走著每一步。他戴帽子、手套，穿大夾克、小靴，臉上的眼鏡因溫差而模糊，依然踏上積雪草坪加入隊伍之中，因下雪而歡叫的孩子們嘴裡呼出一朵朵熱霧。

在一個溫和有禮的社會，一個無障礙空間規畫完善的城市，像馬托這樣天生帶著多重缺憾的人，其痛苦不會被放大，其遭遇不會引來側目或取笑。我從孩子們的表情行動讀到和善、禮貌，從姚小弟所描述的學校生活窺見馬托雖然雙腳無力但隨時有人當他的腳。我為這個小男孩感到慶幸，他生在如此湛藍亮麗的天空下，許多人努力要彌補他的天生缺憾，彷彿讓他承擔肢體不便是大家失誤，不是他遭受詛咒、前世為惡活該如此。我從他那開朗的小圓臉預測，馬托不會活在陰暗的洞穴裡，用鹹淚醃漬自己的生命，不必遭受同儕恥笑、背著繁複的痛苦，被悲苦的蠹蟲啃咬一生。

我慶幸他不是生在台灣。

補記：

是的，這篇是為老友李惠綿教授寫的。如果入世是不可取消的行程而生命可以重來，我情願割捨友誼祝願她生在美國，生在這個文明的國度。

那麼，她的人生不必因寸步難行而形同自囚，相反地會因良善完備的公共設施而享樂暢遊。

她可以去海拔三千公尺，被高大芳香的松林包圍的大熊湖散步，因為環湖步道是無障礙的，還豎一小牌畫一台輪椅，體貼地提醒前面有一道緩坡，其坡度約百分之八。她可以去大沙丘、綠桌子國家公園，所有廁所都備有一間無障礙。她可以去攝氏五十度酷熱如沙漠的Arches國家公園遊賞鬼斧神工的巨石，那像魔鬼宮殿一般的地方居然也是無障礙。

她若生在美國，不必像在台灣，狼狽到上百貨公司、知名餐廳吃飯，也要朋友替她搬椅子接駁，先從輪椅上挪動臀部坐上椅子，再挪到馬桶。更不必狼狽到上陽明山出遊散心，要自帶「便盆椅」，作賊一樣偷偷摸摸如廁……台灣是一個忽視甚至仇視行動不自由者的地方，若有一天，我們跌斷腿或中風或半身不遂或必須坐輪椅，那時就能深切體會這社會的種種殘忍。其實，不必等到那一天，只要我們年紀大了行動緩慢，就能體會每條馬路之「坎坷崎嶇」。

我的老友若生在美國，出遊不必自備便盆椅，因為幾乎所有公園、球場、餐廳都有寬敞的無障礙廁所可容納她的電動輪椅。當然，她也可以大逛百貨公司或超市；就說超市吧，入口有一排改裝電動車，前面備有購物籃，車身設計便利使用者伸手從貨架取物，而貨架間距足夠讓兩輛電動輪椅錯車而過。無須言語說明，這國家的公共建設誠懇地告訴你：我們希望肢體自由與不自由的人都能享用所有建設與資源。因為，國家是每一個人的，在法律之前，在神面前，人人平等。

其中，更有不必明說的遠見：所有肢體自由者，總有一天會不自由。

那麼，一個充滿障礙空間的社會，除了防堵天生肢體不自由者加深其痛苦之外，有一天，也會回報到我們身上，防堵了自己。

我納悶不解，亦得不到答案。三四十年來，不計其數的台灣留學生、官員、考察者見識過國外的公共建設成績，這些人回到台灣成為社會中堅，掌握權力、負責建設，為什麼到現在連一條路都造不好？

我的老友若生在美國，確實不必承受現在連住家大樓內電梯前面的三個小階梯都克服不了的困難——技術上，鐵工師傅可以克服，她請求鄰居同意讓她在自付費用、不影響其他九戶住戶行走且將來負責恢復原貌的大原則下加以改造使電動輪椅得以升降。然而，十多年來這小小的工程之所以無法施作在於，其中兩三戶以破壞觀瞻、妨礙風水、影響房價為由反對施工。於是，這堂堂的台大教授每次出門得電召工讀生趕過來架兩道鐵橋、安放升降機具、指揮電動輪椅恰好行駛軌道，待安全降落後收妥極重的軌道機具以免防礙觀瞻、通行。至少花十五分鐘度過那三個階梯。下課回家，再來一遍。晚上要出門看戲，重新來一遍，看戲歸來，再來一遍。次日上課，再來一遍，下課，再來一遍。身體不適需看醫生，再來一遍，看完回來，再來一遍。師長的飯局推不掉，再架一遍鐵橋，飯後歸來，再把鐵橋搬出來。出席會議，再架一遍……。

日復日，月復月，年復年。所有鄰居都看到她這麼辛苦架鐵橋、小心翼翼過軌道以免連人帶椅摔下，所有人都看到了，也點頭招呼：「李老師，要出去啊！」

日復日，月復月，年復年，那三個階梯仍在那兒。

是的，反對的芳鄰們不是壞人，他們都是愛家愛孩子的父母甚至是阿嬤，也能了解方便省力的重要，因為出大門後另外的四個階梯已由老友自掏腰包做一無障礙緩坡，鄰居媽媽拉菜籃車、推孫子娃娃車進出也知道使用那道緩坡較省力。但他們仍然認為大門內的三道階梯不可動，美感與房價的考量勝於一切。他們心底的想法也許是這樣的：不方便是你自己的事，你可以搬家呀，為什麼要我們犧牲？他們不是壞人，只是慈悲無法及於他人，溫情無法及於他人。

是的，他人擁有維護自身財產不遭更改、破壞的自由。然而，我已厭倦聽這種論述了。我只期待尚有柔軟之心的年輕種子聽聞這遭遇而永遠保護慈悲與憐惜的火種，有一天，當他遇到一個須架軌道才能通行的人時，會做出跟強調觀瞻與房價的人不一樣的選擇，甚至，若他是那九分之六行使同意的人之一，他也有足夠的正義感與熱情去遊說那反對的九分之三，試著尋求解決之道，讓一個熱愛教學、視學生如子女的老師，更方便出門傳道授業解惑，而非日復日月復月年復年只是旁觀那個忙著架鐵橋操作輪椅的人。

留一碗飯給人，不會變窮。開一盞燈給人，不會變窮。搭一座橋給人，不會變窮。我們一生不會因捍衛三個台階而千古流芳，卻有可能因替人開路而種下福田。

在這樣的社會未降臨之前，我只能希望那慈悲的神聽到：

在一切未改變之前，不要讓肢體不自由的孩子，生在台灣。

又記：

這篇文章才寫完，竟聽說老友用來架鐵橋克服三個階梯的兩條不鏽鋼鐵條被偷了。我能說什麼，舒伯特也有沉默的時候啊！

補注：

後來，老友請鐵工師傅做兩道可伸縮的不鏽鋼軌道，比被偷去的更輕便。家中也請了看護，每逢出門，由看護架軌道，她的電動輪椅通過後，立刻收好，放回家中。當然，三個階梯還在，她也習慣了。將來，若住戶中出現輪椅族，說不定她的軌道還能用來敦親睦鄰。

積雪的遊樂場少了孩子的身影，但雪地上依然有奔跑的足跡。

有情緒問題的孩子

我們這一代當小孩時，情緒都很穩定。有情緒困擾的是大人，一天到晚非罵即打。那年代的問題出在貧窮、孩子太多，家庭經濟一旦陷入困境，首先犧牲的必是兒童人權。

現代社會發展越來越不適合人居，凡有利於通商貿易、產業製造、經濟活動的條件推至極致皆不利於人的「快樂本能」——這本是生存動能之一，過度忙碌、壓縮、疲憊的生活使之萎頓，導致快樂不起來。活在現代，能夠不得憂鬱症是一項值得表揚的人生成就。

有情緒問題的人多起來，小學也不例外，除去醫生診斷確認的憂鬱、躁鬱、自閉、亞斯柏格、妥瑞症……等較為熟悉的症狀，另有或多或少的疑難雜症分布在一間教室裡。現代老師恐怕必須修精神醫學課程，具備心理治療師經驗，自助助人——我們也聽到不少站在講台上情緒失控的老師。

姚頭丸班上有兩個孩子似乎比較不穩定。

Z，脾氣暴躁，易反應激烈。他是非裔美人，跟著媽媽，一出生就是單親家庭，可能有所影響。宿舍村有個媽媽提醒我們，Z的脾氣不太好，孩子們大多跟他有過衝突，叫姚頭丸與他互動時須小心。

有一天放學時，我從二樓看到Z與另一孩子言語爭執，Z朝他臉上吐口水，那孩子一怒撲倒他，兩人在草地扭打一下隨即分開，那孩子對Z凶凶地說：「絕不可以在我臉上吐口水！」Z大約知道自己做錯，悻悻然離開。

搭校車時，每個小朋友都是先上先坐，座位並不固定，一張椅子坐二至三個人，只有Z被女司機艾波要求單獨坐第四張椅子，旁邊正好有擴音喇叭，方便艾波對他呼叫。下車時，艾波一定用麥克風提醒：「Z，讓座位一二三的人先下車！」聽說他曾在車上惹事，又總愛搶第一個下車，才做這種安排。

我發覺等校車時，Z常是最後一個從家裡跑出來的；也許因為起得晚，也許避免與小朋友一起等車。看得出來，他的人際關係並不好，但課業不差，數學上高級班。

我問姚小弟關於Z的情形，原來他們「已衝突」過了。姚小弟不小心弄倒教室的一個佈置，Z凶他，兩人開始言語衝突。老師過來處裡，互相道歉，接著對Z說：「你不需要反應這麼強烈！」

姚頭丸不喜歡他。我說：「哈，他也不喜歡你，扯平！不管你喜不喜歡他、他喜不喜歡你，你是你，他是他。你了解他的成長背景沒有你幸運，從這一點體諒他的困難吧。不管在學校或將來工作，有很多機會碰到你不喜歡不欣賞的人，甚至必須合作，你得學習怎麼相處。」

另一個叫E，數學跳級到五年級，但長得過於瘦小，也許身體的生長發育有一點問題，情緒起伏很大，每天哭；小則默默流淚，大則拍桌喊叫痛哭。姚頭丸每天講：「今天E又哭了！」

讓他哭的情況不外乎作業寫得不順利、測驗成績不理想、跟同學起了小口角或原因不明。老師視其情節嚴重度而有不同的處理，或摟著安慰，或讓他到教室後面「冷靜區」熄火一下，或嚴肅地送他一張警告黃牌，或不予理會。我問小姚，同學會不會受E的影響而干擾上課，他說不會，大家仍然做自己該做的事。顯然，孩子們已知道如何與E相處。有一次，E與同學對撞，大哭，姚小弟過去安慰他，但E啥也沒說。我說：「你表達你的慰問這就好了，也許他太痛所以忘了說謝謝，我們不是為了得到別人的感謝才去關心人家的。」

我問姚頭丸：「同學會不會故意惹Z與E？」他說不會。

我又問：「同學有沒有聯合起來取笑Z與E？」他說沒有。

我再問：「有沒有人丟Z或E的文具課本作業之類的？」他說也沒有。

最後一個問題：「老師會不會對他們凶？」他說不會。

那麼，我不須再問：「老師會不會打他們？」

我相信老師知道，上天送來一群孩子，總有些人不幸運。若罵不了上天也不能罵孩子，打不了上天也不能打孩子。

因為，這些真的不是孩子的錯。

頒獎

讓我從一封信開始說起。

九月秋來的某一天，有一封信躺在我們信箱，從 Dunn 小學寄來的。我很納悶，既然是學校要給家長的，叫孩子帶回即可，何必寄呢？

信是校長 Evelyn Jacobi 寫的，我翻譯她的話：

親愛的Y.C.和M.C.：

我很高興通知，你們的孩子Jack，獲選為班上九月分的 Dunn International Citizen（國際公民），這個月表彰的是「好問與求知欲」榮譽，我想讓你們知道，學校非常感謝你們把這麼優秀的學生送來。如果Jack繼續發展這種特質，我確信這不是他最後一次獲獎。我們很榮幸分享這份驕傲。

這個月的頒獎典禮將在九月二十九日下午二：三〇舉行，希望你們能參加。

我與姚同學對這封信的反應很不一樣，他說每個月表揚一名的話，兩年內所有的學生都得過了。言下之意，這不是什麼大不了的事。我提高嗓門回應：「先生，你不是普通的無聊哦！」

上圖：佈告牆上貼著獲得「國際公民」榮譽的學生合影。
下圖：慎重的頒獎典禮，家長熱烈參與。

其實，我蠻感動的。

感動的不止是姚頭丸靠自己努力適應新環境，至少做得不離譜老師才願意把榮譽頒給他，我更感動的是學校如此慎重；如姚同學所言，若每月都表揚則屬例行公事，我很好奇，基於何種虔誠信仰才能對例行之事保有熱情？為什麼由校長親自通知，交給班級老師去做就可以了不是嗎（台灣大多如此，校長都很忙）？其實我知道答案，那張印有地球圖案的校長專用信紙說明一切，校長領導學校，她出面，等於說：「我們重視榮譽！」

姚頭丸回家，我問他知不知道這事，他說不知。我對他說：「恭喜囉，不容易不容易！」

頒獎那天，我們去了。二：三〇，這是很尷尬的時間，我猜想去的家長一定不多，豈不凸顯我們是台灣來的「閒閒美代子」（沒事幹的）？到禮堂，我看到第二件感動的事，來了七八十位家長，禮堂是滿的。

全校師生皆出席，約四百多人，學生席地而坐，老師坐兩邊靠牆椅子，後面數排椅子給家長，也坐滿。原本禮堂內鬧烘烘的，等到校長站到小講台前，她舉起手，所有小朋友也跟著舉手，場面立刻安靜；顯然這是他們的肢體語言，典禮直接開始。

校長是位體態豐碩、溫雅和藹的人，開場後先頒一年級，她一一唱名，有五位（每年級選五或六名）。小朋友站成一列面向觀眾。依照台灣習慣，接著校長頒發獎狀，觀眾鼓掌，下台，沒什麼好寫的。

他們不是，這是第三件讓我感動的地方。

校長先對大家說出小朋友名字，接著念出老師寫的讚辭即是「得獎理由」——這段話黏在獎狀後面。讚辭充滿稱讚、驚嘆、趣味、生動，念完後才把獎狀給小朋友，大家熱烈鼓掌。每個人的讚辭都是獨一無二的。

從家長的角度看，分享其他孩子的讚辭是一件很特別的事。有位小朋友的讚辭是：你總是不停地問，為什麼這樣，為什麼那樣，為什麼有蜜月？事實上，你問太多了。家長們一陣竊笑。（承認吧，我們都對孩子講過：沒那麼多為什麼！）對獲獎的孩子來說，在「很當一回事」的公開場合被這樣讚美，心情一定不同。我看到幾個孩子又高興又緊張，其中一個二年級小男生不停地用兩手絞衣服，越絞越緊張竟露出小肚肚，我不得不摀嘴免得笑出聲。有的孩子迫不及待想知道老師怎麼寫他，竟湊近校長低頭一起看讚辭，模樣很可愛。校長叫一位外籍女生名字，發音錯了，女生說一遍，校長做了誇張表情對大家說：「I am still learning!」底下傳出笑聲。

輪到四年級，共六位，姚頭丸也上台，於是我很清楚看到受過「立正、稍息」訓練的台灣姚頭丸，以半駝背（緊張關係）的「稍息」姿勢站在那裡——再駝下去快變成鐘樓怪人了。他很高興也緊張，臉上表情忽然很嚴肅，忽然又笑得合不攏嘴，賊頭賊腦。輪到他，校長念得獎理由：

「Jack Yao，這個月的國際公民獎『好學與求知欲』榮譽是你應得的。你常常是第一個舉手發問的人，一位同學說：『當他遇到不懂的事情，他總是問問題。』基於好問、求知的長處，你在字彙與說英文技巧上進步神速，我們以你為傲。」

姚頭丸恭敬領了獎狀，走回班級位置，我見到別班有人伸出手與他擊掌，是道恭喜的意思。我頗驚訝，覺得那孩子的舉動如此友善、開朗大方，很可貴。

我把相機交給姚同學，他蹲到前面去拍照（很多家長如此），回到座位，他竟說：「相機按不下去，沒拍。」我臉色大變：「怎會？明明可以！」他一定沒按對，白白錯失姚頭丸「受勳」照。我忍不住碎碎念：「按不下去就趕快回來，想辦法跟別人借也行呀，你還一直蹲在前面看熱鬧，氣死我了，回台灣要把牆上你那兩張國科會傑出獎撤下來！」他一直說：「唉呀呀，對不起對不起。」放學後，我們幫他補拍幾張，聊勝於無。

頒獎告一段落，接著是兩個義工媽媽報告募捐成果，給最賣力的小朋友獎品。最後，由三個高年級小朋友演一齣短劇。一小時的典禮結束。

為了慶祝，次日我們去小城老街一家冰淇淋專賣店吃冰淇淋，又去鞋店買此地流行的懶人鞋（很適合專業遊民穿），一人一雙。

後來，我在學校布告牆上看到去年和今年上半年的得獎學生合影，除了「好學與求知欲」，另有「思考與創造」、「反省與感謝」、「冒險、獨立與心胸開放」、「合群與交流」、「平衡、熱心與自信」、「知識與承諾」、「寬容、正直與原則」、「關懷、同理心與尊敬」等獎項以表彰學生。

由此更可了解這所標舉國際認證學程的小學，自有培養學生朝全人發展的教學目標；其描述「IB學習者」輪廓，舉出冒險、開放的心胸、關懷、原則、思考、知識、好學、交流、反省、平衡等十項學習標的，讓學生了解自己的人格特質亦鼓勵他們多元學習發展。獎項之設置，即是脫胎於此。平日除了課業，「IB課程」亦是教學重心；幼稚園至小五階段屬初級學程，小六至國中屬中級，高中為高級學程。從「我們是誰」、「我們在何處」……等大主題循序漸進導引學生進行自我探索，了解自己的天賦與不足，並藉由回顧過去每一年的事件與變化，看到自己與眾不同的成長史。從個我、社群進而世界，這一套教育哲學顯然希望學生在教室即能胸懷全世界，儲存國際公民的素養與能量，將來能在世界各個角落打造富足的人生。

我想著這些跟學業第一名第二名無關的獎項，看著那面貼著放大照片、寫著殊榮的牆，有一絲嘆息從心深處湧出。

首先，請允許我稍為回顧一下自己的得獎歷史。從小學二年級得到第一張獎狀開始，我一路得過學業成績第一名第二名第三名，得過演講、朗誦、美術、書法、漫畫比賽獎狀甚至包括一張拚小命差點昏倒的賽跑第三名；上了大學，開始得校內校外文學獎，出道後，也多次得各式各樣文學獎項包括國民黨執政時的國家文藝獎，我若去參加「拉麵大胃王比賽」歐巴桑組，說不定也會得最佳嘔吐獎。但是，但是，我從未有過站在台上聆聽「讚辭」的經驗。吝嗇的中國人只在告別式時給人讚辭，還一面說一面哭，給得含糊不清。

至於姚同學這個「思想偶爾與正常人嚴重脫節」的人，也是從小得一堆獎狀，但不知基於什麼心理，偷偷摸摸藏在抽屜不讓父母知道（怕被打嗎？我小學時聽過一個慘劇，有個男生回家跟阿母說他考試得第一名，不識字的阿母以為他只考一分，抓起竹竿又打又罵：「你好大膽考一分，我這麼辛苦養你沒目的啦，歸氣去死死！」）簡言之，有多少次月考姚同學就有多少張獎狀（視同保障名額）。大學念電機系，得書卷獎，隨後竟被取消，理由是他修太多數學系的課不該得「電機系書卷獎」。即使得過大大小小的獎，他也從未有機會上台聆聽「讚辭」。有些獎狀乾脆用寄的，人也不用去，由郵差頒獎，大喊：「掛號！」

換句話說，我們兩個身經百戰的人，可能是父母族群中對「孩子有沒有獲獎」這件事具有免疫力且不會迷失於表相的。因此，看姚頭丸手中那一張單薄普通、不如台灣豪華的獎狀，我並不特別為自己的孩子雀躍（事實上，他的毛病不比優點少），我思索的是，從教育角度體會，一所學校如何不遺餘力薰陶孩子，建立一個初期信仰：重視榮譽。

校長寫信，老師寫讚辭，頒獎典禮，家長出席，合影貼牆。用五種作為辦一件事，麻不麻煩？很麻煩。為誰？孩子。說的是什麼？榮譽，榮譽，榮譽，榮譽。

其實，姚頭丸在台灣念的私立小學也有類似的榮譽獎項。我們不妨做比較。

每班每月選一名「××兒童」（姚同學的算法是，一年七個，六年四十二個，只要不轉學都有機會得到啦！真是無聊人士），以及「禮貌」、「秩序」、「孝順」、「清潔」……等合起來的「十全十美」獎。××兒童的選拔方式，由老師提名候選人，再由同學投票，票數最多的當選。至於清潔、禮貌等，則由老師直接發給。××

兒童得獎的小朋友會在朝會時上台領獎。

姚頭丸常常是名字出現在黑板上的候選人之一，但同學覺得他意見多很自大又臭屁，不選他，剛開始只有自己投給自己的一票（真慘啊，這種打擊。我們都輕描淡寫地勸他慢慢來，充實實力，學習與人相處），後來有兩票，我們覺得進步得「很快」。經過近兩年期待、生氣、傷心等折磨，終於在四年級結束前得到，他好高興，立刻把獎狀貼在牆上，我對他說：「遲來的果實特別甜對吧！」

這裡的做法稍有不同，他說，老師發給每人一張單子，寫下他們認為當月表現最好的兩個人，最重要是必須寫理由，我猜老師依據學生意見再予以選定。

哪一種比較有道理？

小學裡的民主與約束，應該怎麼拿捏？台灣學校做法是：午餐一次收費或按月繳，菜單是什麼不見得讓父母知道，這是約束。但是，獎項與班級幹部開放選拔，這是民主。Dunn 學校不同，午餐菜單每月給一張，每天不怕麻煩問哪些人用餐、吃什麼（二選一）？只要小朋友高興，每天帶一．七五元去交，學校照收。這是完全自由。但是，獎項的最後決定權交給老師。這是約束。甚至活動區也做了限制，一二三年級的遊樂活動區（有鞦韆、滑梯等），四五六年級不可去。這也是約束。每個老師各有獎懲法寶，姚頭丸的老師除了集星星換禮物，還有綠牌（好）、藍牌（注意）、黃牌（警告）、紅牌（告訴父母，取消下課）四種等級評定，放在每個人的櫃子，老師會依表現賞牌。這也是約束。他們不辱罵、不體罰。

你喜歡那一種呢？

Dunn 學校外牆掛著布招，寫著：「我們重視父母，父母是最重要的」。很多父母在校做義工，等同台灣的愛心媽媽。我們剛來時參加的公園野餐活動以及這次頒獎，讓我覺得這所學校對家長打開了大門，而家長也以信任的態度獻出熱情，因此能常常舉辦各種親子活動，聯誼同歡；例如某個星期五晚上，在一家叫「Fort Fun」的兒童遊樂場有親子歡聚，可免費打迷你高爾夫。後來我們才知道是學生家長開的，招待大家。若在台灣，可能會有家長批評學校替那裡打廣告，利益輸送，告到教育局去。這裡卻做得很自然。從開學至今，「捐一本書給圖書館」、「推銷目錄上的物品給親友，公司提撥若干捐款給學校」、「書展賣書」……等活動都有家長協助的影子。我不敢想像這些校園內的半商業活動，雖然目的為學校籌措經費，若在台灣發生，家長會怎麼看呢？

那麼，這就是一個具有挑戰性的反省了，到底我們應該追求「眾聲寂靜」而不作為，還是在此起彼落的反對聲音中積極溝通、凝聚共識、勇敢作為？哪一種才是教育現場的常態？我們的家長或老師最喜歡看到哪一種結果呢？

我想起有一年姚頭丸的老師原本要大家交十五元買某種練習簿本，後來竟不用了，一問才知有一位家長告到校長處，說老師不應額外向家長收錢。老師不想多事，乾脆取消。

我看這件事，深深覺得「息事寧人」的背後隱藏著鄉愿與不敢（或不願）直接面對面溝通的意識慣性。家長有疑慮，應該直接找老師談，何需一狀告到校長處。老師若認為這種簿本有助於教學，應該勇敢辯護甚至找那位家長解釋溝通，豈可因一人反對即完全不理會其他三十多個同意的人？若行政手續上由老師代購有礙中立，擔心「圖利」嫌疑，可由班上家長代表、義工媽媽經手。賭氣式的「多一事不如少一事」心態若長期瀰漫在教育現場，如何能奢求進步呢？

追根究柢，原因可能出在老師不習慣跟家長寫信、說明、面談，不習慣在「精神上」先給家長一個擁抱，而家長不了解老師脾氣性情如何亦不敢主動示好，怕惹老師不悅會禍及小孩。所以每個新學期開學不久，媽媽們當月的通話費激增，街頭消息、地下情報亂飛，到處打聽老師的教學「口碑」與祖宗十八代，若有負面批評，媽媽廣播電台到處放送：「我家豪豪今年好倒楣，給××老師教，聽說他……，我老公認識××議員，跟校長很熟，看能不能換到隔壁班，聽說那個老師是紅牌，剛結婚心情愉快，先生工作穩定，還不打算生小孩……」

我們對這種生態太熟太熟了。有一次我在麥當勞寫功課，聽到旁桌幾個媽媽情報員談及某位老師常生病教學有氣無力，某老師懷孕幾個月害喜嚴重脾氣不好……，其盛況彷彿人口販子挑選女傭。

四年級「學校日」後，九月下旬，姚頭丸帶回一張通知單，請我們到校與班級老師Reines面談半小時，小孩也必須到。這一項是台灣沒有的，我很好奇。

我們依約前往，顯然各班都在做同樣的事，家長大多是父母一起出席。姚小弟的Home room（班級教室）比台灣的寬敞，二十三個學生分成五組，每組桌子相併，課桌很大，不會出現相互干擾。教室是老師的舞台，佈置得很熱鬧，後面有一張圓桌、四把小椅，像休閒區。前面黑板下有一台頗拉風的黑色單車，我猜她騎車上班。

Reines老師長得高頭大馬，銅色金髮，整個人很明亮溫和，頒獎典禮那天我注意到班上有兩個小男生跑過去跟她擁抱撒嬌，顯示她的「教室氛圍」很溫馨。我問姚頭丸，老師會不會凶、大聲、抓狂？他說不會。其他科的老師呢？他說也不會。

Reines首先拿出一張「面談目標」，說明面談內容。簡言之，包含一、學務事項，解釋homework、聯絡簿……等。二、教室管理與獎懲，解釋設一藍色圖表記錄每個人的表現。三、學習目標：包括寫作、閱讀、數學、藝術。

接著，她拿出姚頭丸的那冊「Who we are」小本子，開學不久，老師發給每人一本，要他們寫下自己對閱讀、寫作、數學的期望與需改進之處。這本空白小冊即是IB課程的一部分；由學習上的自我反省與期許，接著設立明確目標、說明方法、付諸實行，漸漸引導學生思考「我是一個具有什麼特質的人」，進而想像自己將來在哪裡工作……等生涯規畫。小冊提問，學生自己撰寫內容。

老師要姚頭丸當著我們的面念出他寫的對數學、閱讀、寫作的期許與反省。意思是，說到要做到。接著，姚小弟出去玩，她向我們簡報他的學習情形。

她稱讚他積極、主動、熱情，有很強的適應力，跟一般東方小孩不同；又說他圖畫得很好，能觀察到很多細節。她注意到他在看《哈利波特》，可能太難了，她建議從較簡單的看起，接著解釋開學後不久做的數學、閱讀考試的成績。

學校會做程度測驗及本州的學生評鑑測驗，據這裡的資深家長說（我這個情報員有去打聽），題目廣泛無從準備起。學校經由這些測驗記錄每個學生的學習情形，同時發掘有特殊天分的孩子，將來若有相關的活動、比賽或課程，即根據這些記錄去挑選適合的學生。我不禁想，若台灣有這種測驗，補習班又要躺著數鈔票了。姚小弟剛來，做的應是本州的評鑑測驗，閱讀成績不理想，大概是三年級程度，這種結果可理解；數學方面較好，但可能受限於看不懂題目，亦難判定程度。事實上，光要記那麼多數學專有名詞，什麼尖角、鈍角、等腰三角形、直角三角形、正方形、長方形、五邊形、六邊形、八邊形、九邊形、梯形、平行四邊形的英文，我都暈船要吐了，他還傻傻地咕嚕咕嚕記，尚未扔書包跺腳抗議，算不錯了。

她也針對姚頭丸有時愛講話、容易興奮的缺點予以說明，她能很快「掌握」學生的學習特質，誠屬不易。若她說：「Jack很守秩序唷，上課專心、安靜。」我一定認為她「青菜共共」（隨便講講），畫符保平安。我是他媽，從嬰兒時期就知道他話匣子一打開，要關好幾次才關得起來。

這時，有一位教外籍生ELA課（English/Language Art）的Moothart老師也過來了。她的教室門口佈置得像聯合國總部，貼滿外籍學生照片及各國紀念品。這所國際小學的學生都要上第二外語，本地生學西班牙語（姚頭丸耳濡目染也學了幾句，他說碰到西班牙語老師就用西語打招呼：「歐拉，空摸伊死達死」，答以：「便」。意為「嗨，你好嗎」，「高興」），外籍生當然學英文。她一定事先知道我們的面談時間，所以特地過來簡報他的上課德行。

她用驚嘆的表情（這一點台灣老師要學一學）稱讚他真的很努力，進步很快，還惋惜地問：真的只留一學期嗎？我們請教她什麼書適合姚小弟看，她提到可以試一試*Magic Tree House* 系列（注）。姚同學發揮台灣人刻苦耐勞精神，請老師出一些功課讓他在週末假期做，她的表情是：小跨代誌哩，只怕學生不做，不怕沒功課做。翻成我阿嬤那一代的話就是，欲做牛還怕沒犁拖嗎？從此，週末就有 Moothart 老師的homework了。姚頭丸知道是我們建議的，哇哇叫了幾聲，我回他：「這一點功課比吃香蕉還簡單不用剝皮，三兩下就掃完了，有什麼好叫？要不然你煮飯我來寫。」他趕緊喊不用不用，生怕我搶去做。後來他說：「還好，其他人不知道是你們建議的，要不然我慘了！」

其實，學校不餘遺力幫助外籍學生儘快學好英文，除了ELA課，姚小弟幾乎每天要去另一位教ESL（English as a Second Language）的老師那兒上半小時課。她借我們一台錄音機，姚小弟每週借一卷錄音帶在家聽。我們真幸運，進到這所具有接待外籍學生豐富經驗的學校，他們的友善與妥善的課程安排，減低了外籍生的焦慮與恐懼。

半小時的面談是很好的親師交流機會，從這些點點滴滴累積了家長與學校的夥伴關係。畢竟，一個孩子進來，意謂著學校要與家長相處六年，焉能輕忽。

在這個小校園，感受最深刻的是：友善與欣賞。

我想起姚小弟的轉學經驗，到了新學校，幾乎有一年時間過著沒有朋友的日子。第二堂下課二十分鐘，他去走廊看照片打發時間以致於把全校學生的臉孔都記住了。他到處晃，進不去班上的小圈圈，只能看別人打球，回家時衣服是乾淨的。有一次同學帶披薩當中餐，分給幾個人，姚頭丸見狀問他：「可以分我一點嗎？」同學拒絕。

注：

Magic Tree House 系列是此地頗受歡迎的讀物，大概出到三四十集了，我出國前看到天下出版社引進這套書（中英對照），買了幾本，姚小弟只掃一掃中文就不看了。七月送他去台科大上柳丁壓榨班（英文密集班），教材之一竟是英文的 *Magic Tree House*，老師帶著念，姚同學也帶他讀，看了兩三本又卡住了。沒想到來此又碰到了，我們去書店買了四本，要他先看這些，放下較難的《哈利波特》（已看了兩百多頁），他很傷心，哭了，後來同意從簡單的做起。他自己讀，兩三天即看完一本，顯示英文有進步。

我猜得到他的處境卻按兵不動，讓他自己慢慢調適，因為孤獨與寂寞是一種緩慢的學習，被拒絕與排斥更是常態，人生總會走到只有自己的時刻，習慣了這種氣候比較能坦然。

來到這裡，我們原先最擔心的歧視、隔閡、冷漠卻完完全全沒發生。他幾乎是第一天就融入這所學校，認識所有老師，記得好多學生的名字；他跟他們一起玩鬼抓人、橄欖球，興奮地跑來跑去，回家滔滔不絕講那一球如何如何……。我多麼感激這些孩子，他們不因他的膚色、語言而視他為異類，自自然然地跟他玩、打招呼，甚至有個同學看他那麼辛苦集星星換遊戲卡，還送他一些，讓他像一條純真的魚優游自在。這種友善，連我也要感動了。

姚小弟喜歡運動，這是他爸爸刻意幫他養成的，除了鍛練身體也希望這種喜好將來能陪伴一個獨生子的寂寞時光。來此後，他經由報紙、網路幾乎熟悉美國職棒、橄欖球（football）的各隊名稱、戰績與明星，平時也喜歡畫運動員。此地橄欖球隊是丹佛市野馬隊（Broncos），姚小弟入境隨俗也成為球迷，畫球員的英姿。同學見了很欣賞，向他索畫，有的請他教。有一陣子放學後，他在院子桌上教兩三個小朋友畫橄欖球員，我從二樓遠眺，看他們在青草地樹蔭下自在交流，微風拂動樹葉，天空既高又藍，心想這真是小男孩的難忘時光。

我們只待一學期，老師事先都知道。即使如此，她還是把榮譽給了一個短期外籍學生，未經過複雜的算計與衡量，回歸真誠的教育者眼光來欣賞他，這也是讓我感到友善的。

這所被住宅區圍著的小小公立學校，氣氛溫馨愉悅，微笑、嗨、今天好嗎、謝謝，讓你不可能板著臉走來走去，因為一直有人對你打招呼。加上不辱罵不體罰，感受靈敏的孩子很快鬆綁了。姚頭丸每天一下校車，一路大大方方打招呼進教室，有次姚同學載他去學校，有個老師對他說：「你有一個很甜的兒子。」

我深深體會，「友善」、「禮貌」、「欣賞」是來自高度社會文明的必然成就，不是公民與道德課教的。若把「教育工作」亦視作一獨特國度，當這國度運轉抵達某種文明高度時，其子民絕對不會動手打學生。這也不是法律課能教的。

我曾在報紙民意論壇讀到有人說：在美國，找不到其他工作的人才去當老師，難道我們希望台灣變成那樣嗎？我不知道這是否是那人的體驗？美國太大，任何一種結論都有被推翻的危險，我只能局限在自己的體驗做觀察——一個陪孩子經歷過兩所台灣小學的媽媽所做的親眼觀察。

老實說，我希望這樣的公立學校在台灣出現，因為，這是必須大喊三次不公平不公平不公平的——

如果，台灣的孩子無福享有。

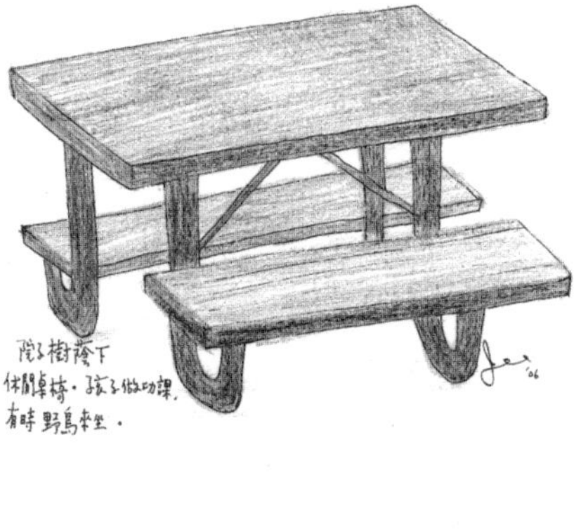

院子樹蔭下
休閒桌椅，孩子做功課，
有時野鳥來坐。
'06

期中成績單

秋日已深，院子裡三十多棵樹都已變黃，幾棵老樹更以先知姿態落盡葉子，以免雪季來臨承受白色重擔。年輕的樹還在掙扎，捨不得落葉。

我們幾乎每天都會看姚頭丸的午餐菜單，進行無聊的對話：「明天午餐你要選什麼？」「噫？我有沒有給你兩塊錢？」「今天找的兩毛五放進罐子了。」

看著看著，才發現十月十九、二十日（週四、週五）兩天不用上學，連成四天假期。我這個情報員一打聽，發現國中高中也放假，但只放一天。原來是期中告一段落，讓老師準備下階段教學工作。這裡的學校把一學年分成四個 Quarter，不叫上、下學期，寒假很短只有涵蓋聖誕節、新年假期兩週左右，與台灣不同。一整年過了四分之一，確實應該喘口氣，讓老師把「教學精力罐」灌滿，再與毛頭小兵們展開第二回合作戰。

四天假還是沒功課，只有 Moothart 老師「應觀眾要求」給的兩三頁小作業，依我看，用鉛筆凸一凸猶如以牙籤剔牙，三分鐘就可以凸好。姚頭丸果然很快完成，跑出去跟小朋友打球。院子裡已有幾個他的球友正在玩橄欖球，衝過來跑過去的吶喊聲像蜂蜜一樣黏著他的耳朵。這陣子男孩們不打籃球，改打橄欖球，院子草地約五十公尺長，夠他們瘋。最近洗他的長褲很辛苦，全是草汁泥痕。

放假時應該先做功課還是先玩？

我回想自己念小學時有個不知是好還是壞的習慣，逢到放假，喜歡當天晚上就把作業全寫完（請注意，全寫完），以保留完整的假期。碰到寒暑假更不得了，接連兩三天像加工廠女工趕貨櫃船期一直加班，從早寫到晚，幾乎把整本作業簿解決了，只留下幾處有時間性的以後再補。為何如此？有一個很重要的原因是家事太多了；稻田插秧割稻除草、菜園拔草拔菜、挑水、廚房灶腳煮飯顧火、後院餵雞鴨豬、前院曬穀晾衣捲稻草、背弟妹，還要在百忙中每天「撥冗」跟鄰居玩跳房子、跳橡皮筋、辦家家酒或到河裡摸蜆仔，行程比行政院長還忙，不把功課先「按捺好勢」怎行？我記得有一次被阿嬤派去割草，我手腦並用，一面割田埂雜草一面嘀嘀嘟嘟背國語課文，背得太入神，沒發現草叢裡有一條蛇，伸手抓草亦抓到蛇身，蛇從掌中溜逃，我嚇得魂飛魄散。

現在的孩子每天都要父母盯功課，三催四請地，很不負責，逢到寒暑假，作業有一半是父母做的「家庭代工」——老師好像也是出給爸媽做的。想想我們這一代農村苦命小孩，誰管你死活呀？求學過程全靠自己摸索、克服、堅持。我一直是個對學習感到興趣的人，父母從未問過、看過、了解過我的任何一樣功課，靠著天生的責任感，從小學起每天凌晨四點鐘自己爬起來讀書（真是有毛病的小孩），寒冬亦如此。天亮之前起床，看著黎明破曉的感覺令我歡喜異常，尤其夏季清晨，稻埕上空氣清新，露水沁涼，一面朗誦課文一面聽遠近公雞啼叫，有獨自一人坐擁天地之感。但也留下後遺症，從此天一亮就完全睡不下去了，好像太陽的奴隸。因此，我常告訴姚頭丸，爸爸媽媽的求學過程全靠自動自發，希望他了解，一個對自己的學習與成長缺乏責任感的人，是走不了遠路的。

關於暑假作業，我一直覺得可以更靈活地設計，難道不能事先與父母溝通允許每人有不同的「作業」？對一個不看書的孩子，交給他五本書五部電影當作暑假工作是適合的，但對一個氣喘兒來說，最重要的暑假作業就是學會游泳、鍛練身體不是嗎？

做父母的大概會同意，暑假作業問題是「引爆親子危機的十大地雷」之一。我聽過最刺激的個案是，有個單親爸爸發現兒子暑假作業乾乾淨淨一個字也沒凸，心裡很氣，忍著，按兵不動看這傢伙怎收拾。開學前兩天，偷偷去瞄，還沒開工耶！這爸爸鐵了心要給個教訓，開學前一天，他知道這傢伙只剩這天能寫，故意一早帶孩子開車遊山玩水訪友吃野味，混到天黑才回家，讓他嘗一嘗熬夜趕挖雪山隧道的滋味（也有可能得到反教訓，孩子發覺前一晚趕工真的就夠了，從此變成雪隧專家）。我猜每個孩子多多少少喊過：如果沒有寒暑假作業多好！沒想到這裡的小學居然、居然、居然真的沒有暑假作業。他們太尊重假期也太珍惜假期，對一個受過台灣嚴格學校教育的人來說，這個沒有暑假作業的國家是缺乏競爭力的，是會亡國的，簡直是個天堂。

在這裡，用過晚飯之後，外面氣溫驟降，大約只有攝氏六七度，有時至零度，無法在月光下散步。我們沒電視，只能看書畫畫。我查看姚頭丸書包，看到有個黏得緊緊的信封，只准父母看，裡面裝著兩張紙。

一是「Who we are」自我探索單，這張單是在學校寫的，要學生省思、評估自己較強的幾項特質與較弱之處，加以解釋。單子背後，分別要老師、父母針對學生所寫的自我評估寫下看法與觀察，這份內容會放入學生的檔案夾裡，做為日後教學、研究參考。姚頭丸認為自己的特質是Open-minded，希望加強的是Knowledgeable。

我看著單子沉思了一會兒，學生、學校、父母三方聯手，一起尋找孩子的天賦禮物，探測他未來的天空可能在哪裡？他們很認真看待這件事，重視的程度不亞於學科學習。

另一張是第一個Quarter的成績單。我覺得很新鮮，沒聽說有期中考試，怎麼這時候有成績單？

翻開成績單，密密麻麻的字，挺複雜的樣子。從成績單的評分項目，可直接掌握學校的教育理想與學習導向。我看了好久好久，終於弄懂每一項背後的真正意義；也開始體會，在這些評量項目的大架構下，一個老師，一個家長，會用什麼眼光看孩子？他們會很快看到這孩子「與眾不同」？還是看到這孩子「不夠與眾相同」？

成績單包含三部分，一是出席情形，二是「超越學科的能力」評估，三是「學科能力」成績。

我們都很熟悉台灣的做法，期中考試包括國語、數學、社會、自然。考完，發下考卷，上面有分數，及全班分數等級統計（如一百分，五位；九十分，十六位……），這是我們的期中成績，直接顯示在考卷上，媽媽簽名時難免會嘮叨幾句：「這一題怎麼又錯了？考前幫你複習才問過還叫你背五遍記住，你腦袋瓜都不用的啊！以後考高中考大學怎麼辦？捶你喔！」

這裡沒有所謂的期中考試，但平常每教一段落亦有小測驗，對學習進度盯得緊。學科能力成績應是綜合平日所有表現而評定的，不是只看一次考試。先說學科，有：

一、閱讀。分三項評估：

a.程度：

評分方式有AG（Above Grade Level，超越年級水準）、G（Grade Level，年級水準）、BG（Below Grade Level，年級水準以下）三等第。

b.成績：

有五等第，A（Outstanding，傑出）、B（Very Good，很好）、C（Average，平均）、D（Below Average，平均以下）、F（Failing，一塌糊塗）。

c.努力度：

M代表Most of the time，指大部分時間很努力。P代表Part of the time，部分時間。R代表Rarely，很少。

姚頭丸拿到BG、A^-、M（罐頭掌聲放一下）。翻成完整的句子是：閱讀程度在四年級以下，成績是A^-，大部分時間都很努力。沒完呢，閱讀課老師還要寫評語：「很高興班上有這樣的學生，要繼續每天閱讀。」

由上可知，程度與上課認真度也列入評量範圍。這是台灣沒有的。

除閱讀課，學科另有：語言藝術（即文法），拼字，科學，數學，社會（注明這個Quarter未教），西班牙語，藝術，音樂，體育等。

只有閱讀、語言藝術、數學三門主科列出程度（好狠吶，全年級評比，要是台灣這麼做，補習班又要躺著賺錢），任課老師必須寫評語（姚頭丸的數學評語是：令人愉快的學生，要多做數學）。其餘的只列成績與努力度，沒寫評語。

但音樂、藝術、體育三科另有評量方式，不用ABC等第，每科各分細項評定，採用E（Excellent）、S（Satisfactory）、I（Improving）、N（Need Improvement）、NA（Not Applicable）、U（Unsatisfactory）六種等第。姚頭丸的音、藝、體三科都是S，滿意的。

姚頭丸受限於英文能力，主要的學科成績等第是A^-、B、B、B，語言藝術拿C^-（很正常啦，台灣的英文課較少學文法）。除了閱讀程度在年級水準下，其他都在年級水準。所有學科的努力度都是M，表示「大部分時間都很努力」（罐頭掌聲再放一下）。

對我來說，這份成績單上的M比其他的ABC等第還重要，M是未來，ABC等第只是可理解的現在程度。換言之，如果他留下來，M會改變ABC成績。

想來也不容易，他被丟到全然陌生的環境，每天還是開開心心帶兩塊錢搭校車去當一隻認真聽各種雷聲（閱讀雷、數學雷、拼字雷……）的小番鴨，沒抱怨、沒發脾氣也沒愁眉苦臉，做了一天英文操，下了課仍然開開心心。光看這一點，我們做父母的就應該給他三罐掌聲。

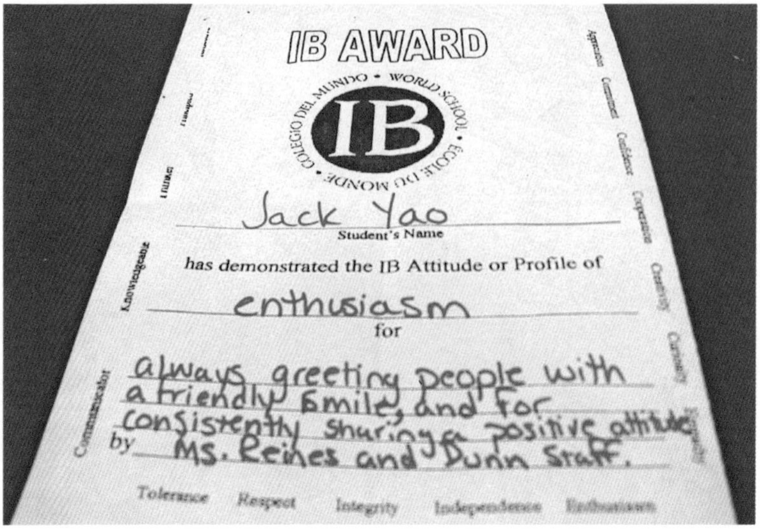

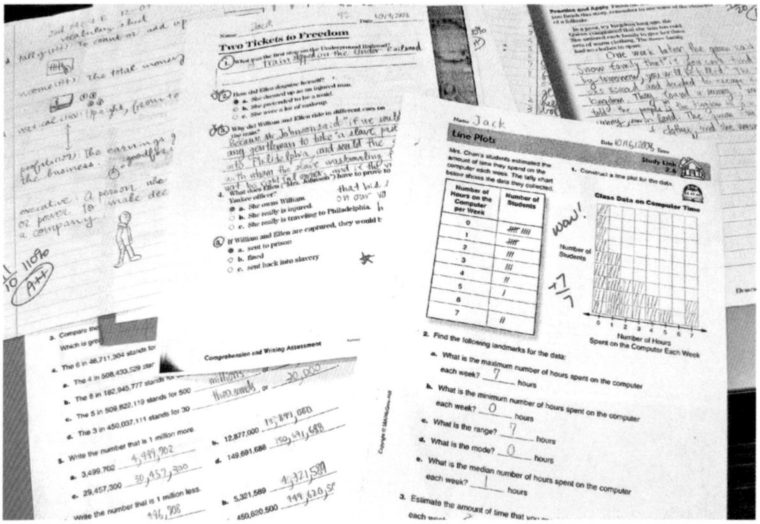

（上）熱心獎
（下）隨堂小考也不少

學科能力之外，另含「Who We Are」探索單的評量，評的是「是否理解中心思想」，姚頭丸拿SE，意為：強。

光是學科部分就這麼複雜，要知道一個老師除了教自己班級二十多個學生，還在主科分組課中教到別班學生，粗估至少全年級六十多人約有三分之二會與他交會，老師怎麼當呀？他們不抗議嗎？當初擬定政策時不集體反彈嗎？當然，不反彈的理由之一，我猜因為每個老師都配有一位「學生老師」，雙老師制分工，使政策要求有可能實踐。

但最讓我讚嘆的是「超越學科的能力」評量，這部分占了一整頁，不亞於學科成績分量。我逐字逐句看，發覺這部分太重要了，我從來沒想過學校能對每個孩子做這種評估與觀察。

「超越學科的能力」分成五部分：

一、社會能力。二、研究能力。三、思考能力。四、交流能力。五、自我管理能力。

每種能力又細分四五小項加以檢驗，以「研究能力」為例，分為：

a. 能從相關問題中找出研究主題，

b. 能多元地搜集資料，

c. 能有效地傳遞所學知識，

d. 能恰當地運用技術，

e. 能利用圖書館增強學習。

「思考能力」分為：

a. 能學習研讀與主題相關的資訊，

b. 能有效地運用知識，

c. 能省思並且做決定。

研究能力與思考能力的評量，是台灣教育體制中最缺乏也是最不受重視的，幾乎等上了大學才可能碰到、用到。我非常驚訝他們從小學就在觀察、檢定、訓練孩子這方面的能力。現在我可以理解，一位洛杉磯朋友提到女兒班上以一學年時間讓每個學生自行尋找主題，期末交報告。他說那些孩子好會做，每個人都是厚厚一本。我了解這是怎麼一回事了。但我仍要問：為什麼這個國家認為研究與思考很重要？為什麼台灣認為研究與思考不重要？哪一個對？

其他能力對我們而言較不陌生，涵蓋行為、同儕、功課作業等等，比較有意思的是，「社會能力」第一條是：尊重別人及其物品，第二條才是尊重老師。而「自我管理能力」包括：有效利用上課時間，完成指定作業，服從組織，對個人事物負責，展現自我克制。

五種能力評量方式是：SE（Strongly Evident，非常明顯），DV（Developing，發展中），EM（Emergent，發展初期）。姚頭丸拿SE或DV。

這份期中成績單像一張尋寶地圖，讓家長看自己孩子像看一座小海島，可推測其礦產、土壤、氣候與漁獲量，但也隱約顯現其宿命的天災。

我跟姚頭丸解釋成績單後，他一手搭著我的肩膀一手插腰，當場立志：「媽媽我決定了，第二個 Quarter 我會表現得更好！」

我說：「好好好，祝你有志者事竟成。你搭我肩膀做什麼？」

小學裡的選修課

我們這一代被聯考、教科書掐住脖子直到大學才獲得解放的人，一進大學都會得「知識貪食症」。不知別人症狀如何，我大一進哲學系，看到其他系開的課簡直要流口水，像饑民到處旁聽把每天排得滿滿的；上外文系王文興老師開的俄國作家屠格涅夫《父與子》，法律系的《憲法》，中文系的《中國文學史》，歷史系的《史記》，心理系的概論，到外面上毓老師的《孫子兵法》，還去考古人類學系聽課，貪吃得不得了，如今回想仍覺得沉浸在知識之海天寬地闊地遨遊是人生的黃金時光。當然，這些旁聽的課程不可能都不放，我一週兼兩個家教賺生活費，又沉迷於寫作，狼吞文學經典，每週六必去東南亞戲院報到，剩下時間料理本科尚嫌不夠，只能割愛。這可以解釋，為何我那麼氣時下那些不須打工不愁學費卻荒唐揮霍青春與父母心血，像一條懶蟲窩在大學裡混日子的年輕人。（嗯，我好像越來越像教官？）

你能想像嗎？我們上大學才享有的選修課，這所鄉下地方公立小學居然有開！天啊，不公平不公平！

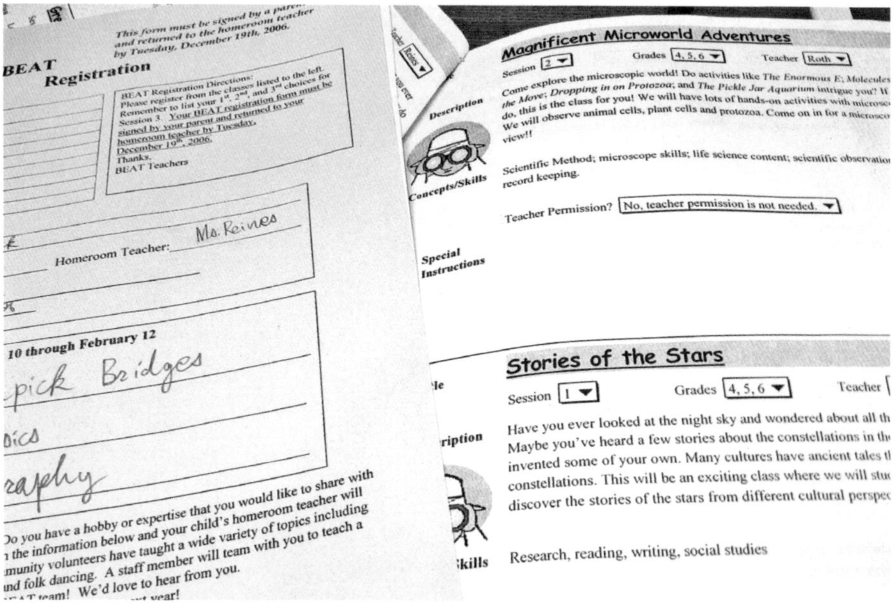

BEAT課的選課單，每門課皆評列課程簡介及能力要求。

九月中旬，每週四必帶回的檔案夾裡，除了各種小考、作業發回給家長過目之外（檔案夾封面貼一張日期表，家長在上面簽名，次日交回空檔案夾即可，不必每張考卷簽名繳交弄得大人小人都很亂。）另有一份名為「BEAT Classes」的選課單。

第一頁寫著：「好高興，廣受歡迎、針對四五六年級的BEAT課（Basics, Enrichment, Acceleration and Technology）（注），新的一年要開始了。在一二兩期，你可以各選擇最喜愛的三門課程，我們會根據你的志願順序排定。請家長與孩子一起討論，找出最好的選擇。注意，有些課必須經過老

注：

BEAT課，就字面加以理解，指「基礎」、「擴充」課，以及供優異學生選的「高階」、「科技」課等。綜觀之，課程內容頗多元，授課方式亦活潑生動。

師同意。上課地點依選修人數而定。家長必須在選課單簽名。」

我的第一個感覺是：哇！有哪些課？第二個反應：要交錢嗎？第三個問題：是課後輔導嗎？

不是課後輔導，用的是「上課時間」，當然不用半毛錢啦。

我猜，認真嚴肅的台灣家長與老師聽到「選修課」的反應會是：「開什麼玩笑，教育能這樣亂搞嗎？國語數學英文自然社會，教都教不完了，放學還要補英文數學作文心算，各科測驗卷也要寫，四五六年級要為國中教學做準備，現在不多寫測驗卷養成習慣上國中怎辦？開什麼選修課？加重大家負擔，成效如何有評估嗎？專家的意見都對嗎？又拿我們當白老鼠！」

（這口吻好熟悉喔，令人懷疑所有相似論調都是我說的！）

我們「流落」異國，別無選擇，一切交給學校安排。既是行之有年、廣受歡迎，想必學校與家長都已形成同一陣線，我們就不要拿台灣的那一套「教育意識型態」去頑抗，快快翻開課程介紹要緊。

第一期有七門課：「氣流與飛行」、「星系的故事」、「研究與多媒體」、「機器人」、「拯救海洋」、「神祕的疾病」、「天災」。

每門課都附有課程介紹、任教老師（由四五六年級老師擔任）、概念／能力要求（如：需具有研究、高級思考、寫作、搜集資料、呈現、團隊合作……能力）以及特殊要求，如：需家長協助使用CSU大學圖書館、需準備色筆等。

第二期有九門課：「太陽系」、「華麗的顯微鏡世界」、「詩集」、「數學／多面體城鎮」、「CSI鑑識科學」、「電腦藝術」、「機器人」、「奧林匹亞數學」、「野外探險」。

看著選課單，我都想去上課呢！尤其CSI鑑識科學，課程介紹提到：「你會學到讀指紋、分析筆跡……」，我常看《CSI犯罪現場》影集，充滿未褪的福爾摩斯情結，頗覺新奇。野外探險也不錯，需擇定地區研讀相關的社會學、自然生態資料，設計出自己的「探險地圖」，需交報告。

姚頭丸選了「機器人」課，四五年級學生二十一人，分五組，每組需討論、設計弄出一個會動的機器來。能力要求提到，需具有科學、數學、工程概念，能解決問題、團隊合作。十月開始上BEAT課，每週一到四，共四天，下午最後一節，一小時。分量不輕。

我仔細研讀所有課程介紹及能力要求，出現最多的字眼是：要有研究能力、思考能力、解決問題的能力、寫作（需交報告）、團隊合作。

這是小學嗎？十、十一、十二歲的孩子懂什麼？不是應該叫他們：安靜，不要講話，注意聽，快快把黑板上的題目抄下來回家做兩遍。

如果我們從頭回想這所學校所標舉的十項特質，「Who We Are」自我探索，主科能力分班，成績單表列非學科能力評量，一週四小時開設BEAT選修課……等等，這種種作為，讓我合理地推測，這不是小學，是一所小大學。

為什麼？我想問為什麼？

我更想知道，從這套理念訓練出來的孩子會如何看待知識、社會、世界與人生？

如何面對難題，尋求解決？

不打小孩，難道不怕他們將來變壞嗎？不辱罵，難道不怕長大目中無人嗎？回家功課只有一樣外加閱讀二十分鐘，不怕敷衍造假嗎？假期不給功課，不怕孩子鬆散嗎？暑假沒作業，不怕懶散、學習欲降低影響國家競爭力嗎？不補習，不怕將來贏不過人家嗎？不寫測驗卷，不怕考試吃虧嗎？

我無法回答。真的無法回答。

姚頭丸在台灣念的是課程滿檔的私立小學，即使如此，我們仍然得每學期花八千元，讓他參加星期六早上九十分鐘、學校聘外師教的科學班。寒暑假，花四千元抽空去國語日報上科學營。我自己是門外漢，只好買蕭次融博士的玩科學 VCD，陪他一起看，多少了解大氣壓力、伯努利原理，為了實驗，還跑到台北火車站實驗材料行買大燒瓶，帶他動手做好幾個實驗（真是難為中文系的我，那個電機、數學爸爸都不管），更不用提砸下重金買小牛頓科學館套書，希望從小幫他培養一點科學精神。

但是，如果家長無暇無力做這些，你能想像一個台灣偏遠縣市公立小學的十歲孩子跟這所小學正在上 BEAT 課的十歲孩子，他們的知識差距有多大嗎？

不同的國家、政府、社會，給孩子不同的資源與難題；不同的哲學家、思想大師，給孩子不同的生命思考；不同的父母，給孩子不同的視野；不同的老師，把孩子帶到不同的地方去。

BEAT 是課內，放學後，學校還開了課外課程，三：四〇—四：四五，讓有興趣的小朋友自由參加。

這學期開的是美術課（週一，由美術老師教，也是免費。後來又開寫作班），據說下學期有西洋棋，可惜那時我們已回台。姚頭丸本就喜歡畫畫，他也參加了這個美術俱樂部（Art Club）。

我問姚頭丸：「BEAT 課好玩嗎？」

他說：「好玩。」

「你們這組做什麼？」

「做車，大家都做車。」接著，苦惱地說：「可是我們這組的車，有時能動有時又不能動！」

「那才好哇！」我說，解決問題是學習的核心。他說，昨天老師給每個人一顆星星，因為他們都表現得很好。

好好好，現在，給老師與爸爸媽媽們一個問題：你認為像這樣的 BEAT 課，有可能在台灣小學開嗎？

又：

第二期 BEAT 課在十一月下旬開始，姚小弟依志願被排在「奧林匹亞數學」，四五六年級男女生都有，上課時競爭激烈，他那組常得「金牌」（一張紙），組員們鬥志高昂，團隊精神強，會互相打氣加油，他很興奮。

能與不同年級、班級的學生一起上課，對他而言很新鮮。在這裡，一二三屬低年級，四五六屬中年級，學生有很多機會在一起學習，因課程關係也有機會遇到多位老師，算一算，這學期他上了十位老師的課。

音樂晚會

十月將盡，松鼠的忙碌已告一段落，雪來過兩回，卻總在第二天融化，高原小城的陽光是盡責的鏟雪夫。

開學至今，也不過兩個月，我們受學校邀請第五次踏進校門，若連其他活動一起算，超過七次，走學校如走廚房，由此可見家長與老師手牽手護持孩子學習的用心。這一點台灣很欠缺。我也無法解釋何以在這裡施行得稀鬆平常的觀念與作為，一旦搬回台灣就變質、扭曲甚至造成災難。

今晚是四年級音樂會，三個班六十九個小朋友都會上台，合演一齣音樂劇。這也是台灣沒有的活動，我們必須送姚頭丸去，自然去當鼓掌大隊隊員。

看來，這是他們每年級的例行活動。開學不久，在五花八門的資訊中曾看到一張關於音樂會的單子，什麼日本民間故事改編……合唱……希望扮演的角色……之類，我們沒弄懂以為要另外排時間參加，沒想到指的就是這齣音樂劇。

這所學校真是不厭其煩地跟家長聯繫，任何計畫、活動、課程、校務都會通知家長，連一個老師要去受訓也發張小單子告知。剛開始我們覺得頭昏眼花，在台灣，把小孩送進學校後，除了學校日家長幾乎不再踏進校門（有的是家長很忙很忙，有的是學校不歡迎）。這裡卻相反，爸媽不常去學校、不做義工是不對的。度過初始的不習慣後，我們很快調整心態，接受學校召喚，像其他家長一樣站在學校旁邊，與學校結盟，形成孩子成長與學習路上的堅強夥伴。

音樂會七點開始，須六點半到校。一彎進學校那條路，發現兩旁停滿車子。

我問姚頭丸：「你扮演什麼角色？」

他抓耳撓腮：「嘶，我也不知道怎麼跟妳講？」

我瞪大眼睛：「都要上台了，還不知道怎麼講？太離譜了吧，可見你沒弄懂！」

他支支吾吾：「不是啦，唉，我不知道怎麼講！」

姚頭丸去教室集合、準備，我們直接到禮堂。

學校受限於場地不夠，禮堂一魚四吃，既是集會演出的場所也是體育館——下雪時在此上體育課，有四個升降籃框升到天花板上；更是每天吃午餐的餐廳——折疊型桌子鎖在牆邊根本看不出用途，一拉即是長桌。分兩梯次用餐，十一：三〇及十二：〇〇。此外也是每天放學後，安親班的活動教室，講台上擺桌子可吃點心寫功課，籃球框降下也可運動。安親班委外經營，一次需十三美元（3:38pm-6:00pm），收費頗高。

場地多元使用的前提必須是，每個使用者都能自律，遵守公德。這部分，確實已是他們生活中自然而然的修養。即使在無人看管的戶外，寬闊公園裡的遊戲區、烤肉區、草地、沙地亦看不到狗屎、果皮、罐頭、面紙、塑膠袋、菸蒂、痰與鼻涕（可能因氣候乾燥分泌物產量銳減）等垃圾，顯示當地居民自我管理與公德的高度。

這一點，我非常非常羨慕。在台灣，「公德」一直是社會發展的致命傷；我們常在假期去附近幾所小學運動，無一例外，每所校園皆可見到校外人士亂丟的垃圾，滿坑滿谷連尿布都有（可證明這不是在校師生用品）。來運動的人都是附近居民，泰半也是學生家長，如果做爸爸媽媽阿公阿嬤的連垃圾這種小東西都丟給學校處理，看在老師眼裡豈不心灰意冷？第二天上學，學生得打掃髒亂的校園，心裡也會憤憤不平：「哼，又不是我丟的，為什麼要我掃？」掃得不乾淨被老師念幾句，更氣，「要爛大家一起爛，別人丟給我掃，我也要丟給別人掃！」——這不就是我們的現況嗎？可嘆的是，這情況也持續二三十年了。

讓我們回到溫暖的禮堂，入口處有學生發節目單，簡介劇情，並列出指導老師及演出學生名字。我一進去，嚇一跳，怎這麼多人？這些人晚上都不煲電話不看談話節目不關心政治嗎？

大約三百個座位都滿了（請原諒我這個無聊人士，我到哪裡都會數出席人數），扣除教職員，其他都是學生家人。後面與側面有兩台精巧的錄影機掛在腳架上正在待命，大人前後左右地招呼，小孩也各自談話，氣氛暖熱，輕鬆，沒有人大吼大叫或跑來跑去。

七點，校長簡單地致詞，接著歡迎四年級所有小朋友出場——不需鑵頭掌聲，所有人熱烈地鼓動雙手。

舞台上懸掛布幕，富士山圖案。學生分為四組，一組吹笛子，一組負責朗讀故

四年級音樂晚會，每個學生都需上台，家長熱烈參與，現場座無虛席。

事，一組合唱兼舞蹈，一組敲奏木琴，音樂老師指揮。

擔任要角的學生穿和服，舞蹈的女生穿芭蕾舞衣，其他的穿平常衣服。他們利用兩個月有限的音樂課分組練習，看得出來未達到整體和諧，然而，學習的意義大過演出效果，孩子們個個認真地融入演出，結合故事、音樂、舞蹈、合唱，一段接一段，能不凸槌，已經不錯了。

其中，我注意到擔任朗讀故事的那一組，有一位高瘦男孩，說話的聲音特別低，而且很慢；我立刻明白這是老師刻意安排，讓一個說話結巴、幾乎不可能跟舞台產生關係的孩子，有機會站在台上對滿座觀眾證明自己可以克服困難。我的心緊緊一揪，感到好大的溫暖，我若是這孩子的媽，看他那麼專心用力一字一句地讀，此時一定淚流滿面，回家會抱著他說：「你做到了，很了不起，我們以你為傲！」

我想，這就是教育所顯示的高貴力量，告訴有困難的孩子：「沒關係，慢慢來，老師等你，我們也為你準備機會。」而不是如我們所聽聞的：「這孩子根本不行，每次班上總平均都被他拉下來，你們要不要換到後段班，對大家都好。」

多少孩子欠的就是這句話：沒關係，老師等你！

禮堂裡另一個吸引我注意的是家長反應，尤其他們手中的數位相機與錄影機，簡直比燦坤陳列櫃或此地 Best Buy 目錄還酷炫，此起彼落的攝影聲，使這溫馨禮堂洋溢著濃濃的「粉絲」味。基於上次頒獎的教訓，這回我親自照相，即使只照到屋頂也比什麼都沒有好。

姚頭丸在合唱組，這組除了歌唱也須做一些舞蹈，當前面的芭蕾女生翩翩起舞時，我終於看到站在後面的七個男生，舉起手中白紙剪成的白雲，做出抖抖抖、抖抖抖的動作。

難怪他不知道怎麼講，原來他是富士山上的一朵白雲。

半小時的演出結束了，老師領著孩子謝幕，頗具專業架勢，孩子的答禮方式亦有板有眼。家長的掌聲夾著叫好聲，久久不停，這對孩子來說真是莫大的鼓勵，能站在高高的舞台上感受觀眾的熱情與掌聲，霎那間會激出榮譽與信心。當然，最重要意義在於對老師的鼓舞，即使他的心如冷鐵，面對滿座家長的掌聲也會融化，會被人與人之間最真摯的能量充滿，會接收父母傳遞給他的感謝與欣賞，因而對工作產生無限的感激與成就。接著，自然而然對滿座家長說出這段話：

「他們非常認真練習，做得很好，我以他們為榮。」

我感受到真誠的力量無所不在，彷彿台上、台下緊緊擁抱在一起。

又：

想起一件發生在台灣的真實案例：國中畢業典禮前，學生勤練表演節目，以期為自己的畢業晚會留下美好回憶。典禮前一天，某位家長對老師不滿，竟阻止女兒參加畢業典禮與表演。典禮當天，班上同學四處張望，期待看到三年情誼的同學現身，而她始終沒來。這件事讓我難以忘懷，警惕著：大人，不可以因自己的怒氣把孩子當作犧牲品。

請假授課備忘單

天氣在晚秋與初冬之間掙扎，溫度忽高忽低，有風的時候吹得人縮成一團，無風時又豔陽高照。自小體質過敏、氣管不好的姚頭丸不小心中鏢——感冒，咳嗽拖了一陣好不了，又併發上吐下瀉腸胃炎，這德性不宜上學，連請兩天假。

電話中，老師請我們放學時去拿當日功課。一拿回來，頗覺得特別。雖然學生沒來，但學校仍要為這名學生的學習負起責任。

班級老師在顯然專門用來給缺課學生看的功課備忘單上，先寫了一句溫馨小語：「我們很想你！」，再一一注明當天的授課科目、範圍及作業，並把平時放在學校的相關書本及作業簿讓家長帶回，要學生在家完成並交回。換言之，學生雖未到校，若體力允許也可以在家補破網，不至於變成脫隊的醜小鴨。

第二天仍請假，放學再去拿功課。當晚有大型活動「秋季嘉年華——募款餐會」，乃學校很重要的募款日。辦公室老師得知姚小弟不能來，表示可惜，但隨即用幽默的表情說：「告訴 Jack，這個 Party 不怎麼樣啦！」頗有安慰他的意思。

拿回來的五花八門作業、單子中，夾了一張速食餐廳招待券，乃第一個 Quarter 全勤的小獎勵。姚頭丸說：「第二個 Quarter，我沒辦法得了！」我說：「你在家當兩天少爺還不夠呀！」

台灣的做法不一樣，請假手續是一定要的，但老師不會給授課備忘，也不管你是否功課落後。姚小弟從小擅長生病，為了遍訪中西名醫所以常請假。我的經驗是，必須四處打電話問同學今天教什麼、功課是什麼；小朋友講得哩哩拉拉，不時穿插「今天大雄跟小明又吵起來」或體育課跑四圈、午餐有滷雞腿之類的「小兒科話題」。掛完電話，一頭霧水；要不就是該科課本作業皆在教室，問也是白問。

我記得姚小弟一年級時，班上有個小男生請假，當晚打電話來問功課。本來這是小人社交沒我的事，但從擴音電話中，我聽得頭昏腦脹，不能不管。那位小男生注音符號尚未熟練，拼寫完連自己也看不懂，姚小弟再念一遍他跟著複誦一次，寫著寫著兩人又一起糊塗了。其情其景，很像現今台灣男人治國。

如果有授課備忘，小男生的姊姊放學時幫他帶回不就結案了嗎？

想想那些陷身職場的爸媽，孩子生病已夠煩心了，哪還有餘力一一電話追蹤教學進度。若學校有此備忘單措施，豈不是幫了學生與家長的忙。

辦教育，真的要放下種種成人世界的薰習、怠惰、瞋怨、計較、焦躁與姿態，每天一進校門變身為純潔天使，一切以學生的學習與成長為「最高指導原則」，從學生角度體察、施行，要不厭其煩，不怕任何細節。一張請假授課備忘單，讓我看到他們的細膩與用心。

只不過薄薄一張單子，為何台灣做不到？

注：

拜社群媒體之便捷，課堂上的疑難雜症都可以在 Line 群組上解決了。尤其在新冠疫情衝擊下，「教室」概念改變了，實體上課、視訊教學均屬日常，上學愈來愈是不必出門的事。

研討會練習

有一天，書包裡出現一份資料，三頁，第一頁是老師的概說，兩頁是一篇文章。原來，這是研討會（seminar）練習。老師簡單解說進行的方式，每個人必須先熟讀短文，畫出重點，在空白處寫下自己的幾句看法，句子寫作模式如：我覺得……。我感到疑惑……。我同意……因為……。我不同意……因為……。我很驚訝……。等等等。這些句式可讓小朋友有所依循，以免天馬行空。

依我看，這就是閱讀、思考、表達的統合練習。藉由研討會，鍛鍊小朋友理解在追求知識或真理辯論的過程中，你的意見不可以缺席！

老師選的是一篇有趣的故事而非生硬冷僻之作：一個男孩，看到山上有一隻羊卡在岩石縫隙，爬上去救，卻發現自己一站上岩石竟被黏住了。男孩很困惑，試了又試，終於發現大石頭具有磁性，而男孩的鞋底是鐵釘型的。最後，男孩對那隻被吸住而非卡住的羊說：「嘿，還好你不是鐵做的！」

讓我們停下來想一想，也用研討會方式來研討一下這種研討會有意義嗎？

我們心中應該有一派聲音在噴出一絲鼻氣之後這麼說：

「笑死人講話需要練習？外國的月亮比較圓嗎？別人的教育模式就適合我們？

照你的說法延伸出去，美國農藥吃了還有益健康哩！你根本不愛台灣，蔑視台灣優良的傳統教育方法，是罪人、敗類！中文教學多麼艱難，拼音文字能比嗎？我們必須抓緊每分每秒叫學生反覆練習，多寫字，每個字寫二十遍都嫌少，升學考試寫錯一劃就是錯，字還有破音問題，姨媽姑媽舅媽都是媽也都不是媽！每一課，光教課文、背課文、抄解釋、背解釋、認識同義相反詞、造句改錯都不夠了，還搞什麼研討會！小四懂什麼研討，要學的話多看政治談話節目就夠了，這才是從生活中學習、機會教育。小學生搞研討，還不是浪費時間光聽幾個愛講話的小朋友鬼扯，對其他不愛表達意見的人公平嗎？不愛講話是罪嗎？你有沒有為他們的前途想一想？」

（嗯，熟悉的論調又來了。以上言論，除了丹田有力值得替他高興之外，餘皆可刪除。）

另一派聲音回應得較慢，因為她陷入一些平日未及思索而此時湧上心頭的畫面之中。

畫面之一：她回想從小學到大學的教育歲月裡，確實有一部分同學從不在課堂出聲。他們不舉手發問，沒有任何問題，非常害怕站起來講話，一旦被點名，幾乎無法在大家面前簡明扼要地說出自己的看法。

但在私底下，他們活潑健談笑鬧很有意見，跟同學相處毫無問題。若要舉行「背後批評」比賽，他們也不難勇奪前三名。

畫面之二：她以作家身分周遊校園甚久，至中學大學演講遍及台灣南北。主辦單位總要求留二十分鐘讓同學發問，但這二十分鐘常常像二小時那麼難熬，因為同學都沒問題！她總是很氣餒，心想：是我講得太好還是太差？沒人睡著，都在清醒狀態，可是怎麼一點問題都沒有？也許我適合做心理醫師，我長得讓人家忘了問題……

畫面之三：或有站起來發問的勇士，全場靜靜聆聽其高論，但他滔滔不絕卻不知其問題在哪兒？越聽越令人神經緊張，時間滴答滴答過了六分鐘，那匹行空的「天馬」還在忘情遨遊？只見工讀生已不客氣地收海報、撤花盆，聽眾亦起身欲離去了，那位仁兄仍口若懸河……。

我們的教育確實缺乏這方面的訓練，以致很多人不擅長或不敢發言，其心理或因容易緊張，或是擔心問題太膚淺被笑。延伸影響，實際生活中，我們很難透過研討、會議就事論事地進行政策辯論而求取共識，最後總是導向最糟糕的意識型態，讓愚蠢的顏色決定一切。

十歲的孩子開始學習研討會，深獲我心。老師規定每人都要發表意見，須事先寫下看法或問題，她收回單子先過目（我猜會稍作修改），再正式舉行。

第一次，也許開得七嘴八舌、胡亂發言，第二次，也許情況好一點，第三次……，接著五年級研討會……，六年級研討會……，七年級研討會……。

教育最可懼之處就在於潛移默化。讓我們猜想，一個經過研討會訓練出來的孩子，與一個被要求安靜聽課的孩子，當他們同時來到高中也同時去聽一場演講，恰好也坐在一起。

你認為，舉手發問的是哪一個？

你認為，他們之間的差異，僅僅只是一手之舉而已嗎？

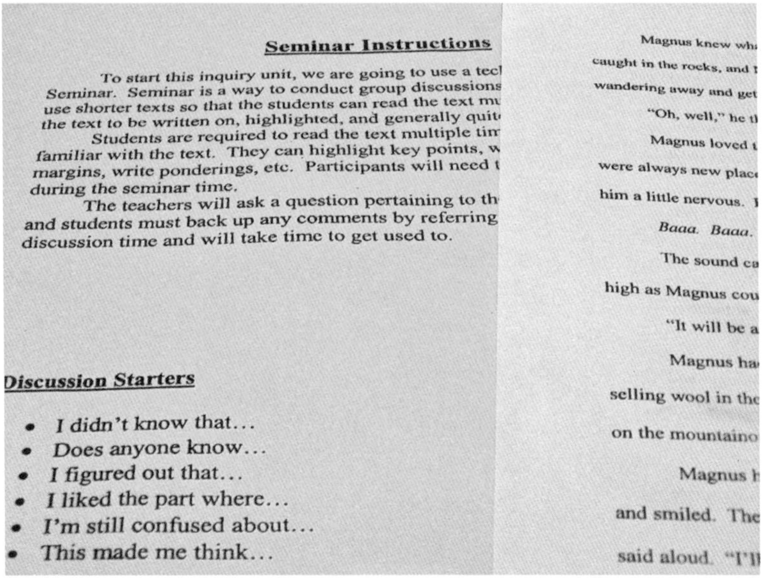
Seminar Instructions
To start this inquiry unit, we are going to use a tec
Seminar. Seminar is a way to conduct group discussions
use shorter texts so that the students can read the text m
the text to be written on, highlighted, and generally quit
Students are required to read the text multiple tim
familiar with the text. They can highlight key points, w
margins, write ponderings, etc. Participants will need t
during the seminar time.
The teachers will ask a question pertaining to th
and students must back up any comments by referring
discussion time and will take time to get used to.
Discussion Starters
I didn't know that…
Does anyone know…
I figured out that…
I liked the part where…
I'm still confused about…
This made me think…
Magnus knew wh
caught in the rocks, and
wandering away and get
"Oh, well," he t
Magnus loved t
were always new plac
him a little nervous.
Baaa. Baaa.
The sound c
high as Magnus cou
"It will be a
Magnus ha
selling wool in the
on the mountaino
Magnus h
and smiled. The
said aloud. "I'l
研討會簡介及文章

萬聖糖果夜

十月三十一日是萬聖夜（Halloween）。這個西洋鬼節開始跟我有關係，不是因為我變成洋鬼，而是我生的那個「小鬼」上幼稚園。從那天起，我被迫「活生生」地過萬聖夜。

「不給糖就搗蛋」，這句鬼節口頭禪想必困擾過很多像我一樣從小服膺「不給糖就認命」的父母。但，我們最後還是很認命地交出糖，不是畏懼搗蛋，是不想孩子跟我們一樣從小沒糖。

「糖不要吃太多喔，吃完要漱口喔，否則會蛀牙喔！」我總是憂心忡忡地對每一個小朋友說。這麼囉唆，誰理妳呀。

孩子上小學，以為脫離「魔掌」了，怎料還是有化裝派對要糖活動。本想偷懶買個鬼面具應付應付，偏偏買不到——畢竟不是台灣的傳統節日，只好靠這顆除了長白頭髮還算能用的腦袋，搖身變成加工區女工：將黑色大垃圾袋剪成鋸齒狀披風，金銀亮光紙剪成星月形，叫小童工胡亂貼一貼，又做眼罩與王冠，霎時金光閃閃瑞氣千條，好一個黑夜王子現身，展開討糖事業——當然，學校只發一兩粒意思意思。

學校配合小一上英文課，營造節日氛圍，練習「trick or treat」用語，立意甚好。但這不在我們的文化傳統與在地生活範圍，扮演起來總覺得七零八落。吃完糖後，問姚小弟：「萬聖節怎麼來的？」一概不知。

其實我也知道得不多，但至少還有一點求知欲，上網查訪，維基百科給了解說。

中文世界因文化隔閡，長期把十月三十一日的「萬聖夜」與十一月一日的「萬聖節」搞混了。凡鬼節之稱、南瓜燈、化裝舞會、討糖等夜行性動物活動，指的是「萬聖夜」，源自不列顛凱爾特人的傳統節日；而「萬聖節」是天主教登陸不列顛後，為了取代鬼節而訂出的節日，以紀念殉道諸聖。

吸引人的是鬼節背後的文化意涵。凱爾特人認為十一月一日是新一年的開始，因此十月三十一日為收割節慶日，也是年終。他們相信死亡之神（Samhain）會在這晚偕鬼魂一起重返人間，尋找替身，因此凱爾特人點燃火炬、焚燒動物作為獻祭，又用動物毛皮做成服飾打扮自己，戴上面具，發出古怪聲，讓死亡之神認不出自己以避災。萬聖夜的化裝舞會即源於此。

這與我們的中元節開「鬼門關」頗有異曲同工之處。不同的是，一個把自己裝成鬼以「混淆鬼聽」，使原本害怕被鬼抓的心理元素有機會轉為變身狂歡，以釋放恐懼、禁錮、野性。另一個始終不放棄人的堅持，虔誠禮拜，經懺消災；演變成人間佈施請客，眾鬼赴宴。

中西文化相互激盪，沖激的浪花打濕我們的生活。但是，我時常在半濕不濕的狀態下感到迷惘。諸多西洋節日移入我們的生活，尤其是小學校園，熱熱鬧鬧彷彿與國際同步或其所屬殖民。然而台灣是一個古怪之島，洋種子吹來幾乎無法生根茁壯，氣候土壤農作物都不對的緣故吧，這些節日也就顯得淺碟化，直接變成商品社會操作下的消費行為。至於我們自己的節日與文化傳統，有時又顯得潦草。去中國化的大浪潮裡，屈原是個老中國人，嫦娥也跟台灣無關，文化的既有元素逐一流失，致使傳統節日簡陋化，只剩休假反應或封街烤肉、送禮看電視。

故事呢？對不起，沒有故事。

這是危機，我們急於辯稱與他人不同，卻又說不出自己是什麼。

回到宿舍小村吧。十月剛開始沒多久，我注意到很多商家推出萬聖夜相關用品，尤以大南瓜最招搖。「我嬤」超市門口堆積如山，那南瓜大得像隕落的彗星，黃金色澤渾圓飽滿。據說這種南瓜不可吃，專給孩子刻南瓜燈迎鬼節的。品種改良到近乎量身訂作，只能敬佩人家過節的興致生猛有勁。

不只如此，超市早早擺了兩大區讓你無處可逃：一是化裝舞會服飾面具，從厲鬼巫師海盜到物物仙子怪俠，二元至四五十元不等，滿足孩子的變身欲；另一是糖果區，滿坑滿谷，直接提醒你：如果你是個大人，且是個有良心的大人，丟四包糖果進推車吧。

我們入境隨俗，讓姚頭丸去選扮鬼的飾品，我與姚同學選糖果——這麼多不健康的東西實在很難下手，不得已選了較貴的巧克力（請容我打個岔，我對老美的嗜甜功力佩服得五體投地，尤以焦糖蘋果為最；蘋果裹滿一層層的焦糖還不夠，再滾滿M&Ms巧克力。在我眼中，這根本就是自殺行為，但他們都自殺得很快樂）。

姚小弟被琳瑯滿目的服飾道具迷住心竅，我們一再催，只准買三塊錢以內、能

TRICK OR TREAT
SAFETY TIPS
① Always go with an adult.
② Carry a flashlight at all times.
③ Wear bright costumes that don't block your vision.
④ Only go to houses that are well lit.
⑤ Always have your parents check your candy before you eat it.
⑥ "Have Fun!!
Autumn Harvest
2006 Halloween，小姚
靠巫帽與斧頭，征戰四回合，
「斬獲」糖果3公斤！
媽媽評語：嚇死人！

帶回台灣的。這種小氣預算別無選擇，他選了一頂軟趴趴的巫師帽，一把輕飄飄的斧頭。

鬼日越近，街景住宅亦悄悄變了樣，頗有些人家不辭辛勞在門口擺鬼臉南瓜，院子大松樹上繫十幾個鬼魂小娃娃，彷彿此處不住人。據說有些狠角色在自家草坪佈置墳墓鬼影，專嚇夜歸鄰居。鬼節就是要比嚇人段數，人家這麼敬業，想必被嚇到的鄰居一面拍胸安魂，一面咬牙讚美：嚇得好！嚇得好！你老兄就地掩埋更好！

宿舍辦公室早早發下通知及一張南瓜色小貼紙。依照往例，萬聖夜七點開始，宿舍村的孩子們會來討糖，若你家有糖可討，請在門口掛小貼紙，小鬼會找上門。

當天下午，學校亦有萬聖派對，小朋友們各自穿扮，一時妖魔鬼怪出籠，人鬼同歡。姚頭丸戴上巫帽，揮舞小斧頭展開生平第一次貨真價實的討糖事業，可能是「殺紅了眼」，竟誤了校車。他從學校辦公室打電話回來哇哇叫：「媽媽，我沒趕上校車啦，爸爸可不可以來接我？」

我暗想，這傢伙可能躲在某個陰暗角落大吃糖果才錯過校車。若如此，我也不驚訝，我們平常幾乎不准他吃糖，如今美味當前，豈有乖乖拿回家交給「教官」的道理。

CSU大學童心未泯，當天下午三點至六點在學生活動中心亦有討糖遊戲，任孩子們斬殺。待姚頭丸放學回到家，我們立刻趕去，把握時間展開第二回合作戰。姚同學自去研究室繼續做他的「鬼功課」，我們母子殺到活動中心。由於已近尾聲，只見零星的大小鬼出沒——有父子化裝成吸血鬼，亦有豹裝母女拖著尾巴晃來晃去，令我深深感慨，這一天若還人模人樣地活著，是一件很失敗的事。

活動中心有十幾間辦公室，各展神通佈置成鬼屋，饒富趣味。據說恐怖九一一之前，大學生宿舍區的萬聖夜那才瘋狂，每戶佈置得影影幢幢，附近小鬼們必不遺漏這處討糖仙窟，有學生充當嚮導義工，接待一波波湧入、高聲嘻鬧的厲鬼們。相較之下，活動中心這場面就顯得冷清。

姚小弟揮舞斧頭，自去恐嚇取「糖」，樓上樓下三層苦主甚多，有得逛。我坐在餐廳喝咖啡、寫筆記等他。唉，請容我自我批判：若我還在二十多歲青春火紅年紀，碰到這種萬聖夜必定瘋狂到什麼事都幹得出來。今吾已老矣，即使蒂芬妮「討鑽」活動也不見得能誘拐我，更別說糖果餅乾，都比不上冬天黃昏獨自享受的一杯熱拿鐵。

姚頭丸討得的糖果。

餐廳玻璃窗外，天色漸暗，是個氣溫接近零度的秋晚。我看著裝扮的人們，也不禁欣賞這座大學城的歡樂氣氛。甚至覺得這趟遊學是不錯的體驗，姚頭丸還是個對討糖有興趣的孩子，這一夜將留下興奮回憶；若他是大學生或是拼學位的博士生，恐怕已無純真看待萬聖之夜了。

姚小弟提斧歸來，笑嘻嘻一袋糖果，嚇壞我。時間不早，晚上還有宿舍小村的第三回合，趕忙回家，料理晚餐。

姚小弟匆匆塞完水餃，改戴橄欖球帽出征。我們兩老尚未吃完，已有小鬼敲門，趕緊畢恭畢敬送上糖，順祝鬼節快樂。飯後，姚同學在家等鬼發糖，我自去小村逛逛。

院落一片黑暗，枯枝樹影參天。有幾家簷下牽著閃爍爍的小燈泡，在寒冷中添了濃濃的節慶氣氛。零度氣溫，冰風絲絲如鬼爪，不禁拉緊領子不敢洩露體溫，免得勾引吸血鬼。

這麼冷，卻絲毫擋不住小鬼們的興致。三五成群，費心裝扮成蝙蝠俠、吸血鬼、妖魔鬼怪、公主等，手上必有提袋，一窩跑到人家門口大喊：「Trick or Treat」，主人笑嘻嘻出來發糖，樂於被鬼騷擾。我在一旁觀賞，覺得一個社會能讓孩子這麼挨家挨戶地鬧著樂著，真是了不起。

姚小弟討了村裡的，正巧有位台灣鄉親要帶孩子到住宅區遠征，姚小弟搭便車去見識見識，這是第四回合。

「別討太多喔！」我一面揮手一面說著「人話」。

我繼續閒逛。冰冷的空氣、四處歡聲串門的孩子讓我想起在超市遇到的那位駝背老太太，她若獨居，會不會備了糖，早早坐在門口等孩子來按鈴？

我一面散步一面想，還與幾個殭屍小鬼打招呼。彷彿看見，牆上時鐘的腳步聲踢過一小時兩小時三小時，夜越來越深，門鈴始終沒響。老太太站起來打算去睡的時候，門鈴卻響了。一個英俊的年輕人站在門口，老太太伸出顫抖的手把所有糖果交出去，還對他說：「萬聖夜快樂！」

年輕人握住她的手，說：「親愛的，妳不認得我了嗎？」

老太太連抬頭好好看一眼都有困難。年輕人伸出手臂摟著她，在她耳畔低語：「我特地來帶妳，親愛的，我是妳六十年前死去的丈夫啊！」

我想給這個臨時起意的故事一個萬聖夜式的結局：

次日，人們發現老太太倒臥在門口，早已凍僵，四周散著花花綠綠的糖果。仔細看，她的表情有一朵淺淺的笑，好像嘴裡正含著最甜的那一顆。

補記：

姚頭丸遠征歸來，手上又多出一只大提袋，沉甸甸地，把我嚇得半死。總計萬聖夜當日「化緣」所得，約三公斤糖果。過癮過癮，頭痛頭痛。我把糖果攤在桌上，拍照留念。開始不懷好意地想，萬聖夜起源可能有另一版本，應是牙科醫師公會暗中策劃的陰謀，讓所有的小孩快速蛀牙。

我覺得這版本比較吻合事實。

織一張閱讀網

前幾天，學校發一張單子，稱之為「十一月閱讀目標單」，顧名思義以後每個月都有一張。

單子上畫了二十五個白白胖胖的派，希望小朋友每月能閱讀二十三天、每天二十分鐘，若做到，爸媽或監護人（此地單親家庭不少）可在派上簽名，集滿二十三個就交給老師。

姚小弟說他要集滿二十五個才交，我當然沒意見，且做得更逼真，除了簽名還把「每日一派」塗上顏色，問他：「今天要巧克力派還是檸檬派？」另標示書名、閱讀時間、頁數。沒辦法，我就是喜歡沒事找事，瑣瑣碎碎地自得其樂。以前簽他的作業、考卷，若表現不錯，我會畫上一根「棒棒糖」以資鼓勵，他還會要求著色，「你要什麼口味？」我問，「草莓好了。」他說。母子同等無聊。

這陣子他在看*The Boy Who Lost His Face*，一九八頁，生字量：每頁六～八個，算是小拼命。若遇到整頁沒生字，他就樂：「媽，這頁沒有一個字我不認識哩！」我禮貌性地回答：「好哩，恭喜，八七加滿！」在台灣，姚同學去加油必說：九五加滿。此地不加九五加八七，這是我們的「加油」密語。上校車前，我若說：「Jack，八七！」他會點頭回答：「我會的。」

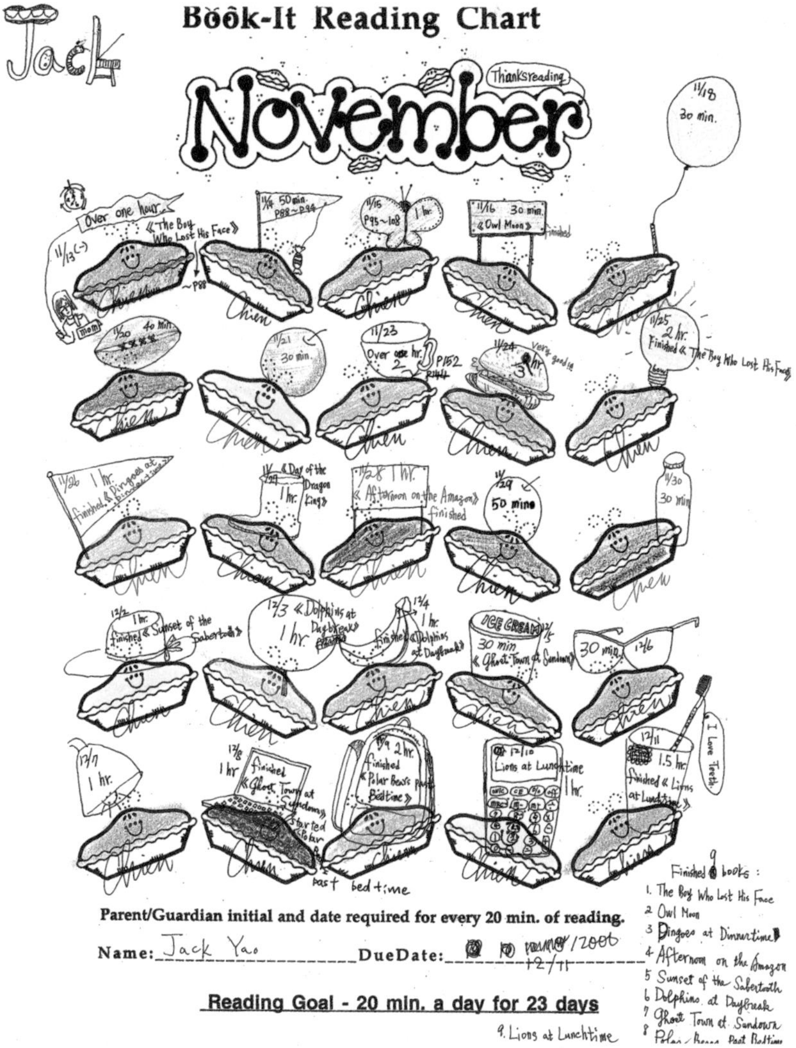

閱讀紀錄單。讀完，老師送一張Pizza Hut優待餐券。

這學校不厭其煩，每天聯絡簿一定寫：閱讀二十分鐘。潛移默化之下，小朋友也視作當然。放學後，宿舍村小朋友來敲門：「Jack，你能出來玩嗎？」姚小弟回答：「I am reading.」對方立刻說：「OK, see you!」因為閱讀也是功課的一部分，他們知道這很重要。

推廣閱讀是全世界的潮流，台灣亦敲鑼打鼓。每個人都知道閱讀重要，但是，怎麼讀、讀什麼、跟誰讀、何時讀、何處讀、讀成什麼，各有高見。每種做法若能促進讀書風氣、沉醉書海都是好的，我沒意見。我最大的意見是，父母不讀、老師不讀，學校家庭什麼也不做，卻一天到晚喊口號叫小孩讀，真是豈有此理。

學校是推動閱讀、培養孩子追求知識最重要的殿堂（不是店面），鼓吹不應只是升旗台上吹一吹小喇叭或貼一張海報而已，須有不厭其煩的實際做法，才能把一群咩咩叫、懶懶散散的小綿羊趕上高山頂峰。

八月開學不久，學校對所有學生做了數學與閱讀的程度測驗。姚頭丸這隻外籍鴨的閱讀程度是2.1～3.1，被編入四年級「閱讀課」的初級班。

測驗之後，學校顯然針對學生程度開始進行具體方案。他們有個很不錯的做法，在每個學生的借書單上註記建議他們借閱相符的書；而圖書館亦將每本書做了程度分級；書背貼紙，紅代表初級，藍是中級，白是高級。此外，內頁更進一步標識這本書的閱讀等級。

老師在姚頭丸的借書單上註記借2.1～4.0等級的書，之前他借了一本*Why Pick on*

Me?，等級是2.4。我覺得這個做法真好，循序漸進，勿好高騖遠，顯示學校的用心。

姚頭丸現在看這級的書已無困難，他自己也能藉由級數增加而感到進步。至於此地流行兼具知識性與冒險性的 *Magic Tree House* 系列讀物，他看了七八本，糧草將盡，我們就去書店補貨。

另有一位作家 Louis Sachar，專攻中年級學生小說，故事皆跟校園朋友家庭成長有關，主角為三四五六年級，出了十多本書，頗受小學讀者歡迎。

姚頭丸看完 *There's a Boy in the Girls's Bathroom*（他的班級老師念這本書給他們聽，順便討論），對他的書頗覺趣味，我們因此去買*The Boy Who Lost His Face*，講一個男孩如何克服懦弱贏回自己的「臉」（面子、良知、勇氣），讓他繼續啃讀。

每週五，閱讀課老師帶他們上圖書館借書。他借了一本*Why Pick on Me?*，讀完之後，令我驚訝的是，老師要他做「讀後測驗」（Accelerated Reader Test, 簡稱A.R. Test），看他是否讀懂內容。

他說，老師讓他操作電腦。先進入四年級名單，找到自己名字輸入密碼，再輸入書名，就會秀出測驗題目，共十題選擇題。做完之後電腦會秀出成績，問你要不要看哪裡錯誤？再去列印成績交給老師。十題對八題，他說。

他又從圖書館借 *Kidnapped at Birth?*，講一個男孩諸事不順，看到電視上某國王要大家協尋出生那天被抱走的兒子，認為自己可能就是那個王子，還去協尋辦事處驗血，以證明皇家血統。老師對他說，看完也要小測一下，十題對九題。之後，他又借一本忍者的書，老師也給測了一測。

我問姚小弟，老師只對你這個外籍生這樣還是人人有獎？他說每人都要。有一次老師帶他們去電腦室，每人針對其閱讀的書做測驗。我心想，這學校的老師真不好當，一班二十多個學生除了課內教學作業測驗，還要個別盯閱讀進度。

除此之外，每週二有一小時是他們原班級（Home class）的「圖書館時間」，另有一位圖書館老師在那兒當家，協助小朋友看書借書。

若有人想分享讀書心得，可填一單，寫好書名及大意，老師會安排一點時間讓他發表感想。我問他，有人發表嗎？他說很踴躍，但一次只能給兩個人。這是個好主意，我鼓勵姚小弟也可以做，訓練如何簡明扼要地發表心得。

讓我簡單整理這學校的「閱讀網」吧！

原班級老師「撥冗」在班上念一本故事書引導討論，給的家庭作業必有閱讀二十分鐘。這是一般性做法。

程度分級的閱讀課（相當於國語課）老師，除了六百多頁的課本要教之外，還帶他們上圖書館借書（以語文類的故事為主），讀後立刻測驗；除了課堂上大鍋飯，還依循學生閱讀興趣個別盯其閱讀進度、督促他一週一本地往下讀。如此緊迫盯人，初級班學生才能穩定進步升中級，中級的升高級，高級班資優學生出類拔萃據此成績而跳級。這些尚屬事小，最可怕的是，這孩子從此養成閱讀習慣，一生沉醉書香。學校真是薰陶孕育的大殿，但想想我們的能力分班，分到普通班及後段班的學生受到什麼對待？

每班固定的圖書館時間不是放牛吃草讓學生打鬧、老師自去開會改作業；有個圖書館管家盯著小朋友看書借書，還主持小小的「讀書心得發表會」。想像一下，你家孩子坐在台前小椅子上，眉飛色舞對同學推薦一本書，有同學聽了決定補借那書……

接著，發一張每月讀書單給爸媽，請自我檢測孩子在家的閱讀情形。父母也不能缺席。

真是無所逃遁的天羅地網。我終於了解，何以早上等校車時，有兩三個學生一面等一面看小說。何以宿舍村的小朋友一進我家，總先翻一翻茶几上那一堆書，說：你在看什麼書？這本我看過了，那本你看完了嗎？這些家常語句透露孩子們正在接受何種薰陶。

我相信這是大部分學校的政策，只有當學校全方位貫徹推動閱讀的「公權力」時，整體的閱讀風氣與水平才能漸漸提升。換言之，學校鼓勵閱讀必須做好相關配套，不是只請知名人士來校演講吹一吹號角就行。

首先，學校藏書必須豐富。Dunn每年挖空心思舉辦募捐及捐一本書給學校圖書館，應有豐實館藏的作用。美國書價昂貴，一般人仰賴圖書館甚深，推閱讀，從學校做起是最有效的。

其次，必須對語文類書籍作程度分類與管理，並且設計題庫，這不是只靠一所學校能做到的，須有專門單位負責。（想像有一家公司，專門針對學校的閱讀政策提供選書、採買、分級及題庫軟體。學校與之簽約，買書與題庫軟體。）

再者，每年春秋兩季做全校閱讀程度測驗，記錄學生級數，分班，建議其借閱書籍的程度範圍，對學生做個別追蹤，督促其維持閱讀慣性。每看完，做小測，花費的時間不多但老師「全程盯著」。如此一年下來，透過電腦借書紀錄、閱讀小測、課堂表現、程度測驗等，可以很清楚掌握每一個學生的努力程度、閱讀發展軌跡及學習趨勢，學生得到他應得的果實（成績），老師在「親師個別面談」時也才能對家長侃侃而談，完全為這名學生的學習負起責任。

如果我是來自遙遠無名小國——一個積極尋求富強的民族、帶著旺盛企圖心欲建立理想社會的國度，恰好我也是建設國家大工程裡的一員。當我帶著密密麻麻的筆記回去時，會不會以興奮的口吻對同志們說：這裡有一張藍圖做參考，開始吧！這麼多孩子在等著，我們一定要把國家帶往強盛的路，這是我們這一代對祖先發過誓的任務！

但我只是一個來自流行政治混戰的瘋狂島國的小市民，那裡的菁英層喜歡躲在政治幫派卵翼下自我麻痺、赤裸裸靠彼此取暖而興奮地活在當下。我只是一個家庭主婦，沒有能力阻止體罰孩子的老師，沒有能力填飽挨餓的孩子，沒有能力抽掉任何一張考卷，沒有能力拔除這移民小國不斷輪迴宛如詛咒的械鬥命運，我沒有能力叫孩子不用等。

……………

請允許我嘆口氣之後再做結論。

一代，一代，又一代，等著吧，海島的孩子們！

補記：

閱讀是可以在不知不覺中養成的。姚頭丸從一個未完整看過一本英文書的小學生，短短數月養出閱讀的興趣與耐力。他向圖書館報到的次數越來越多，也常要求我們去書店。他看書的時間從三十分鐘到一小時到二小時到有一天花了四小時把一本書看完。

職業展覽會與成長史

IB課程依年齡大致分為：初階（三～十二歲），中階（十一～十六歲）及認證階段（十六～十九歲）三等級。

初階課程包含六大主題：

Who we are
How we express ourselves
Sharing the planet
Where we are in place and time
How the world works
How we organize ourselves

「Who we are」這主題一開學就進行了，發下的那本小冊子又細分項目一步步展開自我探索。其中有一項關於未來職業，在了解自己的特質後，接著要學生想一想自己的未來：有一張圖表讓學生填寫是否依序就讀中學、高中、大學、深造或是進入就業市場。另外，必須寫下一段文字，想像並描述自己將來會在何處工作。以及，選擇工作前，你會問哪些問題？

配合這項課題，學校先舉行「職業展覽會」，邀請各行各業人士來校解說自己的工作；教室隔成幾個單位，放置牌子，如：「地質學家」、「消防員」、「地理學家」、「工程師」等，學生帶著紙筆去各處聽講，以便對不同的職業有所了解。

真人解說，確實比書上讀到的更活潑，發問、互動，也有助於讓學生形成概念，了解其甘苦。我不禁想，向別人（尤其是孩子）介紹自己的工作是一件具挑戰的事，我們必須拋開職場上的抱怨，重新回到這門職業的神聖面做分享，對大人而言也是一種收穫！

這項職業探索，我也覺得有趣。它可能在無形中打破獨尊智育、唯有讀書高的偏見，引導學生朝多元開放的方向尋找自己的將來。

人生是他們的，幫助他們找到適性適才的一條路就像帶他們上鞋店試穿鞋子一樣，畢竟，腳是他們的。

受了職業探索作業的影響，加上瘋橄欖球，姚頭丸說想當橄欖球員，自己覺得這只是個夢想，又說想當汽車設計師，有時會淺淺地問：「媽媽，我不知道將來要做什麼 career？」

「慢慢來，你還小，即使現在『決定』了不代表將來一定如此。職業，一方面是你賴以獨立生活的根據，也是成就感的來源，另一方面是對社會做出貢獻，因此，是否適合你的個性、才賦很重要，到高中、大學，你懂得更多，到時所做的選擇會比較精確。學校現在要你們了解 career，是教一個選擇職業的原則，把握住原則，將來你才知道怎麼做選擇，而不是盲目跟隨別人的價值觀隨便選一個跟自己的才能不相符的職業。」

即席演講之後，又補上簡氏家訓：「一個人活在這世界上，一定要為自己負責，你要牢牢記住『責任』兩字，能為自己的人生負起責任是光榮的。」

（簡氏家訓本來只像小包薯條沒多少，隨著孩子漸大，越來越像一棵柳樹，隨時隨地都能吹來一條。）

不久，老師給了另一項主題「Where we are in place and time」，簡言之，回顧個人成長史。在父母協助下，讓十歲孩子回顧從誕生起每一年的成長大事，配合照片或圖片，酌加說明。雖然老師提供編年的表格架構，但這只是參考，學生可以創造表格，編出屬於自己的成長史。兩週內完成。

我對這項功課覺得新奇。其實，我們小學裡也有類似主旨的學習，但只是含糊籠統的「小時候樣子」，一張學習單了事。Dunn 的作法較深化，教孩子為自己做歷史回顧，方知我怎麼來該往何處去。從中也看出自己與眾不同，讓生命的重量孕藏內心。

之後，老師讓每個學生上台分享自己的成長故事（在這裡，上台講話的機會很多），繼之陳列展覽，供大家觀摩；有人寫出生那年爺爺過世，有的記錄遷徙過程，有的貼上孿生兄弟照片，有的旅遊經驗豐富，有的遍學才藝參加比賽……，每個人都有自己的小人生。

姚頭丸的成長史最常出現的是生病住院換學校，以及為了強壯筋骨而參加的各種運動課程。

說起當年住院種種情節，我說：「你三歲得肺炎住院，吊著點滴到處亂跑，我在後面推點滴架累得半死！護士要你吸管子裡的藥劑，你吸兩下就不吸，吸完咳嗽，一咳就吐。出院沒多久又腸胃炎住院。有一年大颱風橋斷了路上淹水，你高燒四十度又得肺炎了，我們叫救護車去醫院急診你不記得嗎？」他完全不記得這些，我唱作俱佳描述當年情景他聽了覺得很好笑。忽然，眼眶含淚：「爸，媽，謝謝你們……！」

「不客氣，應該的。但願以後我們老了需要你幫忙的時候，不要看不起老年人就好。」我說。

本想補上一條簡氏家訓，因夜色已深，該刷牙就寢，暫時按下不表。

橄欖球迷

橄欖球員速寫：姚頭丸／畫

橄欖球又叫美式足球，此地稱Football，科羅拉多州有名的是丹佛市野馬隊（Broncos），本城幾乎老小都是球迷，晴天雪日、開口閉口必稱：「Go, Broncos!」我譯之為：「衝啊，野馬！」其著迷程度何止「粉絲」，乃「粄條」也。

姚頭丸在台灣關心棒球，背得出每隊球員名字、身高（被我斥為無聊）、戰績（連幾年前的成績統計也看，斥之為「無聊」乘以二），但他支持的球隊戰績越來越差，我常勸他哪隊強支持哪個省得操心，偏偏他很「死忠」。

某次，奪冠的球隊為了慶祝，其關係企業鞋店打八折。姚頭丸因扁平足嚴重需矯正要穿特別的球鞋，只有那家店符合需求。鞋貴，當然趁打折去買。試穿妥當正要付賬，他忍不住對店員發表球經：「其實，我不是支持你們球隊的，我支持××隊……」店員的瞳孔有點放大，他渾然不察繼續開講：「你們球隊還不是靠那個……」

這就是女生與男生的不同，女生關心打折問題，男生奮不顧身一定要把立場講清楚。我一手提鞋一手拉著還想評論的姚頭丸速速離開鞋店，很怕店員反悔追出來要我補差額。政治與運動的非理性成分、偏激元素很相似，你根本不知道下一分鐘石頭（或皮鞋）會從哪個方向飛來。

來此後，小姚沒電視可看，只好上網逛簡體字的NBA網站、英文洋基隊網頁或看報紙摸索各種賽事戰績。我抱著讓他學英文認簡體字的雙重效用並不阻止，確實也有效，他很快認得簡體字，意外解決了一般人擔心的簡繁之困。實言之，他能摸清美國籃球、棒球、橄欖球、冰上曲棍球之各城代表隊、所屬聯盟、戰績、明星球員，很是不易，幾乎藉此把北美地圖畫了一遍。

我對運動一點興趣也沒，姚同學不愛動但愛看，曾夢想當體育記者。聽父子倆談幾勝幾敗打擊率防禦率前鋒得衛控衛，而我晾在旁邊畫圖、縫釦子，除了後悔沒生個女兒外，深深覺得體育部太重要了；男性體內某種賀爾蒙若未能妥善揮發，極易導致躁鬱症、政治狂熱、夫妻失和、父子對立。一個資深的文明社會規畫大師一定不會忽略一件事，每隔一段時間，要讓大大小小的男人們痛痛快快打一架——在巨蛋球場。

姚頭丸天生體質不佳，我們很早意識到要儘可能地讓他的四肢發達起來。但我與姚同學都是書桌電腦型與沙發書報型的「沒路用人」，小姚當然具有雙份懶惰遺傳，且毫不意外地欠缺運動細胞。

幸好我們算是還有救的、能自我矯正的成年人，體認到應該讓一個獨生子擁有戶外陽光的興趣，以便在不可計數的

Jack Yao
Jake Plummer
Quarter Back
Denver Broncos
BRONCOS
16
Riddell
NFL

寂寞時刻能自我陪伴。閱讀、音樂、藝術、運動，這四種能讓人生燃起熱情的項目，其重要性不下於所食之五穀根莖蛋豆魚肉。小姚最弱的是運動，就從這項開始培養。

當同齡孩子開始跑才藝班、英文班，我們跑的是運動班。直排輪、足球、游泳、棒球，別家孩子可能一次就通，我們得多磨幾次才像樣。苦的是姚同學，中年「溜狗」是很喘的。

戶外陽光的種子在孩子身上發芽了。在台灣，放學後趁天色未晚先去附近小學打球，功課雖多但照我的說法是「唉呀才幾根草，像你這麼聰明的人專心點用鐮刀掃一掃就完了，要不然你去煮飯我來寫。」若下雨不能外出，就去體育館游泳或在家傳球，牆上的球印朵朵開花，管它的開心就好。

台北缺乏運動場所，對孩子很不公平。我們社會是極度充滿「自私大人」思維的，從未有一組政府部門人員謙卑地蹲下來，用孩子眼光巡一遍城市，將它改造得適合容納童年。我們的集體育兒意識型態是把孩子圈在室內，家裡學校安親班或感化院。

此地小城運動場地之多令人讚嘆，亦有室內青少年育樂館，標準籃球場地加上乒乓球健身器材或攀岩，收費低廉。這是個鼓勵追求性感人生的城市，陽光、汗水、同伴與一顆飛來飛去的球，是完整人生的一部分。於是，書店與體育用品店成為我們最常去陶醉的地方，當然，我不會漏提體育館，一有賽事，全城瘋狂。說真的，一座城市為每一代所形塑的記憶寶冠上，最閃爍的那顆寶石應該是精采的運動賽事；那種極速傳染的集體狂熱、興奮、忘我，連我這個天生不愛運動的人也想吶喊灌啤酒。理想的城市，要能讓市民快樂地尖叫。

姚頭丸學校四五六年級男生愛打橄欖球，他喜歡運動所以很快融入。中午飯後及下午下課時間，踢足球與橄欖球是兩大主力，老師輪流站在操場邊盯著。有一次，一位爸爸也來跟他們小戰。這很好，附近上班的家長若能抽十五分鐘來打球亦是一樂。學校的行事曆上，有幾個晚上開放體育館舉行親子球賽，自由參加，像個大莊園般溫馨。

姚頭丸說，誰帶橄欖球來誰就是第一隊隊長，另產生第二隊隊長（輪流做），隊長挑隊員，挑好就開打。有時球員不夠，姚頭丸身兼二職兩隊跑。何時進攻何時防守，我永遠搞不懂他在說什麼。

雖然老師嚴禁他們使用橄欖球的某些危險技法，但球越打越激烈。某次，為了搶球三人跌成一堆，壓痛了最底下的那人。老師立刻過來處理，姚頭丸與另一人向那人道歉，老師罰他們這週禁球。

「然後呢？」我問。

「我很難過呀！」他跺腳：「回教室小哭一下。」

「什麼叫小哭一下？」

「接著要上BEAT課，我得趕快去。」

「那倒是，沒時間哭了。有人安慰你嗎？」

「有，提諾叫我別難過，他說：你也是為了幫球隊得分嘛！」有次提諾被罰，姚頭丸安慰他，這次換他回報。

他很氣處罰他的老師。我要他從被壓痛的小朋友及老師的角度想一想，該不該處罰？我們討論之後，小姚決定若碰到墊底的那位小朋友，再次向他道歉。幾天後，他說碰到了，也說了，小朋友回說：「沒關係，別放在心上。」

既然喜歡橄欖球，某次學校辦書展，他看上一本橄欖球明星介紹，要求買一本。從此開始畫橄欖球員自娛，班上同學也都是小野馬迷，看他畫出心目中的英雄都很愛，紛紛求畫，一時供不應求。

有一回上「奧林匹亞數學」（四五六年級選修的BEAT課），數學比賽結束，離下課只幾分鐘老師讓他們做自己的事。小姚又在畫野馬隊英雄四分衛 Jake Plummer，一位六年級男生看到大為驚嘆，把畫拿起對別人說：「好神奇！」次日玩橄欖球，他邀姚頭丸同隊。從此可見小小一顆球的認同力量。但，我也對這孩子不吝於欣賞別人的行為感到驚訝。

小城的運動用品店大到令人目盲腳痠。從越野單

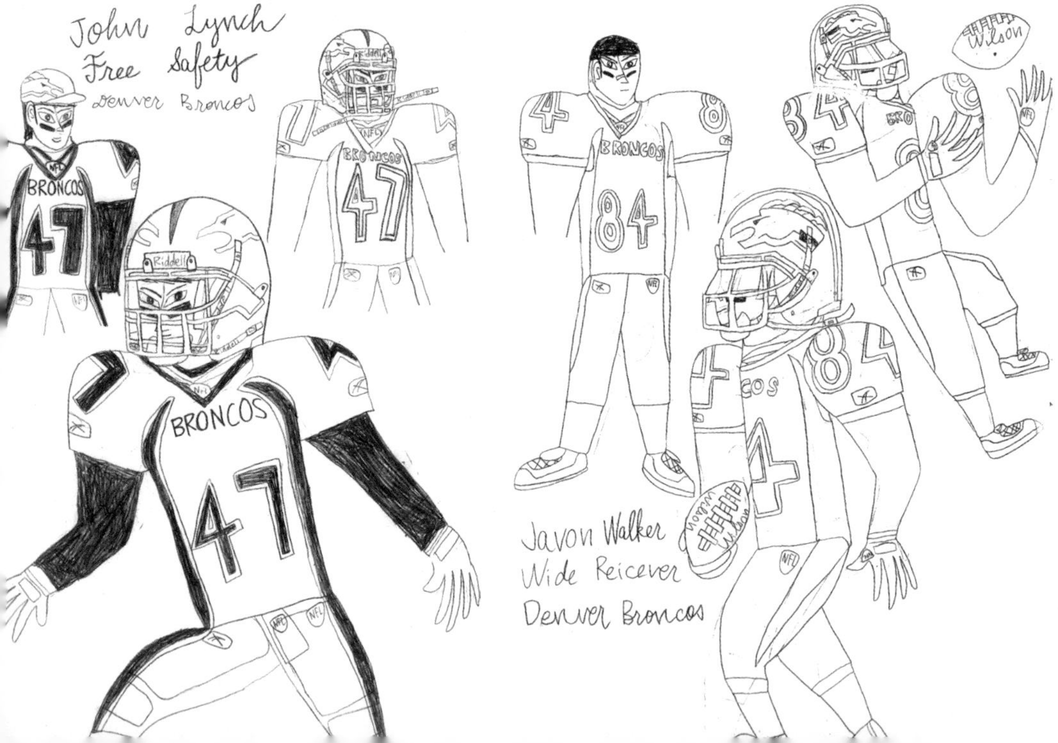

車（據說有人花五千美元買一部單車，這還不算貴）、露營睡袋（能禦寒零下二三十度，可見探險家的求死勁頭）、打獵裝備及獵槍、各種釣竿、各種高爾夫球桿、各種滑雪裝備、各種登山配備、各種球類及裝備、各種千奇百怪不知會作用到哪塊肌肉的健身器材……。

我大開眼界，身體裡那條斷了多年的運動神經也蠢蠢欲動起來——我們這一代受到聯考荼毒以致人生觀扭曲變形，從小認為運動浪費時間是不長進的行為。老姚同樣也是聯考受害者，我們全力希望小姚千萬別做書呆書蟲。這一點，也許我可以放心，姚小弟每次跑步進店，一溜煙殺到橄欖球區沉入幻想；戴球帽，穿全套護甲，樂此不疲。真奇怪，小女孩夢想當明星，小男孩夢想當運動員。

但小姚也未免太陶醉了，某次我到處找不到人，東彎西拐，碰巧看他迎面跑來。唷，把人家試穿用的全套橄欖球裝備都穿上了；頭戴球帽，內穿護甲以致兩肩高聳，好一個小野馬現身。我正要開口，他急猴猴說：「我要去廁所！」我喊：「你把人家衣服脫了再去呀！」他答：「來不及！」就這麼快馬加鞭去進攻廁所

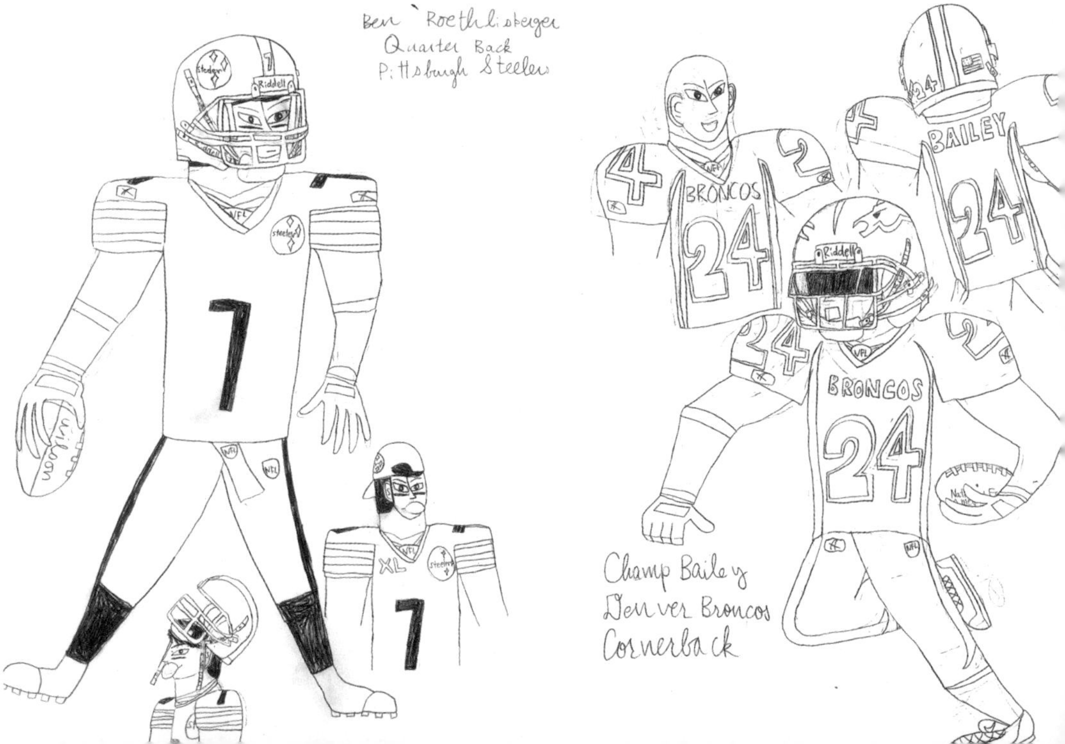

了。

一城市能運動成風，人人享受汗水之樂，首要場地寬闊設備齊全。不提各種球場就說單車專用道，環城自成獨立系統，四通八達，許多人一身勁裝帶孩子騎車上班上學，迎面騎來主動向你微笑問好，令我這喜歡騎車的人十分豔羨。

書店裡運動類書籍亦是奇觀，針對大人小孩的都有。圖書市場反應城市風氣，這裡的人把運動當成人生要事。平日在住家附近散步慢跑騎車踢球打高爾夫，假期到一小時車程的洛磯山脈溪釣登山露營滑雪，不時關心野馬戰績，非常吻合藍空白雲綠茵的自然環境，健康到適合憂鬱症者調養身心。我不禁揣測，規畫這城的人一定凝視洛磯山頭積雪，在藍圖中註記要保存珍貴的天賜美景，想著：讓這城的居民健康地活著，讓他們愛運動，常常回到大自然懷抱。

觀賞別人不免回想自己，為什麼我們的城市總是跟擁擠髒亂對抗？是怎樣的集體心靈才能造出一個醜城？而我，竟也是這集體心靈的一分子……

為了投其所好，我們答應姚頭丸，若閱讀表現不錯就

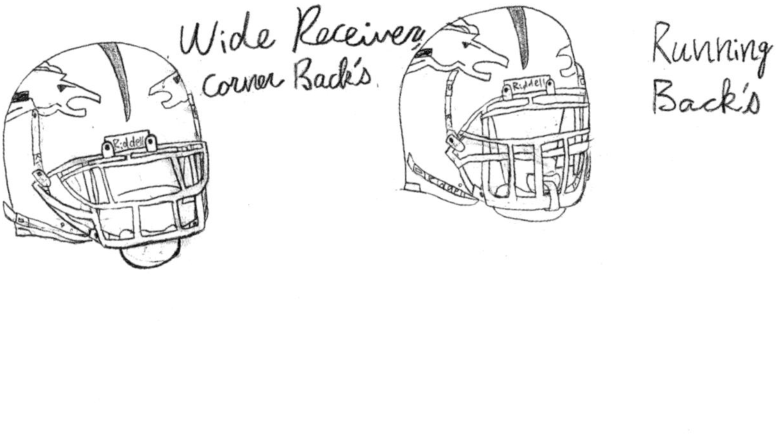

買一頂橄欖球帽犒賞，他果然精進起來。逛超市時，發現孩童用的球帽正在出清存貨，價格低廉，也有野馬圖案，吝嗇的媽媽對爸爸說：「只剩兩頂，就買這個吧！野馬的。」

爸爸說：「怎這麼便宜？這是仿冒的！」

吝嗇女人說：「仿冒也是帽呀！」

當運動明星成功地啟動每個人心中神祕的夢幻渴望，接手的必是用來滿足夢幻的各種商品。我從來不把錢花在這種地方，算是運動帝國的頑民。

這頂橄欖球帽在宿舍村小朋友間引起小騷動。有個小朋友沒買到最後一頂，不久，手上多了一顆橄欖球。放學，姚頭丸書包一丟，說：「我去找我的『老伴』打球！」

老伴，老球伴也，玩的就是那顆球。

某日，CSU橄欖球「公羊隊」對上內華達州立大學，就在此城體育場開戰，大爆滿近三萬人。主辦單位為了減少車輛擁擠，派接駁車往返學校與球場之間。入場檢查甚嚴，大約受了九一一影響吧。票價大人三十小人十五，照

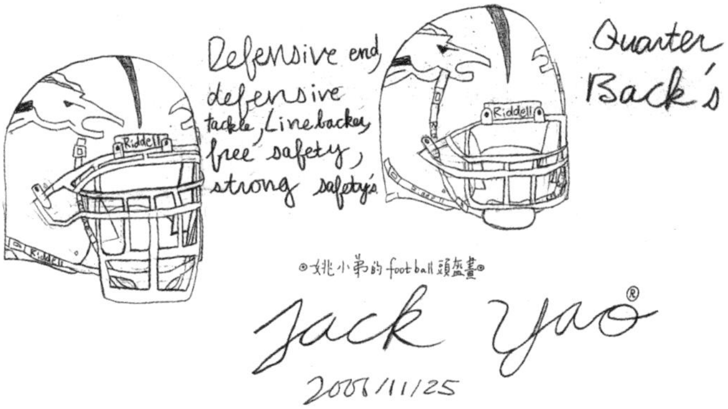

我看很貴依行情算便宜，據說到丹佛看野馬出賽最起碼票價一百，至於那些超級大賽就別提有多貴了。姚氏父子要去看現場開賽，禮貌性地問我要不要去，我說：「別在我身上浪費時間，我要午睡。快滾快滾！」

哪能睡，吶喊聲如掀天巨浪，一波波傳來。我不禁開窗探頭，明知看不到，卻本能地被那不可思議的集體吶喊聲吸引，錯覺勇猛的球員已奔到窗下而三萬觀眾亦瘋狗般追來。

運動真了不起，純淨的運動炒熱多少陰冷的角落、激勵多少沮喪的心靈！我若是場上球員，天啊！看到爆滿觀眾、聽到忘情吶喊，我還能是個「人」嗎？不，是神體附身。這渾然合一、酣醉催眠的集團狀態近似宗教，連我這不愛運動的人也十分感性。

但，為什麼台灣的職棒打假球？他們沒有榮譽感嗎？

看完回來，總有三五天談的都是球賽，彷彿腦中有部DVD不斷重播。我們答應他，回台灣後去球場看棒球。

小姚到學校，當然問同學有沒有去看公羊痛宰內華達隊，小男生們七嘴八舌各抒己見，個個是小球評。有人說，不久前去丹佛看野馬出賽那才精采，立刻贏得

公羊，CSU大學吉祥物，其橄欖球、籃球、棒球隊名亦稱公羊。人在大學城，接受公羊統治。

大家的大眼睛及哇哇聲。這裡小四男生的娛樂一是遊戲卡一是橄欖球。玩物與運動永遠在校園內流行，中外皆然。可惜台灣孩子的運動量不夠，職棒的發展似乎比較容易向賭徒靠近而非孩子，他們的童年集體記憶裡，少了一顆球。

是的，我不禁回味操場邊站著一位老師，有個爸爸陪著一戰的小男生橄欖球時間。回味宿舍村草地上的橄欖球賽，夕陽在天邊站著，孩子們追著一顆球……。我知道回台灣之後這些都會消失，夕陽西下，放了學的姚頭丸必須面對越來越多的功課，國評、數評、社評，也許，連球也不打了。

為了安慰即將面臨的失落感，我們決定行李箱再怎麼擠也要擠出空間放一顆橄欖球。感恩節後，此城進入耶誕假期禮物選購潮，各商店皆打折。我們又去運動店，選了一顆橄欖球。

我問姚頭丸：「以後你當爸爸，會帶我孫子去運動嗎？」

「當然會。」他說。

「嗯，爸爸是『動物』，帶小孩運動，不能當『礦物』，動也不動還『曠課』。我替我孫子先謝謝你，你會是個好爸爸。」

「當然。」他說。

Wilson
National Football League
運動，既健康且狂熱的認同。
開始動吧！懶人們！
J '06

一篇採訪稿

前情提要：某晚，有個小朋友躺在床上一面拋橄欖球一面喃喃自語講英文，趴在旁邊看小說的媽媽伸長耳朵聽，很像對話哩，這小孩出了什麼問題？問他：「你在跟誰講話？」

他答：「沒有啦，我假裝在採訪一個球員，野馬隊 Jay Cutler，二〇〇七年九月在底特律對獅子隊。」說完，繼續自言自語，好像採訪中老媽打手機他答：「媽我在忙。」一樣逼真。

「今天還是二〇〇六年十二月……，他有問題嗎？」這個媽眨了幾下眼睛，把話嚥下去，不打擾他採訪。

次日，媽媽看他很閒（這個媽見不得小孩閒著沒事做），叫他把昨晚的採訪打出來，當作寒假作業。爸爸指點了一些文法問題，但無損於一名冒牌記者對一場未來比賽的具體想像。

Conversation with Jay Cutler from Detroit

（Before the game）

Jack: Hi, Jay Cutler, I am Jack Yao, a reporter and the Denver Broncos' fan.

J. Cutler: Hi, you are a Broncos' fan?

Jack: Yeah.

J. Cutler: So today, what are you going to ask me?

Jack: Well, this season, you have passed 3986 yards, 28 touchdowns, and only 12 interceptions, you are pretty good, huh?

J. Cutler: Oh, I just do my best and help the Broncos get the championship this season.

Jack: I see I see, and have you ever thought about winning the Super Bowl and the MVP?

J. Cutler: Well, I guess I did. But becoming a good quarterback is more important.

Jack: I know you can, it is because you are talented!

J. Cutler: Maybe.

Jack: And you are the second place in the stats of passing yards.

J. Cutler: Yes, Carson Palmer is more than mines.

Jack: How many does he have now ?

J. Cutler: 4264 yards, 31 touchdowns and 11 interceptions, and they beat the

Falcons by 38-30.

Jack: And their record is 11- 5 now.

J. Cutler: But they did not get the first round bye.

Jack: OK. And you guys just only need 1 more win then you can get the first round bye.

J. Cutler: That is true, but if we lose, the patriots must lose too, because then our recoreds are tied, and we have not played with the patriots this season, but their conference record is better than ours.

Jack: That is enough! See you after game! Bye!

J. Cutler: Bye!

Jack: Hold on, Jay, I want to say something to you right now!

J. Cutler: What?

Jack: Watch out for their defensive tackle, Shaun Rogers.

J. Cutler: Do not worry, Tom Nalen will shut him down for me!

Jack: Hope you win!

J. Cutler: I will! Bye!

（After the game ）

Jack: Wow, you did a great job in this game!

J.Cutler: Yeah! But I was not my best.

Jack: I know. But still, you beat them by 24-10! You also passed 284 yards, 1 touchdown, 1 interception. and you ran for a touchdown. Let's all add up!

J. Cutler: Then it will be 4273 yards, 29 touchdowns and 13 interceptions.

Jack: The passing yards is better than Carson by 6!

J. Cutler: Yeah!

Jack: Hey! Can I ask a question?

J. Cutler: Sure!

Jack: If you can pass so many yards, why do not you pass so many touchdowns?

J. Cutler: Well, that is because I do not want to spend too much energy.

Jack: Ok. Also a lot of people believed that you could pass at least 29 touchdowns this season. And they are correct, including me.

J. Cutler: You did? Thank you.

Jack: No problem! I am always your fan.

J. Cutler: Thanks!

Jack: Hey! This season you guys have a 3000 passer, 1000 reciever and two 900 rushers!

J. Cutler: Oh, yeah! Javon Walker 1307 yards, Tatum Bell 1426 yards, Mike Bell 908 yards and me 4273 yards.

Jack: I can not believe you did it!

J. Cutler: Me either. And I guess I have to go.

Jack: See you at the divisional playoffs!

J. Cutler: Bye!

（The end）

咖啡館裡的畫展

一件很棒的事情發生了。

還記得每週一放學後的 Art Club 嗎？經過兩個月課程，小畫家們已完成作品，這課也即將結束。

美術老師發了一張單子：你們的作品將於十二月在老街（此城最早開發之處，商店林立，很熱鬧）一家咖啡館展出，十二月一日晚上六點有慶祝展覽的茶會，來看你們的作品，喝熱巧克力喔！

（「喔」是我自己加的。）

我很意外，不禁覺得他們做事玩耍都很帶勁兒，追求極致，凡事要畫下完美句點。

說來，只不過是個十多人參加的課後美術課，畫完各自帶回作品，好看的掛牆上不好看的放回收桶也就結案了，老師何必多此一舉去接洽展覽？要知道展覽可不是把一張紙用膠帶貼牆上就算，得花時間打名條裱褙佈置。如果不是一個熱愛教學、享受教學，一心一意要讓學生留下美好回憶的人，是無法不厭其煩的。

再者，學校與學區附近的商家保持高度來往，也是令我驚訝的。台灣學校因處處剔除任何一點商業嫌疑，鮮少與學區商家互動，自成孤島。兩國民情文化不同，無可厚非。只是，觀看他們彼此交往熱絡，互惠互助，也沒什麼可議之處。舉例言之，前陣子學校發單，到某超市購物，對方會回饋學校。這月發單，去書店買書購物，也會回饋學校。學校幾乎每月都有類似的小額消費性募捐活動，他們還仔仔細細紀錄每班每月的績效，集會時接受鼓掌。十一月逢感恩節，績效前三名的班級可得火雞。這些事，主要由家長義工推動。

牆上是孩子的畫，咖啡館裡全是賞畫聊天的爸媽。

辦學，不能沒有充裕的經費。用這種方式籌募經費當然辛苦，但人人出小力，自能凝聚大家庭情感。而多元地與各種商家往來，亦可符合生活實況，不致增添家長苦惱。

經費用在哪裡？各種課後才藝班的鐘點費，要花錢；六年級所有學生去洛磯山國家公園住幾天，也得花不少錢。錢，只怕不夠花，不怕無處花。這道理，所有「家庭專業經理人」都很熟。

我猜想，學校既與學區商家往來頻繁，各行業自然成為教學的校外資源。更何況，說不定其中就有學生家長，此地爸媽普遍有義工熱忱，視為學校付出為基本任務，只要學校開口，很容易得到支援。

正逢暴風雪侵襲美國中西部，此城亦下大雪的第三天晚上，室外氣溫約攝氏零下十七八度，積雪十多公分，路面濕滑，出門誠屬酷刑。我們三人穿得已「不成人形」，一進車內像進冰箱直打哆嗦，慢慢開往老街咖啡館，心想這種天氣會去的大概小貓三兩隻，我們好歹去貢獻三隻。

讓我驚訝的是，小館裡擠滿人。姚頭丸一一去跟同學招呼，我的眼鏡因冷熱溫差霧著，狼狽了一會兒才看清不只美術老師在，唷，校長也來了。

畫作皆裱板貼於牆上，以冬季為主題，自由表現。

吧檯提供免費熱巧克力與小甜點讓小朋友喝，我點了熱咖啡照顧小店生意，這是禮貌。家長、學生熱絡交談，外面是冰天雪地，裡面像赤道派對。

更多人進來，連站的位置都沒。小館有現場演奏，更需要空間。我們這三隻貓向老師校長致謝、道聲招呼，先行離去。

街道商店燈火通明，聖誕節佈置更添了濃濃冬意。不畏寒冷的人們踏雪逛街，開始採買禮物。這是個太平盛世，祝福的季節。我戴著厚手套、端熱拿鐵咖啡，小心地避開濕滑的雪泥冰片，不禁回頭看著咖啡館，一陣銀鈴聲，又有一家人開門進去。

這是個太平盛世，穩定社會，所以能洋溢溫馨且熱情的校園氛圍。我相信他們也會疲憊，但那疲憊容易恢復。或者換個角度說，在一個正常和諧的社會裡，較易於專心營造溫馨熱情的校園氛圍，因為進校門的人大多帶來一臂之力，而不是偏激叫囂與非理性阻撓。

我沒有問校長您的治校理念是什麼？沒有問老師您的教室經營是什麼？沒有問家長您滿意這學校的教學嗎？沒有問孩子你喜歡上學嗎？我只是一次次看著聽著感受著，從中迅速地倒推這些氛圍所來自的那一疊教改藍圖，不，不是藍圖，這不是最重要的，是所來自的那一個健康社會。

在這社會裡，正直公義得到鼓勵，敬業創造得到讚賞，熱情奉獻得到掌聲。一位老師不止把教學當作工作，他知道眼前的孩子將在時間裡成熟而成為未來社會的中堅。「天不生仲尼，萬古如長夜」，這至高無上的銘記從此成為他的脊梁骨，時時提醒自己：有我在，這社會必不長夜。當他啟動這一層哲思，他的熱情與溫暖源源而出，不知疲憊。但，誰能啟動老師的胸懷與哲思？唯有健康、旺盛的社會，唯有一個靠積極打拚的政府不斷助燃方能維持的光明社會。

我默默走著，寒夜如冰。咖啡館裡的人影與歡笑在腦中迴旋，手中的咖啡冷了。但想起此際紛紛擾擾的家鄉，無數孩子等著乞討一個光明社會溫馨校園如置身雪夜的貧童，如一無所有的孤雛，想到這兒，我的眼眶熱了。

補記：

美術課之外，放學後課程又加開「寫作班」。除此外，另有「日文班」、「高級數學班」等課外課程供小朋友免費參加。

留或不留

黃昏，媽媽穿過樹林看到孩子正與朋友踢球，興高采烈地。但天色降下來了，該喊他回家。孩子向同伴道再見，朝媽媽走來。

「媽媽，我想留在這裡念書，我喜歡這裡。」

「為什麼？」媽媽問。

「這裡的老師很好，不打人也不會大罵，功課比台灣少。」

「還有呢？」

「可以運動，打橄欖球。」

「台灣也可以運動呀！」

「……」

「嗯，我知道你的意思。不過，我們現階段沒有能力留下來，牽涉的問題很複雜，爸媽現在不可能只為你一人做決定。有些人面對問題時，有很多選擇權，有些人沒有。如果你很喜歡這裡的學習方式，就把這種精神帶回台灣，鞭策自己繼續學習。將來，上大學或是畢業後，靠你的實力申請學校拿獎學金再來念書。留一個願望讓你自己去實現吧！」

孩子沉默一會兒，說：

「我決定了，媽媽，以後我要留在美國工作，開展我事業的春天！」

媽媽瞪他：「什麼春不春天，哪兒學來的辭？文謅謅的。」

＊

留或不留，這問題確實曾浮現我們腦海，帶著一絲苦澀幾分感嘆。

如果不曾進入他國的教育體系眼見孩子沉浸其中而展現歡顏；如果不曾感觸在一個安定和諧社會裡，教育者與受教者各自享受的滋味；如果不曾聽聞移民此地的台灣朋友其子女皆蓬勃學習的經驗；如果自己的國家不是一個長期瀰漫政治濃霧以致看不到未來的地方；我，一個土生土長的中年人，何須面對留與不留的尷尬難題？

我豈不知，回去之後要面對什麼樣的台灣教育？我豈不知，台灣前途落入哪些人手裡？我豈不知，在我有生之年看不到台灣變成理想社會？

我知道得不少，唯一不知，拒絕孩子留下來的請求是不是對的？我會不會帶著懊悔一天天老去？

＊

有一天，當孩子被考試壓出憂鬱症（有私立國中一週上課六天，每天晚上九點下課），我牽他的大手去找醫生哄他吃藥時，會不會後悔得哭出來？

即使他撐過國中高中考上大學，會不會如任教大學的朋友所觀察，越來越多大學生得憂鬱症，家人、老師皆感無力。

或者，情況相反。雖然我與他爸爸不斷灌輸：「分數根本不重要，重要的是有沒有真正學懂，是否主動積極去思考、學習，學得比課本還深！即使因為摸索而比別人晚一兩年畢業又有什麼關係，不要變成『分數鞭子』底下的一條狗，一輩子永遠被一個無形的概念鎖住，不敢嘗試，不敢改變，怕影響分數、考績，那樣的人生有什麼意思？」

但是，當他進入每週列出考試成績全班排名的教育現場，能不受影響嗎？當他在人生最重要的「脫胎換骨青春期」被塑造成目光如豆、斤斤計較一兩分之差的青少年，視文學、文化、藝術、音樂、歷史為無用之物；而我們的觀念與教育現實對立，屆時，看到孩子被塑造成一隻狺狺然凶猛的「考試狗」，每天把分數掛在嘴邊如從骨骸上叼回肉末般欣喜，看到孩子變成考試機器，我能不得憂鬱症嗎？

＊

有一天，他因不會講福佬話被恥笑不愛台灣而向我抗議當年為何不設法留在美國，我急急辯稱美國亦有種族歧視問題，他回嘴：「被異族歧視只會激勵鬥志，被自己國家的人辱罵，痛苦至極。」當他對我吼，我會不會崩潰？

*

有一天，戰火來臨，台灣陷入空前混亂，主戰的國策顧問、大官、政要、富商與其子孫擁有多本護照，挾帶豐厚財產皆在異國安全處所，兩千多萬台灣人民包括我兒與他的妻小卻無處可逃。屆時，我已是風燭殘年的老太太，想起那一個踢球黃昏，會不會懊悔自己喊他回來做什麼，遂眼角流淚含恨而終？

或者，會不會有一天，我兒這一代完完整整承接資產被掏空、經濟凋敝的負債台灣如接收破皮爛肉大西瓜，有辦法的人早已移民洛杉磯、溫哥華、雪梨或上海、北京、廣州，無路可去的青壯人口為一份不起眼工作須徹夜排隊爭取機會或成為浪遊國際的高級勞工。社會學家稱出生於二〇〇〇年前後的這一代為「末世嬰兒」，他們生於出生率嚴重下滑時期，如今承接被上一代玩了四五十年的台灣的一切後果，肩負扭轉社會的「W型任務」——這字母的兩個尖點代表「老人」與「破產」，整個社會充滿哀聲嘆氣。

屆時，我住在安養中心，沒人知道我曾是作家，作品早已絕版，熟知的出版社都倒光，可悲的是身體虛弱但意識清楚、記憶力閃閃發光。每月一次，看我的好兒子滿臉倦容為五斗米奔波勞頓不成人形，而他服務的公司就是當年惡性倒閉千億坑殺小股東的經濟犯的兒子所開，我的內心極為痛苦。當此時，活躍於二十世紀末至二十一世紀上旬主導台灣發展的藍綠政治人物，或逝世或隱居異國高級住宅區過著含飴弄孫的日子，在華人超市被記者堵到問：「台灣變成這樣您認為自己有沒有責任？」一律回以：「不予置評！」又問：「您還愛台灣嗎？」回以：「謝謝謝謝！」

偏偏在安養中心，我隔壁住一個頑固老頭，成天頌讚「正港台灣英雄」芳名錄，自言自語歷數每場重大選舉如何熱血澎湃，常忘情喊「×××凍蒜」口號。

到了這一天，若真的到了這一天，我這個一生譴責暴力的小老太婆會不會半夜爬起來「狙擊」他？不拿別的，就用這本用來回憶美好時光的厚厚遊學誌，重重敲他腦袋，忘情地喊：「×××凍蒜啦！」敲他一下，「×××也凍蒜啦！」再敲他一下，直到把他喊過的政客名字都敲一遍而他也完了，我甚至不知道他的名字。

然後老淚縱橫，拄著拐杖回房，喊著姚同學（他一向比我幸運，想必那時已在我的舉頭三尺處），哭：「我怎麼還不死？你快來接我呀！」

*

但是，留下來，會不會有一天也充滿懊悔？

我們怎可能一直活在一個社會光明燦亮的那面，勢必一步步走入其陰暗污穢處。我們也不可能天真地認為這個國家是天堂化身，翻開其種族問題歷史即可知道，亞裔被罵：「Go back to your country.」的例子並不少見。屆時，來時路已斷而前途未卜，我難道不會悔恨？

快樂的小學童年短如一夢，中學青春期是人生轉捩大站，他，一個黑髮黃膚的台灣青少年，如何積累文化、安頓認同？如何抬頭挺胸解釋自己是什麼而不必遭受異樣眼光？當他遺忘中文，等同掙脫原生的家族懷抱、切割文化筋脈、拔除土地根性而完完整整成為浮游國際的個體時，這樣的異鄉人，若有一天，渴望落地生根、期盼被原生社會接納而不可得時，會不會從內心深處發出嘆息？

＊

然而，認同真的這麼重要嗎？

真的如台灣社會所展示的，非一刀兩斷不可，是與否，截然切割，構成極殘忍的血緣鑑定、身分認同理論，大部分公民如一頭無罪而觳觫的羊，跪膝仰受這殘忍的認同之刀劃破其臉面、刺傷其心臟，哀哀而抑鬱度日。

這風中之葉蕃薯海島，在世界地圖上極為渺小，卻是二千多萬人的唯一選擇、僅有的落腳處。明顯地，二千三百萬人中，除了少數，絕大部分人民沒有「不愛台灣」的條件與選擇權；嘲諷的是，有能力或有選擇權不愛台灣的人，竟咄咄逼問那些沒有條件不愛台灣的人：「你為什麼不愛台灣？」而這種歪理竟然成立、有效且成為主流論述。

我完全不能接受這種膚淺、粗暴的切割法，這絕不是追求正義、富強的社會應有的格局，小鼻子小眼睛的陰謀詭計只會把整體前途推入死路。

為何要接受你不尊敬的人硬塞給你的「認同檢測劑」？敢於反對，那管藥劑直接倒入污水道。

我有權力決定自己是什麼，也讓孩子決定自己是誰。沒有人有權力用粗暴語言驅趕任何人。

＊

能在自己家鄉由童年、少年而青年地成長，享有家庭與親族的親情灌溉，學習現代文明人應具備的素養與品德，承接家鄉的歷史傳奇，印染代代傳承的百年文化，無憂且不疑，這是多麼幸福啊！

把一株童年之苗拔起，移植異國，這苗毫不抗拒，不像老根以長鬚緊緊抓住土壤。因移植如此容易，意味著遺忘亦十分快速；不出半年，這苗完全適應異國天候食物語言文化，甚至連舌根也吐掉母語留下的腔調。當我們讚嘆這苗的學習能力時，難道一點也不警覺，他正在快速流失原來的倉儲：他放掉爺爺奶奶伯伯姑姑舅舅阿姨阿公阿嬤表哥堂妹……所組成的那一棵家族樹等同放棄親情，他疏遠了溽暑與雨水感覺（甚至這種天氣與其伴隨產生的潮濕、蚊子將成為將來他不想回台灣度假的最重要考量），他丟掉中文字甚至不記得「謝謝」怎麼寫，他看中文書有點兒吃力，講起中文支支吾吾甚至拒絕說了，他對父母天天準時收看台灣新聞很受不了，理所當然毫不關心台灣發展與中國變化，他認為那是落後地方毫無半點感情！

這對我是個嚴肅考驗：一個作家，唯一的孩子完全看不懂她的作品，完全不理解母親一生嘔心瀝血之所在，完全進不去母親的內心世界。

我要這種果實嗎？若走到這一天，我會用什麼心情回想一些小事：譬如，他打開檔案看我未寫完的文章看得咯咯笑而我恐嚇他你若把我的檔案弄爆了我就讓你哭得很大聲；又譬如，他翻了翻臥室那一排書問這本是你寫的唷這本也是你寫的耶，接著進

要留下腳印或留下一生？

廁所，出來後對正在敲電腦的我說：「沒想到我有一個這麼優秀的媽媽！」我抬頭看他一眼繼續敲打，說：「謝謝喔，我也很高興有你這麼一個奇特的兒子。但是下次，可不可以不要在大完便的時候讚美我，感覺很怪。」我會用什麼心情回想我們屋簷下發生的每一件可愛的事呢？如果孩子進不了父母的內心，那麼這豈不是意味著，我們所做的決定是讓雙方有更多機會失去彼此！

＊

孩子成長的路上不應只有學業，親情與根性亦同等重要。

「根與翅膀」的概念又浮現腦海，我們給他機會打造翅膀，但怎能從小失去了根？

＊

天色暗下來，媽媽穿過樹林喊孩子回家。路上，一陣對話後，孩子說將來要到美國「開展事業的春天」。

媽媽說：「那以後我們見面的機會就少嘍！」

孩子說：「不會不會，妳跟爸爸也一起住這裡呀！」

媽媽說：「嗯，我猜我越老會越不喜歡美國，要是我跟爸爸住不習慣回台灣，那怎麼辦？」

孩子想都不想，回答：「那我會『定時』回去看你們！」

媽媽大笑：「好吧，我們就『定量』給你看，這次看頭，下次看手，再下次看腳，總有一天輪到臀部！」

根與翅膀，該如何選擇？

生活篇

風中的白楊樹

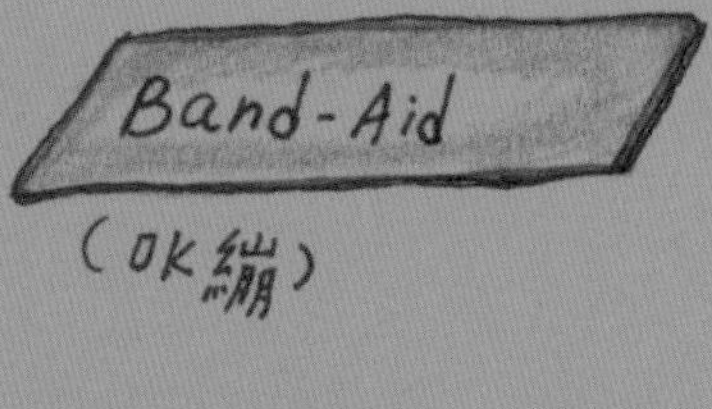

國家公園就是後院

對柯林斯堡的居民而言，洛磯山國家公園就像後院一樣，每個季節總要上山一回，飽嘗原始自然風光。落地不久逢星期假日，我們先上山小逛。由於買的二十元門票一週內有效，所以次週又開車一小時第二次上山。

我非常驚訝，他們把通往國家公園海拔三千多公尺的公路修造得像絲綢一樣平滑；二到四線道，平坦順暢，彎度坡度緩和，兩邊亦留空間給自行車通過。我是不開車的人，但對道路很敏感。能在處處有懸崖風險的高海拔岩山開鑿一條千折百繞又舒適平順的路，這是技術與藝術的完美結合，令我讚嘆不已。我對姚同學說：「應該派台灣的修路單位來這裡現場觀摩，看看人家怎麼做？」

他答：「看了大喜，這裡的人真笨不懂偷工減料，機會很多……」

夏季假日，上山的人不算少，因各有心儀的景點與方向故交通極順暢。此地開車者都非常守規則有耐心，不按喇叭不超車不超速，偶有前車減速照相亦不惱，完全不破壞這高山松林的清幽與安靜。試想，若行車中隨時有人超車按喇叭開窗丟垃圾，再怎麼優美的風景也會壞了遊興。可見一流的社會是由一流的人民建造的。這千折百繞

洛磯山國家公園內著名的熊湖（Bear Lake）海拔三千公尺，夏日遠山積雪，松林低語，湖水湛藍，自成仙境。

的道路也不見任何垃圾果皮罐頭，我心想：人民！人民！可敬的人民！

洛磯山國家公園幅員遼闊，群山起伏連緜，忽有懸崖忽遇平野，處處有湖泊與不計其數的登山步道可供「自然饕客」遊賞。攤開地圖看，即使長居此地亦不可能遊遍。同一景點，四季各有風采，尤其秋季色彩繽紛、冬雪皚皚，變化萬千。對熱愛自然的人而言，這是不容錯過的天賜盛宴。

沿途，陡峭的岩塊山壁、高聳松木幾乎伸手可觸，松林間野鹿或成群或獨遊，悠閒地吃草；從車窗探頭，稍一偏就看到無限藍的天空，朵朵白雲棲息。一條名叫大湯普森的山溪蜿蜒而下，水流清澈，我看到多名釣客各自尋覓喜愛之處，站在溪中拋線；我看到寧願散步的夫婦牽著大狗，一身運動服，沿路步行；我看到自行車騎士穿著勁裝，或成群或獨遊，呼嘯而過。觸目所及，我看到一個國家讓人們享受生活。

開豪華驕車的，騎自行車的，步行的，一座遼闊的國家公園無私地接待他們。我心想，這若是台灣有多好！為什麼台灣做不到？

從年輕到現在，每當在異國看到優於台灣的建設、風景、生活、文化，我總是不禁感嘆：為什麼台灣做不到？難道我們較笨較懶、稅繳得不夠多，還是人民對政府官員太寵溺，自甘為僕，奉他們為主子；主子挖壞一條捷運一定有他的道理，主子決定ETC怎麼做一定有他的道理，主子要收集發票也一定有很深奧的道理……，主子不給我們過好生活更是有長遠的道理啊！

天氣微涼，在仲夏與初秋之間，這裡的雨很害羞，以台灣雷雨的氣魄來看，只能算灑水，一邊下雨一邊天晴，白雲照常飄過。但任何一處自然聖殿皆潛藏風險，這裡

環湖遍植松樹，偶有白楊樹隱在其間。

的雷電與雪崩能奪命，登山客不可不防。

我們停在一處寬闊草坡，有一條從高山下來的溪流蜿蜒著，景致很美。原本想去更高的地方爬山，但有個不長進的小人一直嚷嚷他有高山症會頭暈，只好隨興遊賞，辜負了他老爸事先研究景點的苦心。

我跟姚小丸沿著溪邊散步，悄悄跟隨不知名的野鳥，採野花，很是悠閒。後來，發現有一根樹幹橫跨溪岸，當作獨木橋；溪約七步寬，水有深有淺，雖不至於驚險，但水溫很低。他想走過去，我沒阻止，遂小心翼翼一趟來回，面露勝利微笑。我也走一趟，樹幹雖不寬，慢慢走倒還好。不多久，姚同學過來了，姚頭丸很興奮地告訴他有個獨木橋，鼓勵他去走走。但我立刻阻止，說：「不行，爸爸是深度近視，萬一掉下去，誰開車呀？」

我不該說這烏鴉話，這話啟動天機。話剛說完，姚頭丸為了表演已急猴猴走橋過去，正回頭要走回來，才兩三步就身子一歪，我沒來得及喊小心，眼睜睜看他掉到溪裡！他本能地抓住岸邊草，掙扎要上岸，卻爬不上來！

這時，我立刻扔下背包，以搶救雷恩大兵的陸軍步兵英姿，小跑步過獨木橋（差點兒也不穩，險險欲跌下），用力把我的姚頭丸拉起來。他驚魂未定，像野人一樣哇啦哇啦叫。衣服自胸部以下全濕，山上氣溫十度左右，不趕快處理會凍壞。要命的是，他心裡怕不敢過橋，樹幹僅容一人行走，我不可能幫他，若扶，一定雙雙跌落。姚同學在那邊喊：「快過來呀快過來！」姚小弟龜縮：「不行，我有壓力！」

不過，他最後還是慢慢的走了過來，令我滿慶幸的！（這句是姚小弟趁我去泡咖

熊湖秋景

啡偷偷加的，予以保留。）

我不逼，讓他先冷靜，但立刻以從小在冬山河邊長大的經驗要他脫掉鞋襪、內外褲，用力擰掉約半桶水，長褲稍乾不至於冰冷，再叫他穿回去，（總不能光屁股奔跑呀！）此時約有四五人往我們這兒走近，濕褲子不易穿上，母子倆手忙腳亂總算穿好泥巴褲，這時他鎮定些，我們趕快過橋，快跑五分鐘進入車裡。

就像電影，姚同學立即開車，我脫下身上的兩件衣服讓姚頭丸穿（奉天承運，早上出門時我發神經穿四件衣服像個大嬸婆），但沒有多餘的內褲可以支援，他只好光屁股，幸好姚同學脫外套讓他圍著。我沒好氣地說：「你可不要在爸爸衣服上屁滾尿流啊！」接著，喝熱水吃巧克力搓肚子生熱，陽光又正好照在他那邊車窗，總算有驚無險。

姚同學說：「剛剛應該幫你照相！」我們開始笑出來，覺得很幸運，今天山上有陽光。回想落水那一幕，取笑他狼狽的樣子。

他充滿溫情地說：「媽媽，謝謝你把我撈起來！」

「不客氣，我常撈水餃，有在練習啦！」我說。

忽然，他想到換褲子時有幾個人走過來，大叫：「他們有沒有看到我的ＬＰ？」

我點點頭：「當時一陣慌亂，恐怕看到了！」

姚頭丸哇啦哇啦叫：我不要！我不要！我不要！

「那是沒辦法的事，誰叫那裡的草太短了！」我說。

補記：

回到家，午睡時，姚頭丸可能在紓解心中餘悸，喃喃唸著日本棒球隊名：西武獅、阪神虎、福岡軟體銀行鷹、歐力士猛牛、橫濱海灣星、北海道火腿鬥士（火腿？我摸摸他額頭，沒發燒。）千葉羅得水手，廣島東洋鯉魚，養樂多燕子……。

我們去酒家

科州首府丹佛（Denver）離這兒一小時車程，全州人口約一半集中在大丹佛地區！「去丹佛」這話包山包海，等於電池去找充電器的意思。

住在這裡的華人（或說東方人）每隔一段時間會去丹佛朝聖，買些家鄉味。那兒有幾家賣華人與東方食品的店，物美價廉。

「好難」先生怕我們吃不慣美式食材，帶我們上丹佛吃中國料理順道採買民生物資。三十出頭的他，高二時因數學資優保送南開大學，出國至北卡大學深造，是CSU統計所的年輕教授。太太學基因研究，在北卡做事，有個八個月大女兒，放在山東由父母帶，一家三口分隔千里遠，他聳聳肩：「不這麼著，女兒在身邊怎麼做學問？」他與太太每隔數月見一次面，戲稱：「為美國航空業做出貢獻！」正思考如何讓一家團聚，由此可見新一代大陸留學生夫妻各自在異國奮鬥又要維持家庭聯繫的情形。

既然一個人在此，高頭大馬的「好難」先生一身遊民打扮：一件無袖紅T恤（我問他：「你不冷啊？」他答：「睡覺才會冷，醒時不會。我上洛磯山也穿這樣，再加一件單褂兒行了。」單褂就是薄外套），短褲，拖鞋，頭髮亂，作息更混亂：凌晨二點睡到七點（或四點到九點），一天只睡五小時，其餘時間都在做功課搞研究。吃，有什麼吃什麼，跟牲口差不多。說起話來一串兒兒捲舌音，姚頭丸很不習慣，盯著他瞧，接著就說出「白目」的話：

「叔叔……」

「叫哥哥就好！」

「你講話好奇怪，噫！你的嘴唇比較厚……」

「我嘴唇兒的韌帶斷兒了，小時候兒運動受的傷兒。」

我完全接不上話了！忽然覺得他倆是同類動物，能溝通。

往丹佛車上，姚頭丸一直跟他講美國各州棒球籃球隊名（我頗驚訝他透過運動資訊能說出美國三十多個城市、日本十多個城市，將來念地理會比較輕鬆），比較哪一州面積大，好難嘰哩呱啦：「嘿，Jack，東部州兒小，我開車兒一天串過好幾個兒呢！」

串過好幾個？在講烤肉串嗎？

我們去一家有名的帝苑大酒家吃廣東飲茶。美國的廣式餐館都叫酒家，讓台灣人立刻產生曖昧感，浮現警方臨檢一群人以外套遮頭小跑步的畫面。大酒家賓客滿座，東西雖多但遠遠比不上台北精緻。做為國際都市，台北是一個讓食物發生奇蹟的地方；不管什麼難吃蔬果一落入台灣農夫手裡立刻改良出又香又甜新品種，不管什麼食材一落入台灣廚師手裡也變得美味可口。

飯後，去華人開的太平洋超市買東西，我已習慣美式蔬果，除了買一大包米及幾樣食材，沒多買什麼。倒是「好難」買了不少，充分發揮留學生精打細算的本領，很會過日子。這也是我對這裡華人的印象，他們非常勤儉務實，熟門熟道，每分錢都花在刀口上，跟權貴子弟或豪富之家到異國享福的極不相同。我們辦手機、買電話卡，他們提供超值訊息，居然買到十九元可打五百九十分鐘的網路國際電話卡，打回台灣等於一分鐘一元台幣，可舉雙手高呼：卯死了。

我發現「好難」買豆腐乳，問他怎吃？他答：配稀飯。我驚問：「山東人也吃稀飯配豆腐乳？這不是我們台灣人的吃法嗎？」

他答：「我媽是福建閩南人，她做飯嘛，我從小吃不慣麵食，來美國才吃麵包兒什麼的。」

唷！好厲害的閩南人。

相較於美式超市之明亮乾淨，華人的商店顯得凌亂擁擠。也許華人對太乾淨的地方會產生抗拒，認為乾淨必昂貴；帶點灰塵，貨物堆得亂些，需翻翻找找，跟旁人前胸貼後背地排隊，才能感覺良好。後來我們在另一個留學生通報下知道有一家韓國人開的H超市，其陳列方式與貨品管理優於華人，種類多涵蓋東方食材，價格亦實惠，生意極好，顯示韓國人勢力興起。我在那兒買到水餃皮及豬絞肉、韭菜（看到它差點掉眼淚），恢復水餃滋味。中秋節前，看到柚子、柿子與亞洲梨，這回不掉眼淚改流口水。

中秋節，月圓卻無柚。
於丹佛韓國超市購得綠柚，
稍慰鄉情。然，遙想麻豆文旦，
不覺潸然淚下。

小心韓國人，這個國家的人民不只會做泡菜，還一群群去留學、做生意，學英文中文，當台灣人開始偷懶時，讓開讓開，韓國人毫不客氣，立刻衝上舞台。

伙伕頭求生術

對一個負責供應三餐的伙伕頭而言，不管行軍到荒郊野外或「青紅燈閃爍的繁華夜都市」（請用台語念），第一件代誌，要摸清灶頭、柴火以便埋鍋造飯，速速把自己的炊煙升起來。飯煮得好不好吃不重要，家庭主婦的派頭甲力量（請握拳），恁就要甲伊「展出來」啦！

去年第一次行軍到美國，一進廚房就嚇住，不禁大叫：怎這麼高？這麼大？這是烤箱嗎？比洗衣機還大。這是洗碗機呀，像烘衣機大。來人啊救命！有沒有童裝部辦家家酒的那種廚房？

美國廚房用電爐，檯面寬大，四個爐圈；爐台下面就是烤箱，容量可烤一隻感恩大火雞或一個十二吋蛋糕，或是依照我的目測同時烤六雙球鞋。這是標準配備。他們崇拜機械文明，極力縮短主婦在廚房的時間。洗碗槽是雙槽，冷熱水龍頭，其中一槽下設處理機，可將菜渣絞爛隨水流掉，這個好，省得愛乾淨、有保護水管概念的廚娘每天掏菜屑（我很討厭做這事）。

另一標準配備是洗碗機，在台灣，每次請客最煩心是善後洗碗，老覺得越洗越多懷疑鄰居家的也丟過來。這兒顯然優雅多了，把杯盤上的食物殘渣刮掉，沖個水，一一放入洗碗機，按個鈕，即可去客廳繼續喝紅酒當妖嬌女主人咯咯跟男客調笑而非滿手泡沫擤鼻涕的台傭。我開始「很憤怒」，台灣受美式文化影響很深，為什麼一直未引進美式廚房文明？若說電爐涉及能源、烤箱關乎飲食習慣，未引進可理解；洗碗機關係著什麼？省電嗎？省水嗎？省空間？還是怕女人太閒了不好管理？也許家庭主婦應該提菜籃上街，一面從籃裡掏碗出來用力摔，一面吶喊：「總統下台，洗碗機上台！總統下台，洗碗機上台！」

去年我們住史丹佛大學已婚宿舍時，我頗花了一點時間才適應電爐。用慣瓦斯爐的人就像真刀真槍對決，一眼就知敵人「死」到什麼程度；電爐靜悄悄，像打麻藥，肉眼無法判斷死了沒？因此時而有詐，翻成廚房語言就是，被燙到了。

今年我算老鳥，頗能享受四個爐圈同時烹調所帶來的便利。我一人指揮四口鍋，固然有時似馬戲團轉盤子的小丑般驚險，但大多能馴服牛豬雞魚蝦、安撫五穀根莖，興沖沖幾乎要騎單輪腳踏車趁熱把菜端上桌了。

我們到柯林斯堡第一天，放下行李半小時後即搭朋友車到一家Sam's大賣場採買。當時我因長途旅行手腳龜縮尚未恢復正常尺寸，一進大賣場頓覺自己渺小得像一隻甲蟲，推車也是大得可以裝入一頭小牛。為了怕走斷我的狗腿，只匆匆取幾樣蔬果即回府。

之後二三日，赴學校報到，趕辦手機、網路、電話卡、保險、銀行（居然提供免費咖啡，奇也！）及租車（含保險一個月美金九百多元，貴也！）四處奔波，到吃飯時間，子曰：「麥當勞！」夫曰：「漢堡王！」母曰：「隨便！」幾餐後，我吃得快翻臉，曰：「這樣吃對胃很不禮貌！我阿嬤以前養豬也不會每餐都餵一樣。」遂正式要求去超市搜巡，老娘的寶劍（鏟子）出鞘了，要率領陸海空三軍將士「開火」。

我一向愛逛超市，視作祕密享受。以前在外拋頭顱灑熱血，採訪演講開會評審，逢到旁邊恰好有超市，我又恰好有一丁點時間，總要溜進去巡一巡，買一罐羅勒醬或一瓶新推出的香氛沐浴乳放入包包，再去做道貌岸然之事。若其中一篇稿子沾了醬味，令我在評審會議上心旌搖蕩，我必定「狗一般狂吠」把此篇辯成第一名。（開玩笑！）

這裡的超市有 Safeway、Sunflower、Walmart、Sam's、Albertson's、Kmart 等，每一家都「地大物博」且左右附設 Starbucks、必勝客之類餐飲店，擺明要你逛到手腳俱軟。

我喜歡他們的超市管理風格，明亮、乾淨、寬敞，分類清楚，品牌眾多，生鮮蔬果、冷凍魚蝦肉陳列得井然有序，日期價格標示清楚，旁有塑膠薄袋及磅秤，可先自行斟酌重量（以磅計，一公斤等於二．二磅，問姚同學即可，此時他很好用）結帳時再正式過磅。菜色大抵有高麗菜、白菜、青白花椰、萵苣類、菠菜、芹菜、椒類、瓜類、馬鈴薯、洋蔥、胡蘿蔔、地瓜、碗豆、四季豆（久炒不爛，很氣，買冷凍熟豆，又爛蚯蚓般，更氣）、玉米、胖茄子……。菜價比台灣貴，一顆高麗約六七十元台幣。最離譜是小黃瓜，長得比台灣的胡瓜小又比小黃瓜粗大，一條竟要百元台幣，有次我不小心買苜蓿芽，一小盒竟要一百二十元台幣，且難吃得要命（真氣人）。這裡也流行吃有機蔬果，超市另有專櫃陳列，價格約貴兩倍。

水果有各種蘋果、紅褐青三種西洋梨（有次發現亞洲梨，大喜，一看，比茂谷柑大不了多少且皮膚皺皺竟一粒一百多元台幣，罷罷罷，相見不如懷念）、柳丁、紅白葡萄（很甜）、軟硬水蜜桃、奇異果、香蕉、酪梨、西瓜、香瓜、木瓜、鳳梨、紅橙黃番茄……，也夠輪流吃了。西瓜的綠條紋不夠深，我遲疑：「難道這條紋顏色也分白種人、黃種人嗎？」心想這長相一定不甜，不敢得罪。鳳梨、木瓜大概不是他們的大宗食物，看起來不夠豐碩，也不想招惹。這三種水果在台灣是當家花旦，一個賽一個甜蜜蜜，在這只能湊個數。還好在食物方面，我真的不是一個愛台灣的人，到了人家地盤就該吃那塊土地的新鮮糧草，這是我一萬代以前的祖先搬到亞洲時就交代的。

在異國超市看到薑，情緒澎湃，
喃喃自語：蒸魚有救了，雞湯有救了，
獅子頭有救了....

年輕時不論旅行何處，我最愛逛市集市場，看當地人吃什麼怎麼吃？平民滋味極具魅力，那裡藏著冒煙的人生，離他們的喜怒哀樂最近。有侍者服務的高級餐廳偶一為之即可，小市民熱鬧滾滾之處通常可找到香豔刺激的食物。我喜歡把錢花在這種地方，讓各種生猛食物激勵、挑逗、蹂躪我的腸胃，即使腹瀉「嗨歸工」（台語，呻吟整天）亦無怨言。

當然，這是年輕時的荒唐行徑。自從嫁給一個不菸不酒不茶不咖啡不辣、患有「大腸激躁症」的傢伙後（只怪婚前沒打聽），「不外食」成為家庭憲法，我也從一個不開伙的辦公室「便當女郎」變成揮舞鍋鏟、供應三餐的超級伙伕頭，飲食生涯進入僧侶般的清修階段：輕油、點鹽、薄糖、不醃漬、不油炸、水煮、清蒸、多雜糧、多蔬果。除此外，留意水米油品質；油用義大利橄欖油，水必過濾，米則挑選產地產期品牌較安全者。蔬果，注意農藥殘留問題。肉只吃豬牛雞，雞選大隻土雞避抗生素殘留，魚吃中型海魚，蝦及養殖類幾乎不碰。不買市場做好的滷肉魚丸肉羹壽司肉粽小菜水餃鍋貼涼麵火鍋料醬菜……等，每兩日還供應現打七八九種蔬果種籽連汁帶渣的「簡氏精力湯」（太麻煩，比照八二三砲戰單打雙不打之規則辦理），之後又進階至包水餃捏雲吞、做雜糧饅頭蒸發糕、調椰漿西米露做什錦鬆餅、買有機綠豆自悶豆芽等種種鄉下老嫗才會做的事卻興沖沖樂此不疲。

有時寫功課寫得眼睛欲「脫窗」，看竹簍內有個南瓜還在，中筋麵粉、酵母、芝麻醬也有，立即國文下課改上化學實驗：晚餐來吃綠豆仁小米粥配南瓜芝麻包，嗯，全甜不好，也包一點鹹的，來一點自製叉燒肉醬吧！由於丈夫「含慢賺錢」（台語），家境清寒，小菜只能配油燜筍、干絲、脆炒小黃瓜再切一點「黃姐牛腱」。節目表既定，立即開鑼，簡大娘一人舞三劍，鏗鏗鏘鏘。

一時辰後，老小兩姚回來，看桌上擺滿冒煙的剛出籠小包，小姚問：「晚餐吃什麼？包子，有芝麻沒有？」老姚說：「乖乖隆地冬，隨便吃就好，何必搞這麼多？」我答：「老娘今晚想吃南瓜芝麻包啦，怎樣？」接著又像一個沒修養的人自吹自擂：「我大概入錯行，如果當初念化學系，搞不好也是個居禮夫人你說對不對？」姚同學不說是也不敢說不，哼嗯小笑三聲。

這般居家清淡吃法，使我們的腸胃離群索居，對外面風起雲湧的野花餐館及成天搞名家推薦、讀者票選的美食不感興趣。偶爾在外應酬吃油膩些，姚同學的腸胃撐不住又得一天繳幾次「綜合所得稅」，此時我忍不住以舊社會婆婆斥責不孕媳婦的口吻說：「你的肚子怎麼這樣不爭氣呢！」有一次，我忽發奇想問姚同學：「我們吃得跟癌症病人一樣，哪一天得癌症了吃什麼？」他不假思索：「蹄膀！」

如今想來，我對廚房的興趣應該是家傳基因。我的阿嬤廚藝不錯，做粿包粽釀醬油醃酸菜曬菜脯，只要傳統女性會的她都會。我母親也善廚，加上有一份鬼頭鬼腦的熱情，頗具創意與實驗精神。所謂母親節與生日這種應該讓媽媽休息的日子，至今仍然由她從凌晨開始準備彷彿滿漢全席再電召「不孝子女」回來「歡度」。她做的宜蘭菜非常道地，「雜菜」數一流。我的姑姑們也精於廚藝，二姑的蘿蔔乾乃人間美味，小姑媽的粽子，無人出其右。有一年，她跟我老母不知哪一條筋「走閃」，竟同時愛做韓國泡菜，我們回娘家必領得兩玻璃罐泡菜，一母一姑，起初還嫌纏腳絆手，後來竟用搶的。那時，《大長今》還沒演呢，我們就已燒過「韓流」了。

嫁給外省人姚同學之前，我幾乎不吃水餃、牛肉麵、餡餅等「非台式料理」，豈知我的婆婆竟是碩果僅存還自己擀水餃皮的水餃大師，自此我進入水餃捷運世界，欣賞各餡餃子的奇妙滋味。但絕對不吃超市的冷凍水餃，套句一個討厭的人的名言：「算我好運，莫是欲按怎？」

所謂物以類聚，講的大概是磁場相吸效應。娘家婆家善廚也就罷了，偏偏交的朋友也身懷絕技。未婚前，我的鄰居許媽媽讓我白吃六年，她的家常菜有慈母味。老友惠綿、趙老師家的十香菜乃道地江浙書香世家的工法，精緻細膩有文化氣息。近年，朋友群中忽然竄出一匹黑馬，黃照美。

她還在出版界服務時，大家叫她黃姐，現在改稱黃格格；一是指她個性鮮明與時潮「格格不入」，二是大笑時有「咯咯聲」，三是廚藝了得，令人懷疑其前世吃香喝辣至少做過格格。

認識多年，我從來不知道廚藝是她最資優的才華，大嘆她根本不應該在出版界做牛做馬浪費那麼長的時間。若年輕時朝餐飲戰場發展，憑其才賦與好學拼搏精神，絕對是一方之尊，說不定也是照片印在瓶蓋如「老乾媽」品牌。

她做菜一氣呵成，如一場芭蕾獨舞，流暢、乾淨、和諧，讓最簡單的材料顯出最美的本質，即使只是一盤拌銀芽，也能拌出禪意。她具有天生的食物想像力與精密的解析本能，是個廚房通靈者，能感應火候、軟硬、鹹淡酸甜，進而創造自己的風格。

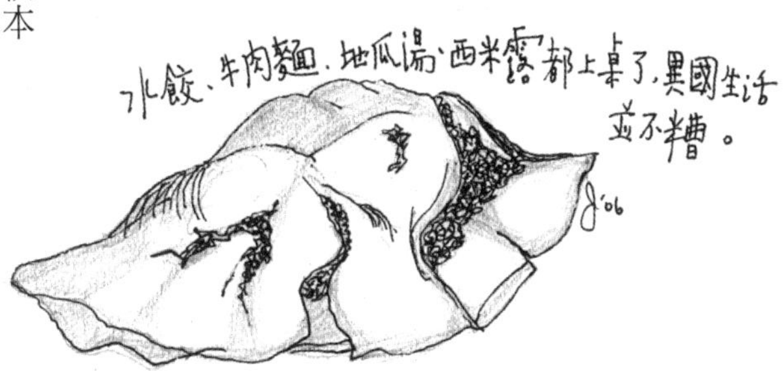
水餃、牛肉麵、地瓜湯、西米露都上桌了，異國生活並不糟。

刀工、選材、烹調、盤飾整體思維，針對客人屬性設計宴席菜色，環環相扣成一套十二道佳餚，善美且和諧。如此一餐饗宴本已感動，端來的水果竟是一人一朵用紅火龍果刻成的盛開牡丹花，白盤上牡丹盛開，哎呀呀，好一個竈頭菩薩現身，願眾生皆成佛。

她的手藝如何了得不可形容，光舉二例謹供參酌。某次，八九人在她家吃飯，不乏學界教授，一喊開動，竟有五分鐘左右鴉雀無聲，待抬頭，放在某位教授面前的一盤紅糟魚竟然、竟然、竟然「體無完膚」了，坐旁邊的另一位教授愣了一愣，眼眶含淚看著大家，語帶諷意：「有沒有人要吃『魚翅（刺）』……，而且是排翅（刺）！」

她的三哥，我們共同尊敬的音樂家，掛在嘴邊的抱怨是：「妹妹，我的肚子被妳搞大了！」這位很明顯需要減重卻又難以抵抗美食的兄長，有一次竟當著妹妹的面，用力拍打五個月身孕般的大肚，自罵：「我打乎你落胎！我打乎你落胎！」

我吃她的菜吃得心花怒放，臉皮像必勝客芝心披薩——越來越厚，又把幾個好友也拉來加入飯團，她的口頭禪是：「沒問題，小跨代誌啦！」一一收留這些夭鬼。

既然有個高手，在家宴客變得輕鬆愉快。她會設計菜單傳真討論，自去採買又事先準備。我問她是否「翻鐘一點就爬起來弄鼎弄竈，五點包袱款好皮鞋穿好站在門口等天光」，她哈哈笑：「唉唷，敢須要？」宴客當日，她框上墨鏡、背大型登山背包，請「小黃」（計程車）送她來。一進門，氣定神閒，先喝茶，派頭十足說：「去把冰箱冷凍庫清一清，我先捏兩百五十個水餃給妳做私傢，逗逗吃（慢慢吃），莫給惠綿知。」

我這種沒路用角色急慌慌問：「妳不開始弄嗎？客人再一小時就來咧！」她說：「也擱早。」我又問：「要不要幫忙？」她答：「免啦，妳坐著晃腳。」

只見一陣風工夫，人家兩百五十個水餃包好，桌面乾淨，喝茶聊時局。門鈴叮噹，她晃去廚房，主客吱吱喳喳十五人才坐定，開飯了，如行雲流水十二道菜一一上來，客人驚嘆連連。不需助手不必特殊鍋具，一人搞定。我們哪需去「紅豆」食府，這個「黃豆」更厲害哩！

從此「御廚」封號上身，我們這些人越吃臉皮越厚，開始需索無度：格格，想吃潤餅炒米粉，沒問題；想吃東坡肉獅子頭，簡單；想吃叉燒廣東粥，沒問題；想吃牛腱紅糟肉，簡單，想吃春捲，容易。連你沒想到的她都想到了：幾球油麵糰，給你解凍之後包蔥花現煎蔥油餅；自製花椒油、辣油給你拌麵拌小菜；自製酸黃瓜給你做三明治夾漢堡；自製瀏陽豆豉給你拌飯拌麵燉豆腐；自製紅蔥頭醬，給你炒油飯做滷肉飯（啊，上面綴一撮香菜，配貢丸湯，口水快流下來）；自製火腿干貝XO醬（還說：歹勢呢，家境清寒，干貝卡細粒，你莫棄嫌嘿），給你炒什錦菇滷白菜；自製南瓜八寶飯盅給你除夕圍爐添喜氣；自製鳳梨醋葡萄醋給你養顏美容；自製酸白菜給你寒冬涮白肉火鍋；自製獅子頭配你的白菜滷，「恁家境富裕，起鍋前要給它滴兩滴香油嘿！」她在電話裡交代。有時想到新菜，很興奮，電告如何如何料理，我總要說：「稍等一下，我去拿抹布擦地，口水潺潺滴。」

因此，以下的對話就不難理解了。愛吃黃阿姨做的滷牛腱（濕潤入味不死鹹不乾柴）的姚頭丸，放學回家第一句話問：「媽媽，晚餐吃什麼？」我說：「飯。」他繼續問：「主菜是什麼？」我說：「牛肉。」他又問：「是黃阿姨的肉嗎？」我也答得很自然：「不是，黃阿姨的肉早就吃光了。」好凶殘的母子，打電話告解，她哈哈說：「叫姚頭丸忍耐一下嘿，『黃阿姨的肉』明天就叫小黃送過去哦！」

手藝好也有苦惱，餐廳請她去上班設計菜單，她不要，寧願留點時間散步閒晃去學素菜日本料理法國菜，當然沒多久老師就說：這位同學，妳可以不用來！

近年她常兩岸奔跑參訪，轉而對我們的台灣小吃產生興趣，四處雲遊訪耆老記錄祕方，大嘆數代傳承的精湛手藝即將從駝背老阿婆、白髮老阿公手中失傳。此藝僅能在火爐上鍋鏟間彈指而傳，用說用寫都隔了一層，站在旁邊的徒弟若資質夠厚，心領神會，當下得衣缽。她有慧根，看得出竅門，更感惋惜，發願要寫書留下這些台灣味。

我心目中最會做菜的男人叫馮公，夫婦倆皆在大學教書。香港人馮公年紀不大但手藝高超，只能歸諸宿慧。若有天眼通之人看這些善廚者，說不定可看出他們曾有一世是宮廷御廚，我們這些人則是端菜或試菜防毒的小太監，吃慣了大師手藝，死皮賴臉拉著他們的衣角一起投胎，故而今生又嘗到美味。

我第一次去馮公家，看到桌上一疊撲克牌似的厚紙卡片，寫著菜名，總有百道，馮公解釋：「唉呀好玩嘛，讓小孩點菜省得我動腦筋，不知道吃什麼就用抽籤。」

「抽籤？」我瞪大眼睛，翻那本菜譜：「你家是龍山寺還是行天宮？抽到叉燒餃、烤雞你也現做呀？」馮公連說：「那簡單那簡單！」當下，我心存懷疑，除攝護腺腫大，「男人類」的第二病是「膨風」。豈知那天馮公見我談吐可喜，臨別開口：「找一天請妳來家吃個便飯！」

那天到了，我依約前往。馮公剛下課回家不久，陪我們東拉西扯偶爾進廚房幫兒子倒果汁替茶壺添熱水，兩夫婦繼續談書法談教育談大學生憂鬱症，都不忙廚房。我心想若主人忘了吃飯這事我去巷口7-11「吞」御飯糰也是可以的。正正巧，馮公說：「餓了吧！」「不餓不餓，你別忙喔！」虛偽的傢伙，明明強欲拼出去買便當還說不餓。只見他端出烤盤，上有麵糰與叉燒肉醬，伸出兩隻大手三捏四摺，比女人搽指甲油還幼秀，嘆口氣工夫，一顆顆滾邊叉燒餃擺滿一盤正在刷蛋汁，隨後端去廚房按下不表，出來時抄一疊碗筷叫我們清桌面擺一擺，還叫兒子呀快去把手洗一洗記得用肥皂搓喔！再進廚房，一陣輕響，開始有香味從門縫飄出，正在貪婪呼吸辨識間，門開，一大盤煎蘿蔔糕、一鍋廣東粥、一盤剛出爐金黃油亮叉燒餃端來了，佐以自滷的小菜：素雞海帶豆干。滋味如何？

我平生也吃過不少什麼苑什麼樓的廣式飲茶，從未嘗過這麼精采的。「蘿蔔糕自做的？」我問。他怕我不信，引至後陽台，洗衣機旁有一堆白蘿蔔小丘，乃學生寄來供老師消磨。我吃得現出狐狸原形，按捺不住：「馮公，如果我去盛第三碗粥，你會不會把我列為拒絕往來戶？」他說：「不會，第三碗很正常。」回家後，我對姚同學嚷嚷：「不得了不得了，幫我打聽一下有沒有第二個馮公，我要改嫁！」

經過冗長的「往事只能回味」，我才能認命地回到現實。唉，在美國，凡事靠自己，想吃中餐，也得靠自己。

剛來，有個台灣女留學生借我們一個全新十人份大同電鍋，附有蒸盤；搬到宿舍，姚同學的老朋友邱教授很周到地借給我們鍋碗瓢盆，還分贈醬油、香油、酒、醋等廚房四寶，以維繫「故鄉的滋味」。好心的好難又帶我們去丹佛一家賣華人食材的大型超市採買，但相較於美式超市，那裡顯得亂糟糟，有些食物沒標示日期，膽小的我不敢買，主要買了「紅寶」牌加州米。有鍋有米等於有船身，再買菜，就能乘風破浪了。

美式飲食多生菜，這可厲害了，他們把各種蔬菜改良得幾乎皆可生吃；胡蘿蔔沒石油味，高麗菜沒澀味，連四季豆、花椰菜都生吃（但我很難欣賞）。超市的魚種類不多（邱教授熱情地送我們四條鱒魚與一大包蝦），但熟的冷凍蝦、冷凍鮮干貝又便宜又多，牛與雞是大宗，豬肉很少。人說窮則變變則通，就像我常對姚頭丸講的：「媽媽的腦袋瓜不是只用來長白頭髮的」，我就地取材，電鍋下層放米、胡蘿蔔、馬鈴薯、玉米，上層蒸魚，再煮水燙熟花椰菜。取大盤，撕萵苣鋪底，置上冷了的花椰胡蘿蔔馬鈴薯玉米豌豆，灑上烤酥的土司小塊、起司絲、葡萄乾、核桃，乃一盤生菜沙拉，又有蒸魚與白飯拌海苔芝麻，再來一盤五色水果，

再來一塊香蕉蛋糕（邱教授太太做的），再來一盒優格……，三人吃得眉開眼笑。

這裡的結球萵苣甚美，我看著就恍神了，想吃蝦鬆。既然腦袋瓜不只用來長白髮，我就拿出編輯本領給它改一下。萵苣用剪刀剪成漂亮的圓葉形，洋蔥、西洋芹（要削皮，免得有牧草味）、紅黃甜椒、蝦皆切碎，加入小豌豆一起小火炒，不炒久免得失了脆度，輕油點鹽，殺菜青兼拌勻滋味即可，盛碗稍放涼，取大盤，將鮮翠欲滴的圓葉閒閒散好，切一瓣柳丁，以天女散花姿勢擠汁灑去，使翠葉生露珠，添了淡淡果香，盤中央放入那碗蝦鬆，臨端出，且慢，找出早餐玉米片，捏碎灑在碗上，讓它添一點酥。果然，姚同學包，我們母子吃，清爽無比，五分鐘內盤空而出。

長相醜醜的酪梨是我們愛吃的水果（姚頭丸除外），三顆一美元。我研發一種充滿情慾想像的吃法，把酪梨、水蜜桃（去皮）、香蕉三種香軟果肉切丁，葡萄乾切碎屑，核桃拍幾下，皆灑上。滋味狐媚，乃讀《聊齋》之最佳點心。

此地核桃甚好，每天吃兩三顆核桃乃是我的多年習慣，見之歡喜，像松鼠一樣趕快買兩包。

後來又發現超市有賣海苔片，大喜，興沖沖給它包壽司（無須竹簾子，只要鋪一層保鮮膜我就可以捲了）。隨後又煎起牛排，買牛排時我跟姚同學有點爭執；我覺得家境清寒，買中價位即可，他覺得家境富裕一定要買高價位。聽他的吧，「肉責自負」，免得萬一繳「所得稅」了，怪我。

不管是留學生或短期住客，若要節省經費一定得自理三餐。當然，即使不設想美金也要設想腸胃，在外吃，漢堡塞不了幾天就像一包舒潔面紙塞不進去，義大利千層麵披薩吃多了很像一隻有腳臭的拖鞋卡在喉嚨，墨西哥餅剛吃很驚豔多吃幾次就像嚼純棉嬰兒手帕，越南館子的綠豆芽不掐鬚、九層塔有爛葉簡直令人翻魚肚白（我一面吃一面碎碎念掐豆芽鬚，深怕老闆看到會捶我），中國餐館為了討好老美老墨，菜餚口味重酸甜黏，吃起來像在幫食道鋪羊毛地毯，險險覺得需要一台吸塵器。我想念台灣菜餚（非童謠）想到快口吐白沫。唉，我真的真的不是一個挑剔的人。

九月時，「好難」的太太從北卡來會，我邀他們來家便飯，也是答謝他。

那日，我準備了四道菜（邱教授只借我四個盤子），沒有豬絞肉，就用火雞絞肉搓獅子頭，正好有豆腐，燒成一道獅頭豆腐，因家境清寒沒有宜蘭三星軟骨蔥，起鍋前只能綴以綠豆苗。白嫩嫩的鮮干貝又大又便宜，我用小火少水給它「拐熟」原汁原味，大火快燒會龜縮那就糟蹋，汆燙了紅椒片與像個綠色小乒乓球的甘藍球芽，一紅一綠間隔排盤，白干貝堆垛中央，以餘汁勾薄芡覆之，紅綠白皆晶瑩豐潤。此地無豬肉絲，只好把大片豬排用那把鈍刀細細改成柳葉醃著，彷彿市場修改衣服的阿媜嫂，把軍用毛毯改成薄裙。白洋蔥亦切細絲，炒香不炒軟保留五分脆，此時已用柳丁切片飾盤一圈，洋蔥白絲鋪底，炒熟肉絲鋪上，冒著蔥香與醬香兩層煙。最後一道菜返璞歸真，清炒甘藍，不切用撕（須去硬梗），像撕十二封情書一樣，如此才能炒出深情斷腸。我又準備椰漿西米露加晶瑩剔透的棕櫚果作為甜品，再切五色水果伺候，上好的翠玉茶待命。

那晚，兩岸在餐桌上統一了。

遨翔天際的加拿大雁鴨（Canada Goose）

小城四處可見寧靜的住宅區，天寬地闊，少見人影。

二千公里長征，四座國家公園

九月四日是美國勞工節放假，我們剛從 Oak Ridge 什麼都有的住宅搬到 CSU 什麼都無的已婚學生宿舍村，費了一番力氣才安頓妥當。我深感自己走到哪裡都是勞動界兄弟，應喝維士比，大大地放假；加上美國小學在這三天假期連半隻蒼蠅的功課都沒給，我們無事可做，只好去旅行。

大峽谷、黃石公園、科州西南國家公園，三擇一，考慮長途開車及姚頭丸不是熱愛自然的人，因此選擇環科州一週遊賞三座國家公園。

星期五下午小姚放學，四點半出發，我用三個保鮮盒裝炒飯、生菜沙拉、水果，晚餐在車上解決，姚同學打算開車四小時到南端小鎮 Walsenburg 夜宿。貫穿科州南北的是二十五號高速公路，我們赫然發現路上湧現度假車潮，一輛輛小貨櫃似的ＲＶ休旅車顯示許多家庭正興奮地奔向長途之旅。在這裡，度假是一種權力也是義務，使人生更完整。

五小時之後，抵達 Walsenburg 小鎮，下雨的夜晚，氣溫不到攝氏二十度，這種夏天讓我冷得發抖。原要夜宿 AAA 旅遊書介紹的三星級 Hotel，Best Western ，姚同學心想應該沒什麼人來住，因此未預訂，誰知竟然客滿。我們別無選擇，到附近一家叫Budget（預算，也就是價位低廉之意）的旅店，姚同學說AAA旅遊書有提到這家，應該還好吧！我問這是幾顆星的？他說：一星級。

「一進門，我大叫：「哇！這很像電影裡亡命之徒住的，待會兒會有人持槍來尋仇耶！」姚同學答：「亡命之徒才不會住這種地方！」

雖然是「一星級」旅店，我們天秤座的人依然會無中生有，很優雅的煮熱水泡麵、削水果，餵飽牲口之後一夜好眠。念在住宿費只有美金五十五元份上，我原諒浴室那支水龍頭，它滴答、滴答、滴答一整晚，很盡責地提醒客人，它真的是一星級。

次日，開車一個半小時到Great Sand Dunes National Park（大沙丘國家公園）。面積約十個大安森林公園，一望無際的沙丘，連綿起伏，最高處約有五十層樓。放眼只見藍天，白雲，金沙，三種色塊占領整個視覺，把人孤立起來；在純粹的自然中，人會漸漸消融我執，遺落話語，被不可測的孤寂力量導引著，慢慢走向它，像水回到河流，風回到空中，百合回到山谷，我們用人身的疲憊換自然界的雄偉壯麗，領一份糧草，鼓舞生命繼續向前。

來到這裡的人只有一個方向：走向最高的那座沙丘。這段路不容易，登沙山，走一步陷一步，走了好久，大沙丘仍在又高又遠的地方，這種感覺會令人陷入無望與恐慌，彷彿再怎麼努力人生仍在原地掙扎，此時只想放棄。但是，大沙丘頂端有一些螞蟻般的小黑點，那是已經攻頂的人，看著他們，心裡又想：總會走到的啊！遂鼓起勇氣，繼續數著步伐前行。途中有好幾處爬陡坡，對姚小弟來說是很大的考驗，他的手腳靈活度不夠，平衡感也不好，沙上行走的陷落感讓他很緊張，加上鞋裡全是沙很不舒服。他一緊張就哇啦哇啦，我跟姚同學不時提醒他把嘴巴閉起來，不然很快會被太陽曬乾。我要他學我脫下鞋子走，但正午陽光曬燙了沙，約有攝氏六十度，走不了多久還是得穿上鞋。我們三人停下來喘息，用嘴巴大口呼吸，眼睛被黃沙光芒刺得幾乎睜不開；環顧四周，登沙丘的人各自選擇路徑，腳印如一條條歪斜的拉鍊分布著。你可以踩著前人的步伐前進，也可以另闢一路，讓他人追隨。有趣的是，每個人選的一定是自認為最好的走法，既如此，為什麼沙丘上竟沒有重疊的路徑？可見條條大路，好或不好，各憑行者一念之間，對橫亙在時間長河的沙丘而言，毫無分別。

我們決定攻頂。眼前是一道寬闊的五十度陡坡，所有的人都只能當爬行動物，用兩手兩腳攀爬，進三步退一步，埋頭苦幹，幾乎覺得快爬上天了，繼續咬牙撐著，以防滾下去。終於站起來，正要歡呼，一看，天啊！那兒還有五個大安森林公園大的沙丘，最高的沙峰傲然聳立著。渺小的人啊！你竟想在幾小時內打敗億萬年的自然傑作！這乍然現身的奇觀啟示著，山之外有山，天之外有天，生命之外有繁忙的生命，旅程之外還有更絢麗的旅程，無終止無窮盡啊！置身於無邊無際之中，頓然覺得，不要掙扎，與自己的命運和解，說不定是最優美的人生姿勢。

我的腰不行了，坐在沙脊上休息。雙姚想「搖來搖去」再走百步之遙到這座沙丘的頂端，我揮揮手，說：「你們去攻頂吧！我坐在這兒為二位加油！」他們蹣跚而行，到頂了，高舉雙手做勝利狀，我幫他們照相，事後才發現陽光太強，照不出來。我想起海明威的話：勝利者一無所獲。爬了兩小時，坐在沙頂，只覺得天地孤寂。

該下坡了，幾近滑行。

我們又開車一小時找到漢堡王匆匆解決午餐，攤開大張地圖從密密麻麻的網絡中找到一百六十號公路向西行。姚同學很會看地圖找路，頗有當宅配貨車司機的潛力。美國公路修造得幾乎是一種高度的工匠藝術，以精簡的符號、標誌對高速中的旅人敘述前途，瞬間印合。任何一條路的最低道德標準是，不可以讓人迷路。沿途，我不禁懷想築路者，他們是什麼樣的人？用什麼分寸嚴格地自我要求，用什麼眼光巡視路面平坦與否，為什麼能夠體貼開車的人甚至在下坡彎道多修一條上坡小路讓煞車失靈者有緩衝之處，為什麼能夠守住紀律做一個鋪好公路卻甘心被遺忘名字的勞動者？他們彎腰鋪路時，怎麼看自己的「路」？

什麼時候，台灣也有這樣的路？我想著。

三小時後，我們抵達Mesa Verde國家公園，夜宿公園內木屋。這兒的國家公園大得嚇人，動不動就得開車一小時、時速四十公里才巡得完，腳在這種地方沒什麼用，可以剁下放車後行李箱納涼。

次日，我們參加國家公園安排的半日遊，由一位和藹幽默的老美歐吉桑當巴士司機兼解說員，遊賞

Mesa Verde國家公園內印第安人遺址

一千多年前印第安人在此生活的遺蹟，尤其以建造於高山懸崖凹處的聚落最聞名。

此地崇山峻嶺，雲深不知處，高原曠野，雜樹緜延，日出日落，絢霞滿天。想像自己是策馬馳騁的印第安勇士，勒馬於高山懸崖邊，放眼俯視杳無人煙的四野，檢閱繁星孤月，山風呼嘯如天上笛聲，此時胸懷壯闊，足以吞吐天地，情思翱翔，披靡千川百岳！不禁吶喊！諦聽回音，再高聲吶喊！音音相連，眾靈皆現。經此洗禮，不再是凡人，哪還能耐煩小恩小怨小悲小喜，也不屑於碎骨爛肉之人間賞賜，白白就把英雄氣概給賣了啊！

也許，大人物之誕生，還得靠江山皋壤之孕育吧！

回到眼前，英勇的印第安弟兄們把家蓋在懸崖凹凹，固然可避猛獸攻擊、風雪侵擾，但進出十分不便，所幸他們身手矯捷，攀岩走壁如履平地，天險礙不了他們。但我仰首睎眼，瞧那陡峭的山壁一眼，隱隱然浮現一個印第安婦人，腰繫一隻死野兔、手掛玉米串、背著吮指小嬰兒正在攀岩回家的情景，頓時腳底發癢牙齒發冷，對姚同學說：「如果我是印第安人，只有一個位子適合我，當酋長，坐在家裡等吃等喝，不須爬懸崖！」他潑冷水：「酋長要打頭陣的！」也對，我琢磨一下，又說：「有了，當酋長的媽。」此時姚小弟晃進我的眼簾，看他手舞足蹈、自我陶醉的樣子，我猜他有可能當酋長的爸爸，但我決不可能是酋長的媽媽。凡事仍須靠自己，然而這麼艱險的生存條件，我若是印第安人，大概很快就會被「資源回收」（姚小弟用語，意指淘汰）。

晚上睡在木屋內，天籟如一波波柔軟的浪，撫慰著旅人。國家公園標榜親近自然，房內無電視，甚好。我很欣賞他們對國家公園維護管理經營的用心，尤以維護為最高原則，阻隔商業化弊病，凡牌告步道建築皆保持低調，以免破壞大景觀。我喜歡這種謙卑，人不應該對大自然露出獠牙。

沙丘一役令我腰痠背痛，只好貼痠痛貼布，躺在床上哼哼唧唧，老小姚都沒事，我問：「你們是軟體動物嗎？很高興認識你們！」

天亮，七點，我們啟程西行往猶他州，赴另一座國家公園 Arches，觀賞一億年來由水、冰、劇烈氣候、地底鹽層共同作用而形成的蝕刻地形。紅褐色巨岩被蝕成奇形怪狀，堪稱鬼斧神工。這裡寸草不生，氣候乾燥，腳下只有黃沙粗礫，無盡曠野中，到處聳立巨大岩塊，好似神話時代武士的戰場，刀斧一揮，天崩地裂，萬物滅絕。我們的時間不多，開車遠眺，但姚同學希望到一處有名奇景走一走，照張相。我腰疼，天氣又熱，人在沙漠不太想走。他說既然來了，走一下，以後不可能再來。我一面走，開始風度不佳碎碎念：「誰說的，以後我搬到猶他州住，常常來。你這麼喜歡這種景觀，你的內心挺荒蕪的。」走著走著，我學老共扭秧歌的舞步，小姚問何以故，我答：「我在抗議！」

離開 Arches 已是正午，我們希望用五個鐘頭車程從西邊橫切科羅拉多州回家，因此一路沿猶他州邊界的科羅拉多河趕路進入科州。途中景色另有風貌，高山、垂樹、綠野、牛馬吃草，是一幅牧歌田園。但有一段路車行近二小時之久前後無人，我們這車像一隻孤單小瓢蟲奮奮然爬過巨人身體，上了七十號高速公路才見到其他瓢蟲，但也只有匆匆幾隻。

猶他州Arches國家公園，烈日下鬼斧神工的奇岩。

姚同學專心開車，我專心飽覽風景，經幾個小城乃滑雪勝地，一邊綠山一邊溪流，中間散佈著住宅。此時炎夏，自然無旅客，我見河裡有一群孩子歡聲戲水，有一老兄穿泳褲戴蛙鏡，大字形躺在橡皮筏上曬太陽、隨溪流往下飄，無比悠閒狀。再過去，見群樹之間一大片綠茵起伏，幾個球友或揮桿或撿球或開小車沿高爾夫球場走，也是怡然自得。我很納悶，小城居民都過這種生活嗎？這有天理嗎？這對得起台灣人民嗎？

由於遇到塞車，我們臨時翻地圖換路，沒想到路途之遠超出預料，一路走山路不打緊，天又冷黑，最後竟是穿過整個威武雄壯的洛磯山國家公園。夜晚的山路九彎十八拐非常可怕，姚小弟其實累壞了，但因放心不下一直不睡，事後他說很怕我們回不了家，在外餐風露宿。

我第一次看到洛磯山的明月，清亮純潔，一路護送旅人。即使是黑暗的險徑，天地仍未熄滅祝福的燈。

穿過這趟旅程意外出現的第四座國家公園，且開過公路最高點海拔三千多公尺路段，晚上十點——比預定遲五個小時，我們終於回到家。三天，二千公里長征，換得身體疲倦，心靈清澈。

才放下行李，姚同學想到明天沒牛奶水果，竟又開車去超市採買。直到一小時後聽到關車門的聲音，用光所有興奮成分的姚頭丸在床上喃喃地問：「是爸爸回來嗎？」我說：「對，你可以放心睡了。」

累得昏昏沉沉，我心想，是不是嫁給一頭駱駝？

旅行一定會吵嘴

你有多久沒吵嘴?生活像一鍋白粥，吵嘴就像醬瓜、豆腐乳，使粥更有滋味，連喝好幾碗也不怕燙。當然，營養師會警告你，醃漬物吃多了會得癌症。不過，營養師是我最不想結交的朋友，對於他們的建議，我都鼓勵他人遵守就好。人生苦短，煩惱太長，時時存著什麼能吃什麼不能吃的念頭過日子是「大負擔」(此三字是姚頭丸口頭禪，他說有些球員表現不好，是球隊的大負擔啦，應該把他資源回收，叫他回家種田)。我們的身體懂得大是大非，不會有人光吃醬瓜吞豆腐乳不配粥，除非他不想活。因此，結論就是，偶爾吵吵嘴是一種享受。

沙丘

我們爬沙丘時，姚同學既不戴太陽眼鏡又不戴帽子。我奉勸多次都不聽，火漸漸大了，對他說：「本來就不是聰明人，這樣曬，曬傻了怎麼辦?」

他說：「變聰明才對!」

「聰明？」
「是，我在行光合作用。」
「你何不脫光光，光合作用個夠！」

娛興節目

車行中，我說：「姚小弟，爸爸開車，我準備糧草，你也應該做出貢獻，來點餘興節目吧！」

他一面挖鼻屎一面嘟噥：「什麼節目？」

「隨便，唱支歌兒，或講個笑話都可以。」

「我不想。」還在挖，有一塊可能藏在很裡面，不好挖。

「你不是喜歡棒球嘛，來一段棒球廣播好了。」

不知是鼻屎挖不出來影響他的心情還是坐車太久影響脾氣，他開始播送了：

「哼！那個××隊有什麼了不起，竟敢臭屁，要不是靠陳××的全壘打，還有雷××的十五勝三敗，它早就墊底了！哼！算哪根蔥！×××這幾個投手應該資源回收，回家種田……」

我也火大了：

「你可不可以把嘴巴的拉鍊拉起來，順便掛上號碼鎖！」

賣父母

經過猶他州，平疇綠野，是個以農牧為主的地方。我不禁說：「小朋友，我看你也不用念書了，到這裡隨便買一塊地種田算了，錢不夠的話，看是賣爸爸還是賣媽媽……」

「我不要！」他的意思應是不要種田。

陷入沉默。我又問：「哎，你覺得爸爸跟媽媽誰可以賣比較多錢？」

他看窗外，說：「你們兩個都賣不了多少錢。」

「唷，這什麼話？那得看賣到哪兒去，如果把爸爸賣到牧場，追牛趕羊馴馬，確實賣不了多少錢，若賣給學術單位那就值錢。如果你把我賣給歌舞團，也值不了多少錢，若賣給報社，說不定值不少錢哩！」我很氣人家說我不值錢。

「才不要！」他很認真說：「反正賣不了多少錢就不要賣，再說把你們賣掉了我就必須繳房屋貸款，我不要這麼小就負債。」

「你再說賣不了多少錢就K你哦！」

顏色像詩

翻一本衣服目錄，顏色的標示像詩句，色調層次多變，顯示其精細與敏感。除了黑、白、咖啡，還有貂色、沙漠褐、桑椹色、霧色、朝鮮薊、常青樹、冬季藍、松果色、粉筆白、紅椒色、浮木、勃艮地葡萄酒紅、波羅的海色、深色百里香、月光石、薄暮色、黎明色、深夜色、暴風雨色……，看得我如醉如癡。

旅行歐美常覺得他們對色彩具有高度的美感，在日常生活中顯現和諧與美。中國本也是色彩帝國，只是凋零、破敗。我們的建築、街道、家具、服飾、用品的色調顯得貧乏甚至粗糙，其中，讓我最不滿意的是中學生制服，款式質料顏色皆差，穿在正值青春叛逆期、背負升學壓力的十幾歲孩子身上，不只毫無美感，更添了無望之氣。

有一次，上街購物經過一所國中，迎面走來三五個國中生，男女都有，穿著運動制服。我忍不住改變方向尾隨其後，原因無他，制服太醜了，光是回頭一瞥意猶未盡，得走在後面看個夠。那質料看來不是純棉，大約摻了尼龍成分，在潮濕悶熱的盆地城市，幾乎可以拿來露營搭帳蓬；顏色更令人咋舌，男服是受過污染似的淺藍，女服是芭比娃娃都不想穿的粉紅。這兩種輕浮顏色無法染透布料，已是一敗，又經過每週至少一次的洗衣機咀嚼，褪得像舊衣箱拉出來的回收衣；款式鬆垮，像菜市場賣給包尿布學步兒的上衣短褲，穿在身材不大不小、臉上冒痘泛油的少男少女身上，不只全無青春朝氣，更顯得前途茫茫人生無望。

我總是納悶，做校長做老師做爸媽的，哪一個不愛逛服飾店，哪一個不打扮？天天看孩子穿「囚裝」似的制服不難過嗎？也許，給孩子穿之前，校長、老師、家長應該先穿三個月，體驗這種質料款式在季節氣候變化中的舒適度與美感再做決定，而不是幾個人坐在冷氣房裡舉個手就夠了。

此地學校無任何髮式制服書包皮鞋之規定，這很符合我的自由學風想法。台灣公立學校規定運動服，私立學校包辦全身制服連鞋襪都規定，令我百思不解其必要在哪裡？若校長老師也「以身作則」天天穿制服背同款背包穿同樣皮鞋，我還服氣些，大人不穿卻叫孩子遵守，這讓我搖頭：為什麼大人不穿？大人不須「認同」嗎？不須「以學校為榮」嗎？不須「專心教學勿把心思放在打扮上」嗎？有人做過統計，穿制服有助於發育或提高學習績效嗎？若說一律平等的服裝可去除貧富階級差別保全學生自尊，那更是謊言。我們從小穿了十二年制服但總是一開學就從便當菜色看出醫生之女與貧農之女的差別。既然不准學生染髮，大人為何染髮？既然告訴學生自然就是美，為何不能接受自己白髮蒼蒼就是美？

紀律、認同與榮譽不應該靠一件衣服與一款髮式，把大家變成一個樣子，是刑責非教育。

在制服夢魘尚未遠離之前，如果我是一個享有盛名的服裝設計師（這曾是我想要從事的職業），我一定做一件事，免費為學生設計制服與書包（一只有書卷氣質的書包像個精靈，讓人想背它出門）。在符合治裝預算的範圍內，運用我的專業，為青春羽翼正在舒展、浪漫情懷逐漸澎湃的少男少女設計服裝。

我一定恭敬虔誠，喜悅振奮，如為奧林匹亞聖殿甫入學的眾神之子設計追求知識的禮服。我一定如癡如醉，沒什麼能說服我，除了美。

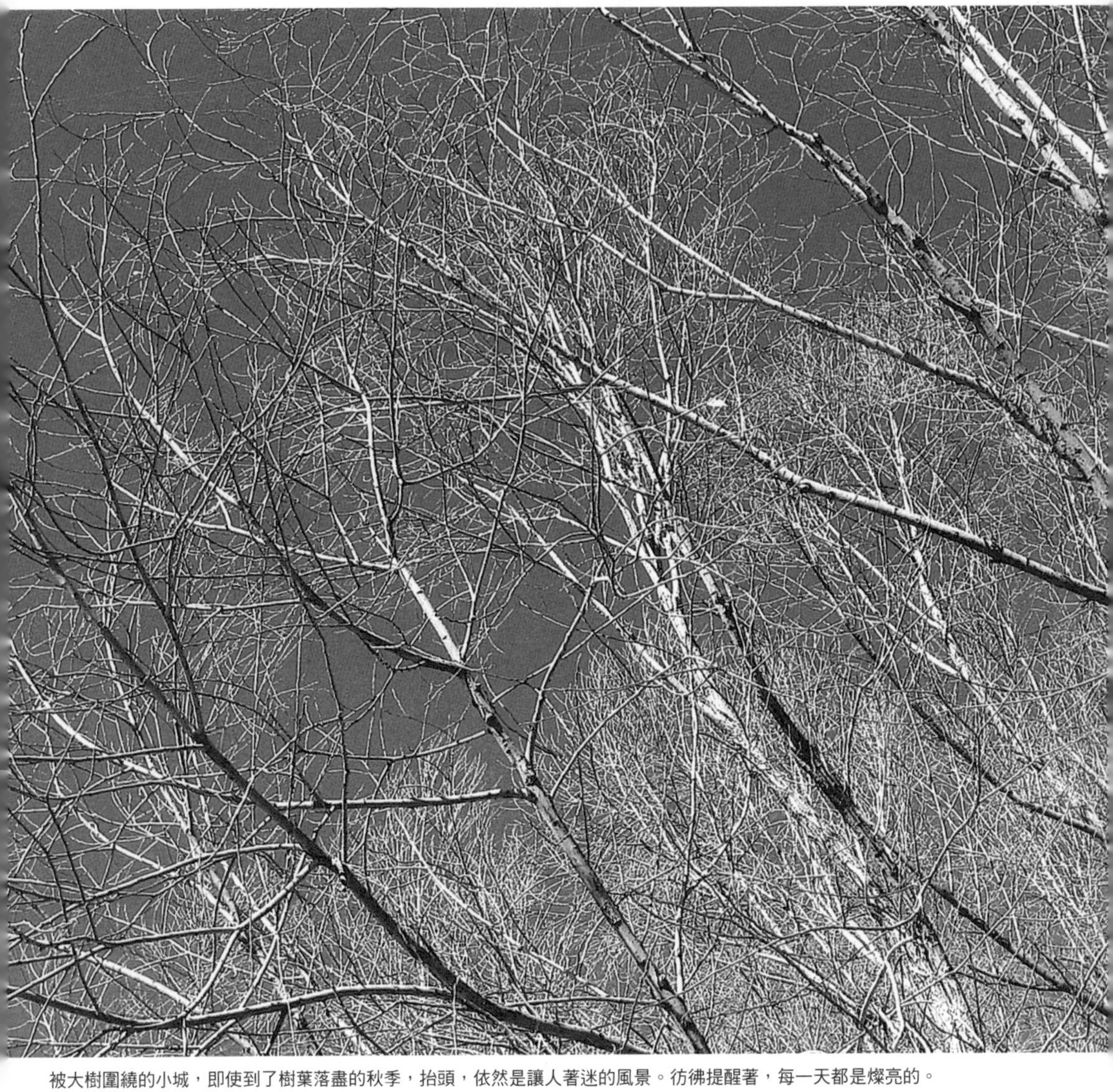

被大樹圍繞的小城，即使到了樹葉落盡的秋季，抬頭，依然是讓人著迷的風景。彷彿提醒著，每一天都是燦亮的。

生活小石子

生活中，有些瞬間雖然饒富趣味，但因無關事件不隸屬於故事，總是稍現即逝，經歷者再次想起恐怕已是多年後，有些甚至不再憶及。

楊絳筆下，寫與錢鍾書、女兒一家三口的家常文章讀來總是滿懷溫暖，她提及只要有人出門不在家，數日或數月，兩邊都隨手在小紙頭記下生活點滴，以便返家時交換，如同未分開。一家人感情如此香濃和悅，堪稱神仙屋簷。楊絳說，他們叫這些紙片「小石子」，就像浪濤拍岸之後，總會在沙灘留下石子。

我借用石子之喻，總括在小城生活攫取到的瞬間印象。這些散在路上前不著村後不著店的「小石子」，現在不撿，很快會被生活浪濤沖散。若如此，將來我們回想小城生活時，將什麼都沒有，只剩一條烤焦的沙灘。

1. 訪友作客

出外靠朋友是句老話，跟護照、信用卡放一起，出門必帶。

姚同學與這城有些淵源，平日雖未與定居此地的朋友密切聯繫，然已是友誼地圖上的古蹟景點，候鳥南飛北回為何中途落腳，訪友敘舊也。

在地朋友提供的即時訊息絕對勝過旅遊書。觀光遊覽可問書，落腳生活一定要問人。若有兩三人向你簡報兩三版本生活精華錄，短短一小時內必定功力劇增，勝過獨自摸索兩三年還不知上哪兒可買到最新鮮最便宜蔬果的新住民。我們落地不久就知道哪家超市哪天進新貨，短短一句話，乃人家熬了多久花了多少銀子才得到的結晶，我們不費吹灰之力即享有，這就是朋友之所以好用之處。

不只如此，我們屬短期居住，所有生活必需品一件也不能少；買，不划算，違反治家治國最高指導原則（這麼說吧，每個家庭專業經理人都是財政部長儲備人選，所以不用怕財政部長陣亡速度太快，排隊的很多），不買，違反人權。在這危急存亡之秋，若有朋友靠一靠，煩惱都解決了。

是以，我們展開了拼貼藝術般的異國生活。搬入宿舍村，Hari教授出借兩盞燈三條被子，此二物皆攸關生命。花蓮鄉親邱顯聰教授以門戶大開引進外敵的氣概叫我們儘管搜括，見兩位外敵沒什麼侵略經驗，他乾脆以生活行家手腕替我們搜集；總括食衣住行民生各大要務，皆有邱家標誌。姚同學提醒我：「記一下，到時候別還錯了。」那張友誼贊助單寫著：青花滾邊圓盤四，橢形碎花薄盤一，大鍋一，平鍋一，湯匙四，大杯一小杯二，叉子……。不明所以者見之如密件，以為是古董商的銷售賬

本。

出借不久，邱教授偕其夫人元義大姊來巡，帶來醬油香油酒，皆是中式料理不可或缺的寶物。又不久，邱教授單騎來探，帶一包太白粉，「做菜總要勾芡一下！」他說。

再不久，邱家三條滑雪褲兩件羽絨大衣正式來屯田駐兵以禦天敵。這當中，我們也毫不客氣吃了元義大姊親手做的三條「五星級香蕉蛋糕」，儲備脂肪以度過酷寒之冬。「你們的幸福是我們的責任！」邱教授說。唉，世間朋友品種好壞差很多，偏偏我們都遇到蒂芬妮晶鑽級的，不只出借家用品，還寫詩迎賓、請吃飯、提供生活情報。其間姚頭丸染風寒，資深醫護師的元義大姊親自來家為他檢查。我們這三個台灣鄉親享受國寶級待遇，深深覺得應該投書有關單位在邱家另闢駐美代表分支機構，為國舉才。

老友相會自然要邀請到家裡作客，我們在Hari教授與Richard教授家享受異文化家宴風格。女主人皆是糕點高手，蛋糕、派做得美輪美奐。此地幾乎無蛋糕店，所有甜點得靠自己打點。這裡烤生日蛋糕就像我們煎荷包蛋一樣，藉此以判定一個人的廚房工藝。

住在離此車程一小時的 Boulder（大圓石）城近郊的王志民博士家像個小型台灣俱樂部，與同住附近的五六家台灣鄉親結成小部落組織，借用原住民舊制，可暱稱為福爾摩沙族「大圓石社」。

他們輪流當酋長，定時歡聚高歌，展歌喉不獵人頭。其中，氣象專家孟繁村、林琴鶴夫婦是姚同學老友，多年不見，此次重逢倍覺親切。這個小部落多為氣象博士，個個風趣善歌；事業穩定鶼鰈情深、子女長成前途似錦，正值人生的白金中年，鄉親舊友在異國結盟同歡，偕手共老，這種難得的情誼即使身處台北也不易維持——台北越來越焦躁，多的是住在一條街外的朋友卻幾年不見。朋友一旦不聚，漸漸變成名片夾裡的一張紙，你丟掉他的同時，他也扔了你。

感恩節雖是洋文化大節，身處其中感受團圓氛圍亦不禁響應。我們受大圓石社眾酋長之邀，奔赴王府作客。女主人惠珍大姊善廚，各家又貢獻私房菜，擺成滿漢全席，我們再一次享受國寶級盛宴。

這印證我的觀察，長居異國者大都善廚，顯然也是環境逼出潛力。以台灣人的拚搏精神要融入工作不成問題，但飲食文化是記憶特區也是臍帶鎖鍊，一旦口感不對繞腸翻胃，脾氣來了就想「包袱款款」回台灣找古早味。就拿此地買的醬油來說吧，那味道，不管什麼青春肉跳進去都是一場悲劇，怎不讓人感嘆不如歸去？所謂思鄉情懷，恐怕有一半跟吃有關。移居異國者為了安頓腸胃，台式料理紛紛現身美式廚房，手藝絕活不輸專業，武功硬是高強。

作客作上癮的姚頭丸問：「我們什麼時候再去王伯伯家？」

「你把他家當餐廳呀！」我說。

「那，我們還會去 Uncle Hari 家嗎？」

「如果你有他家鑰匙天天都可以去。」

有一天，他稍稍整理作客心得。Richard 家地下室闢成休閒區備有撞球台最好玩，

Hari家的蛋糕最好吃，王府菜餚最佳，邱府電視最大台。

「你很懂得享受嘛！」我不客氣地批評。

接著，他把心得化成志願：「媽，我以後要買像王伯伯、Richard 家那種大房子！」

「那麼大誰住呀？」

「你們來跟我住。」

「唷，不得了，出運了，我兒子要買房子給我住咧！謝謝你的孝心，請問誰掃地？」

2. 宿舍生活

已婚宿舍分南北兩區。我們在南區，共有三大院落；每一大院皆是兩排相對，中間為雜樹草坪，每排上下兩層，一大院約四十八戶。屋齡近五十年，屋況尚可，格局為一大一小兩房、一廳一廚一衛，約十五坪。這空間住夫婦一孩恰好，但三人都不能太胖，胖就嫌擠。室內設有暖氣，此地冬季既長且冷，若無暖氣，會在睡夢中變成冰棍，含笑九泉。月租美金五百九十，內含水電暖氣。某位房產專家瞄了一眼說，這格局在外租金要六百元以上，水電另計，若加上貴得要死的暖氣（不用，冷死；用，貴死）……，窮學生哪受得了？

住戶除了研究生、訪問學人，另有為數不少的各國研究者——與各系所的研究計畫有簽約關係，居住時間較長，超過十年的也有，孩子在此出生自然擁有美國籍，亦有助於身分之取得（如果需要的話）。當然，各國愛國主義者必不屑於取得美國國籍，但也必不反對讓孩子擁有優於本國的教育機會與成長資源。請恕我發表一點淺見，有些「心口嚴重不協調」的愛國主義者有「強迫症」傾向，擅長指責他人及子女不愛他所愛之國，但不會強迫自己的子女。他們的解釋是，孩子有孩子的選擇啦。

我們住二樓，左鄰為兩個韓國高大男人（無女眷出入痕跡），右舍是一家三口湖南老中，表情嚴肅，不打招呼，但生活正常。

宿舍辦公室頗有一套管理，每週發一單載明每日活動；常舉辦各國文化交流，如印度之夜、韓國之夜等，既介紹風土國情亦提供美食，參加者熱烈。此外，電影放映、單親家庭減壓座談、青少年時間、學作菜、乒乓球比賽等亦常舉行，逢到節日，還辦烤肉、舞會。我雖不熱中交流（無須掩飾，這是老的象徵），但看他們開心熱鬧，頗覺得有大家庭安慰異國遊子之功。比我們那兒的里民活動辦得好多了。

大雪天，宿舍交誼廳的生日party。

CSU已婚學生宿舍一景。

我在這兒巡了一陣，只發現一戶台灣鄉親（我們很快聊遍全台灣），卻數出至少八戶中國家庭——很奇怪，我們彼此都知道對方哪來的，卻都不打招呼。好幾次迎面走來，我已準備咧嘴要笑了，但見對方肅著臉，終究沒笑成，怕侵犯對方被視作「表情具有騷擾性」。中國人真的不擅長跟陌生人打招呼，不像老美，動不動就問你：今天好嗎？

夏日未盡，總見有人在院子桌上曬菜乾，不知是誰。有一天颳大風，老奶奶匆忙奔出收拾，我猜來探親的中國老夫婦正在製造家鄉味。這挺重要的，右鄰湖南人，把絕活也帶來；某晚返家，驚見他家簷下掛了三條正在風乾的臘肉，由於毫無心理準備，以為是松鼠屍。我湊身一聞，有一點味了，炒大蒜應該不錯。自此，非常注意那三條肉的出沒，都是白日收起晚上才掛。這麼早就費心為雪夜臘味做準備，佩服佩服。

某晚，我出巡歸來，喜孜孜對姚同學說：「該動手了，隔壁臘肉好了，我掩護你一下……，反正兩岸遲早要打一架的！」

彷彿不友善的語句透過暖氣口輸送到鄰人耳裡，臘肉像恪守婦道的女人，再也沒現身。

3. 洗衣之我見

置身異國小城，對閉眼也能在家操作家常瑣事的感官肢體而言，是全新的學習。有些事我一眨眼就學會，有些學得很慢，不只慢且嘟嘟囔囔意見很多。

洗衣總是免不了的吧。不管身分地位如何尊崇，衣服都會髒，髒了要換，換了得洗。

（好囉嗦的女人，到底想講什麼？）

我要強調的是，雖然一家只三口卻個個愛乾淨，每三四天我總得洗一大鍋衣服。問題不在洗，這事交給洗衣機去翻雲覆雨就行了，問題出在怎麼讓它乾？

美國地廣人稀，大都會除外，一般房子多為平房，內含二層為主，三層透天式的甚少。不管何種款式，住宅都有前庭後院。後院甚寬廣，設有游泳池，或是草坪花園雜木果樹，多備有休閒桌椅，旁邊必站著半人高BBQ烤肉架，像一條涎舌噴煙的大狼犬，捨身割肉刷醬料，餵那些仰頭灌冰啤酒的餓鬼客人。

後院該有的都齊了，就是沒曬衣架。老美喜歡把洗衣間放在屋內，一台洗衣機一台烘衣機，洗完直接烘乾，不曬，彷彿每件衣服都會洩露主人裸身，大庭廣眾之下曬衣，形同暴露狂。

相較於美國人浪費能源、消耗地球的作為，東方人因有很深的拜日情結，顯得勤儉可愛。食衣住行離不開太陽，什麼東西經日頭一曬，皆可去霉保身。難怪舊日鄉下阿母們，一見冬日太陽露臉，趕緊找自己小孩剝外套像剝玉米的膜衣，速速刷洗，急忙晾曬。在台灣，買房租屋絕對要看後陽台曬衣空間夠不夠。若要判斷對面人家搬走了沒，很重要的證詞是：一禮拜沒晾衣服，早搬嘍。

夏天時我們初來乍到，暫住租屋處，前庭後院皆美，就是無處曬衣。屋內洗衣烘衣兩機待命，我只好入境隨俗。烘個幾回合下來，棉質衣服縮小一號；姚同學一伸懶腰，肚臍露出來了，姚頭丸的德行更猥褻，時不時伸出五爪抓褲襠，我罵他，他說：「內褲好緊，不舒服。」內褲變束褲了，不能怪他。摺衣時，只好先拉扯拉扯，扯得咬牙切齒，只差沒喊：還我衣來！

搬來 Aggie Village，此地宿舍設有一間洗衣房，八部洗衣機、八部烘衣機。洗衣一次一元，烘衣〇．七五。另設有曬衣區，滿足各國民情。曬得最勤的都是東方人，第一名韓國太太，第二名巴基斯坦奶奶；我不只認識鄰居，還認他們的衣服。

秋盡冬來，零度氣溫的某日早晨，送姚頭丸上校車後，我習慣繞三處宿舍院子散個小步。那日我圍著紅圍巾，穿上防風厚大衣、鋪棉長褲（即使如此，大腿仍似貼著冰塊），頭戴一頂仿蘇聯黑絨小帽。正走著，前面屋子閃出一個高頭大馬男人，老美。請注意，他穿一件無袖T恤，短褲，拖鞋，背一個綠帆布軍用大包——沉甸甸地，若非裝一頭牛就是昨晚被他謀害的太太。他見了我，道早安，加一句：「洗衣時間到了！」我回他一個親切甜美的笑容，但心裡有個不懷好意的家庭主婦聲音冒出來：「好膽不要洗呀，明天光溜溜上學，叫你第一名。」

接著，立刻自我批判：穿這麼多，會不會丟台灣人的臉？

4. 韓國人的叫聲

左鄰是兩個韓國大男人。即使是稍具三腳貓情報員天分的我，也猜不出這兩人到底是年紀大了才幡然悔悟一心向學的學生，還是冒名進住的紈絝子弟？門口散著四五雙拖鞋球鞋，烤肉架擱地上占據走道，披薩空盒也扔在那兒，紗門老是不關阻礙長廊交通，窗格上兩個大杯裝滿菸蒂，有的還冒煙。

夠了夠了，這德行絕非當爸的。要知道「做爸爸」是排名第二個讓男人痛改前非的事（第一是得癌症那天），生活如此潦草，顯然未遭嬰兒殖民，尚未效忠天皇。

我猜來猜去，只有一種可能：其中一個是做研究的，剛離婚，很開心，正巧有個出身權貴的舊識，因爸爸捲入政壇弊案，不得不遠走異國低調避狗仔；兩人一個缺錢一個缺屋簷，就這麼「同居」了。

不能怪我太無聊胡思亂想，這兩個芳鄰太閒了；時常在家，不像他人天天得去學校應個卯。在家「調養身體」也就罷了，不！他們幾乎天天發出嗯啊唉、喔喔喔、哈的聲音！

搞什麼鬼，需要用叫的嗎？第一次聽到時我想。如果我是個正在打毛線的老太婆，必停下棒針，耳朵貼牆。但我見過一些世面了，眉也不皺，繼續敲電腦。

沒多久，又「喔喔喔啊啊」高聲大叫。我覺得不對，任何哺乳類動物都不可能在短時間內高潮迭起，這會導致物種滅絕；說不定鄰居被什麼東西夾住了正在痛苦掙扎我得去救一救。待我躡手躡腳到他家廊下一站，明白了！兩個男人在看球賽。

喔喔！啊啊啊啊……！

看就看，需要用叫的嗎？你們做別的事有那麼認真嗎？我越來越相信，男人與女人之不同就像火星人與水星人的差異。由於老韓叫的次數越來越頻繁（連中午都叫），聲音激動淒厲，有一回，我對姚同學說：「去把電視砸掉！」說完，自顧自笑起來。

一個平靜的秋夜，我與姚頭丸坐在餐桌看書。他看他的小說，不時敲打電子字典查生字，我看我的用來懷舊的英文版《傲慢與偏見》，以回味年輕時醉心的Mr. Darcy，不時也需要查一點生字。姚同學坐在書桌前打電腦，滴滴嘟嘟快得像打字小姐。就在這平靜無波的秋夜，這「沒電視的一家人」彷如修道院正在晚禱的神聖時刻，韓國鄰居發出：

啊啊……喔喔喔……唉……啊啊噢喔……

我平靜地對姚同學說：「乾脆聯合中國（右邊的湖南老鄉）攻打韓國，你覺得怎樣？」

5. 觸電

小城雖然不像大都會人文薈萃，藝術氣息濃厚，但因地廣人稀，處處可見綠樹林蔭，蓬蓬勃勃，宛如風景明信片。對厭倦水泥森林的人而言，乃身心之饗宴。

這個沒蚊子蟑螂螞蟻的可愛地方卻有個缺點，氣候乾燥，這對我是個考驗。我的乾眼症已糾纏多年，只能消極保養無法根治，情況嚴重時曾自我威脅要挖掉這兩球眼珠。這座仙境小城一年有三百天看得到太陽，一出太陽像挖開銀礦，光耀奪目，對我來說猶如眾神朝我的眼珠射箭。我從小成長的蘭陽平原正好相反，一年有兩百天下雨，濕潤氣候已成膚體鄉愁，落入焦躁之地，如遭剝皮、燒烤之刑。

這些都還能漸漸適應，唯一不可原諒的是乾燥引發靜電反應，看不見的電流布滿四周，一伸手就觸電了。

我一怕蛇二怕電，講手機超過兩分鐘必頸僵頭痛。時序入秋，更加天乾物燥，靜電如小蛇，四處遊竄；梳髮時聽得到茲茲聲，細髮紛然飄飛起來，攬鏡一照，好一個愛因斯坦復活！脫衣時也是一陣茲茲聲，彷彿身體起火燃燒。伸手握門把，茲！電到了；按電燈開關，茲！又電到了。最慘的一次是去洗衣房取烘好的衣服，一開門，伸手取衣，好強一股電流觸中手指，我嚇得叫出來，不知如何是好？一大鍋熱騰騰的衣服不能不取，身邊又沒沙拉夾或棍子，急中生智，先捏出一隻襪子，走來走去將它甩涼（狀似道士驅鬼），當成手套，才能順利取出衣服。

我向姚同學抱怨，他毫無同情心，說：「沒什麼，我都看見火花哩！習慣就好了。」

果然不久後，我也看到手指頭冒火花了。無計可施，只能採取消極作法，在門把上纏紙巾，避之如蛇。

有一天，外出歸家，姚頭丸進房間換衣服，忽然傳出一聲尖叫，趕緊問：「怎麼啦怎麼啦？」

他驚慌地說：「救命啊媽媽，我的雞雞觸電了！」

6. 珠寶盒

這裡天氣很乾，鼻腔內的鼻屎容易變硬，不太舒服。我們沒有電視，吃過晚飯，時間太長了，各自坐在餐桌前看書寫字。姚頭丸正在跟一本英文少年小說作殊死戰，對從未看全文字英文書的他來說，很吃力。所幸這傢伙在學習上很認命，逆來順受不會抗議，兩手敲電子辭典一直查生字，敲著敲著，只剩一手，另一手開始挖鼻屎，挖得如癡如醉，頭微微偏著，眼睛半瞇，嘴巴張開發出啊啊啊的聲音，接著檢視挖出來的鼻屎，交給另一手搓搓弄弄。我觀賞他的德行，忍不住評論：

「我買一個珠寶盒給你好不好？」

「做什麼？」

「裝鼻屎呀，你把每顆鼻屎搓得好圓哦！」

「哈哈哈……」他笑出來：「乾脆放在湯匙裡。」

「給你吃，像香港保濟丸。」

7. 增濕機

海島台灣四季潮濕，衣櫥裡的皮包皮帶若不妥善處理，過一個梅雨季即長出霉塊。有個朋友愛穿皮夾克，據他說，綠霉算什麼，他的皮衣快長出木耳了。

在台灣，除濕機是必備家電，尤其家有小孩、逛遍免疫過敏科的可憐爸媽都知道，潮濕、塵蟎、過敏、氣喘是連鎖反應，管控室內濕度比控制情緒還重要。這裡恰恰相反，空氣太乾——手洗衣服掛浴室數小時就乾了，彷彿家裡有個口渴幽靈。有些孩子受不住乾燥會流鼻血，尤其冬雪季節開暖氣，乾得如在撒哈拉沙漠，睡到半夜會像狗（或冤鬼？）般伸出舌頭，不喝水不行。當本地人描述這些奇景時，我可能是聽傻了，竟本能反應想喊我姑姑與阿母，報告這一個曬蘿蔔乾及鴨賞的好所在。

除濕機的對手就是增濕機，此機如水壺燒開水冒蒸氣原理，增加空氣濕度。

只是，我們只住一季，花錢購機似乎不值得。朋友說，在美國購物三個月內用不爽用不順眼都可退錢，他建議我們算好時間買了再退。我瞪大眼睛：「可以嗎？」他說：「可以呀，有些人買禮服，party 完了就去退，鞋子穿快三個月都有腳形了拿回店裡說我不喜歡，照退。」

我不知道他是否誇大了消費者至上的美式商業人情味，但我們這兩個老實人不可能做這事，乖乖去買了一台增濕機。據說早期的增濕機運轉起來聲音甚吵，我想像睡在一隻滾沸尖叫的笛音壺旁邊，必能增進夫妻相互以枕頭悶殺對方的機率。還好現在有超音波的，非常安靜。

但是，特別乾燥之時，冒水煙的小機器根本抵擋不了。我在客廳走來走去，用一個台灣人的濕腦袋想：「乾，難辦，濕，還不簡單！」用大鍋子燒熱水，不蓋蓋子，讓蒸氣不停地冒，缺點是必須時時注意以免燒乾。之後，我又想到一法，用很濕的拖把擦地，大筆一揮，立刻增濕。

書法畢竟是有用的。

8. 叔叔的頭

姚小弟一見到「好難」叔叔就說：「叔叔，你的頭好大。」「怎麼，你是說我頭大無腦兒是吧！」「好難」笑嘻嘻。

過幾天又見到，小姚又說：「叔叔，你的頭好大哦！」

「好難」正用英文哇啦哇啦跟別人講話，突然回過頭對小姚說：「你是說我頭大無腦兒是吧！」

同樣的對話大約重複三四次。只有一個理由可以解釋，他倆都忘了，以致一再重複還津津有味。

9. 送飯

姚同學每天中午跟同事一起到活動中心吃飯，只吃一捲墨西哥餅，我說：「對衰老中的男人而言這哪夠呀！這樣，我給你送飯，讓他們見識見識台灣男人的威風，我鬼鬼祟祟躡手躡腳，你就大聲說：『放著，沒看到我在忙嗎，還不快回去！』晚上回家再給我美金一百元演出費，怎樣？」

沉默。可能嫌一百元太多。

10. 激動

姚同學的朋友請我們吃飯，她來美三十年了，原是餐館老闆，事業有成，現不為生活折腰，提早退休享受人生。席間，另有一位教授太太，約七十歲。大家聊著聊著，聊到美國政治與台灣政治現況，教授太太提到她與高中同學，政治立場嚴重衝突但友情始終不變；此時姚頭丸早已吃完，沒事幹，掏出電子辭典查生字看書。老人家講到與同學爭論政治時，聲音越來越高亢，姚頭丸趕忙站起來說：「奶奶，妳不要激動！奶奶，妳不要激動！奶奶，妳不要激動！」

誰在激動呀？

11. 長什麼？

我對姚同學說：「才一個月，這傢伙長高長肉了耶！」

姚頭丸原本在桌前看書，晃過來說：「也長『置』了！」

「啊？」我瞪大眼睛：「長痔瘡啦？痛不痛？」

「不是，也長智慧了。」

「長智慧不能講成長智，人家會誤會，可以講長一智。」

唉呀，隨便，長智就長智！」

12. 公園

此地到處是公園，高樹密集，綠茵連緜起伏，望去一可說是個大樹城市，簡直是熱愛大自然者的理想居地。

我數了數，小小一座城大概有四座大公園、三座高爾夫球場、四座中型湖。其中一座公園設有四個棒球場，假日常見大人孩子打球。如此「豪華」的設施，鼓勵市民二十四小時運動。果然，在路上遇到的人，百分之九十都在「運動中」。

最美妙的是，此城規畫單車車道非常便捷、安全，不下於開車，連風景區如高海拔的山上亦劃出單車道，顯見城市規畫大師的生活哲學。這一點令我非常羨慕。因

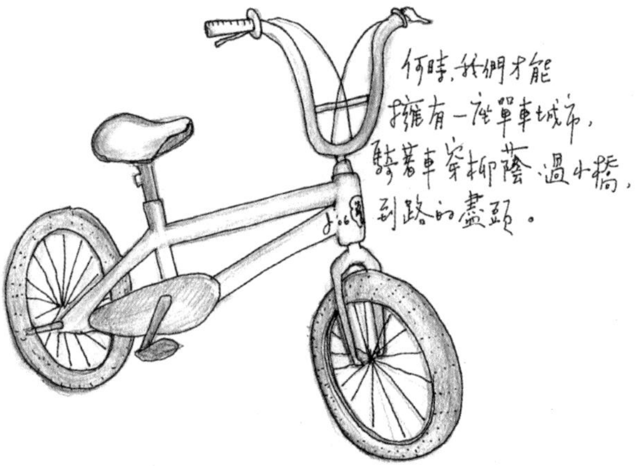
何時我們才能
擁有一座單車城市，
騎著車穿柳蔭過小橋，
到路的盡頭。

此，從住宅到學校、辦公室、公園、風景區，如果你是酷愛獨行的單車族，這小城任你奔馳。

公園是身心舒放之所在。即使只是散步，深深呼吸清新的樹香，欣賞湖面悠然戲水的雁鴨，偶爾風中停步，讚嘆一棵高齡卻綠波蕩漾的大樹，亦覺身心所累積的塵垢在霎那間消散，重新恢復清靈、靜謐，能繼續感受生命中美好的部分，且為了追尋更豐實的美踴躍前行。

公園也是社交活動的好地方。我們在此地的城市公園參加過兩次聚會，其中一次是CSU統計所的迎新會。教授們每人帶一樣食物，義大利麵或蛋糕水果，系上另給經費讓學生準備烤肉漢堡可樂等。教授們擅長聊天等吃、吃完再聊，學生們擅長烤肉玩球，玩餓了再烤。

公園內備有幾處可遮陽的長形涼亭，設有長桌長椅，可容數百人，又有多個公共烤肉架，不同聚會的人各自升火，處處歡聲。

這些簡單的公共設施增強了公園的歡樂性，使風景優美的公園既可以是情侶談愛之處，也是憂愁者獨行冥思的地方，更是市民歡聚的理想營地。然而，我相信除了政府單位用心規畫維護，使一座公園每日像新婦般醒轉的，必是高度自覺、崇尚公德的市民。就從最小最不值得掛齒的地方說起吧，看看烤肉歡聚的人們散會之前如何收拾殘局，就能知道何以別人行，何以我們不能。

公園內有一座露天游泳池，因氣候變化，九月底即關閉。據說，關閉前最後一天，可讓市民帶狗來游泳。

你能想像游泳池裡一群狗兒戲水的情景嗎？
哈哈哈。笑完之後，我覺得這城市不只有人情味，也挺有狗味的！

13. 八個銀髮奶奶的讀書會

生活不是年輕人專利，銀髮族也自有一方天地。沒有人會批評你追求自己的生活，反而有可能投來支持的笑容。一個認真生活的人，不管年紀多大，都令人為他喝采。

在超市，近九十歲銀髮駝背老奶奶慢慢推著車選購菜蔬。我無法猜測其生活實況，只能注意她的身影，在蔬菜櫃前，我幫她把菠菜放入薄如蟬翼的塑膠袋內，她輕聲地道謝。

去山上賞黃葉時，在最美的那座白楊樹林裡，有位七旬銀髮先生支起畫架，坐著小椅，椅邊有水壺、顏料，畫下晚秋時節奢華易逝的美景。想必，他一人開車來此，想必，他至少得來兩三趟。

在書店，一位銀髮奶奶亦支起輕便小畫架，框上老花眼鏡正在作畫，我注意到她的鼻孔戴著醫療用氧氣，應是慢性病患者。病，好像只是一隻寵物貓靜靜地跟隨而已，不影響她過喜愛的生活。這書店也甚有人情味，應允她的請求。

大賣場裡，體力尚夠的銀髮族亦勝任工作，他們至少將近七十。

有一次餐會，一位七十五歲銀髮女士告訴我，她們八個老骨頭朋友組成讀書會，每月讀一本書，輪流當主席。「但，這是很重要的，」她強調：「我們堅持一年只讀八本，另外四個月放假。」這很合理，一則雪季開車不安全，二來節日時全家團聚也不宜讀書。

她說，主席得收集書評印給組員，簡介作者及其作品，主持討論。看來，她們玩真的，一點也不含糊。

我忽然覺得，也許上天公平地分給每個人一隻肥美新鮮的大龍蝦，有人抱怨為何得到的蝦又硬又難吃；問題可能出在，他弄錯了，把蝦肉丟掉只吃蝦殼，怪不得一生難以消受。

要有多深的智慧累積與哲學涵養，才能讓人生用這種方式漸漸老去？身體孱弱卻在書店一隅作畫的老者，瘦骨嶙峋卻沉醉於小說的前輩，啟發著我：天光雖然幽微，生命尚握在手中，沒什麼好抱怨的，盡情享受，盡興生活，直到最後。

14. 騎士

假日開車出門野遊時，我特別注意公路上的重型機車騎士。他們一身黑色勁裝，皮夾克、皮褲、皮靴，風馳電掣，如驍勇善戰的西部牛仔。

他們年紀看起來不小，過四十左右，身體健壯，應有經濟基礎，因這一身裝備所

即使冷風像刺刀，仍有酷愛戶外運動的男女來此攀岩、走索，這是個熱愛運動的城市。

費不貲，小夥子不見得能負擔。

我猜想這一群黑騎士，平日應是正常的上班族，有家有眷，過著如我們一般穩定且漸漸無味的生活——稍一不慎，落入電視魔掌，窩在沙發睡著流口水像一團正在退冰的肉。逢到假期，那輛重型哈雷似非洲草原一頭猛虎，朝他怒吼：「換上你的戰袍，曠野在呼喚了！」

他甩開社會定義下一個正常人的一切束縛，將自己交給冒險，交給震耳的隆隆車聲，交給疾風。

每當經過黑騎士身邊，對這一群勇於追求自己生活方式的人，我總是獻上欽佩的目光。藍空之下，他們所展現的孤獨且堅毅的鬥士身影，默默地鼓舞著旅途中的我，彷彿我也能那麼勇敢。

15. 撿錢

某日大太陽，天氣特乾。我們去超市採買，一下車，陽光像銀箭刺眼，我打了個彎腰大噴嚏，正不知會罵出什麼辭來，唷！竟看到地上有銅板，再一看，不只一個，金閃閃的散落四處，我大呼：「你看地上有錢，美國果然處處是黃金！」正要撿，姚同學說：「妳真撿呀？」我回答：「我是真的姓『簡』，姓姚的不必插手。」

一共撿到七個一分錢、一個十分錢，洋洋得意，自我評估：「看來這兩粒眼球還管用，不必挖掉不必挖掉！」

由此想起十多年前，我還在巡迴文藝營當導師時的趣事。那年在陽明山開營正好遇上颱風，授課老師冒著大風雨照常出席。有位教授是個深度近視者，一下車，強風颳掉臉上的眼鏡，他像半個瞎子摸到教室上課。下了課，我做導師的得陪他去找眼鏡，要不讓個瞎子颱風天開車下陽明山怎對得起家屬。我們撐傘歪歪斜斜走到案發地點，正低頭，他老兄嘟嘟囔囔突然大叫：「啊，錢！」立刻從布著枯枝落葉的水窪撿起一張濕淋淋的千元鈔票，甩了甩，直接放入口袋，非常「眼明手快」。不記得是否找到眼鏡，只記得我一點也不想幫他找，絲毫不在乎他的安危。

十一月的第四個星期四是感恩節，乃五天連假的大節日。前夕，小城瀰漫濃濃的節味，超市湧入多於平日的人潮，到處都有火雞廣告。

就在超市門口，有個人搖著小鈴，旁邊擺一架子掛一只小紅桶，寫著冬日勸募救濟貧病的牌告。我掏出皮包，把零錢全放入那桶。絕對不止七個 pennies、一個 dime。搖鈴人對我說：「謝謝，你真好，感恩節快樂！」

地上的錢一定要撿，遲早用得著。

16. 樹葉難題

小城多樹，秋季葉子轉黃，接著紛然飄落。我這個貪看美景的人，每次出門總仔仔細細欣賞眾樹丰采，滿心歡喜。有一天起大風，看某棵大樹的黃葉被捲上了天，像灑金粉，繽紛極了。這麼不知不覺看下來，才想到一個很現實的城市問題：誰掃樹葉？

有次出門，看一男人穿工作服背一台吵鬧機器，伸出一管朝地上噴，我以為像台北各里防登革熱定期灑藥，再一想，不像，此城沒蚊子。繼而弄明白，那是噴風管子，把人行道上的落葉噴到兩旁草地。真是愛乾淨的城市。

宿舍小村每早也有位老太太持帚掃步道上的落葉，亦是直接把葉子掃到草地上而已。我很納悶，難道讓落葉化成堆肥？再一想，此地氣候乾燥缺雨水，不適用自然工法。人工嗎？也不可行，到處是草坪樹群，除了松樹，所有的樹都裸得光禿禿一葉不剩，那葉子如恆河沙不可計數，如何掃起？我心裡存這個問號，想知道人家怎麼打掃城市（我們的城市老是掃不乾淨令我不滿意），出門時東張西望，特別注意街道公園的葉子掃了沒？無聊得像一個臥底的環保人員。

有一天，轟隆隆開來一部大型工作機，我以為又要剪草，立刻拋棄電腦跑出去看；剪草機兩翼可升起，以便穿過柵門或樹間，平放之後再剪草，煞是有趣。我因此想及，他們鋪草坪種樹做柵門之前一定先想到剪草機所需的工作空間，整體思考後才下手。我對我們城市街道輪流挖下水道，挖完填平，又挖開埋瓦斯管線，填平沒多久又要挖的工程習慣很不滿意，遂特別好奇他山之石如何。

這回，剪草機不剪草，轟隆開過之處落葉不見了，我才明白這玩意兒亦可用來吸葉子。真聰明，只要兩三人開著大機器全城巡邏，落葉問題都解決了。

果然，落葉掃完之後，常綠的草地完完整整地留給白雪。

17. 一雙腳能穿幾雙鞋子

出門旅行，我非常討厭帶鞋，兩雙是上限；一雙乃正式場合穿的高跟潛水艇（應付完畢，每每想從窗戶直接扔掉），另一雙兼拖鞋涼鞋跑步趕飛機鞋。若屬私人度假不洽公，我就以一雙鞋夙夜匪懈、貫徹始終、以進大同，最好上飛機前亦扔掉，赤腳回台灣再去買一雙——上街買鞋，是女生的「十大好心情」之一。

姚同學出門很愛帶鞋。拖鞋、涼鞋、皮鞋、球鞋，功能各異豈可混用。我搖搖頭，忍不住以毒舌評論：「還好只有兩隻腳，要是人類有二十隻腳，閣下恐怕得動用貨櫃車運鞋。」

他回嘴：「要是有二十隻腳，人類就不會穿鞋了。」

「唷，講得挺哀怨的，真是委屈你帶這麼多雙鞋哩！要是有二十隻腳，不只不穿鞋，連褲子都不用穿咧！」

我們的「鞋意識型態」嚴重分歧，我主張統一他搞獨立；會談無效，各自負責，決不後悔。

所以，離開台灣時，我對那一袋九雙鞋行李很不友善；下飛機等行李，還希望輸送帶把它輸到別的航班飛到約翰尼斯堡之類的城市曬太陽才好，沒想到它竟是我們的行李中第一個現身的——鞋子認路的功夫就是高！

落地沒多久，我忍無可忍，對姚同學說：「帶我去鞋店，這雙『死涼鞋』太重了不好走路，丟掉算了。」

他趁機對我發表「鞋獨立理論」演講，我只能請他講簡短一點不必太詳盡。到鞋店，狡詐店家推出買兩雙可享一雙五折，我們做了簡單的算術後，決定一不做二不休，都買啦！（多出兩雙球鞋了。）

姚頭丸到學校，看好多同學穿很怪的「胖鞋」，仔細觀察其穿脫情形（可想見，他晃著大腦袋尾隨其後，兩眼死盯著小朋友的腳像個「鞋狼」），回家在晚餐時間發表鞋子簡報：「鞋帶放下來是涼鞋，撥上去變拖鞋！」

「你在講中文嗎？我怎麼聽沒有。」我說，他又解釋一遍，但我跟姚同學正在熱烈討論政治沒空理他，叫他多吃點青菜，搬出「大人講話小孩不要插嘴」的大石頭壓他。我們才開講幾句，他這隻孫悟空一直舉手不放，等待點名發言（我真同情他的老師）。

「好啦，手放下，什麼事快講！」

「那個鞋……」

「還講鞋呀！你有完沒完！」

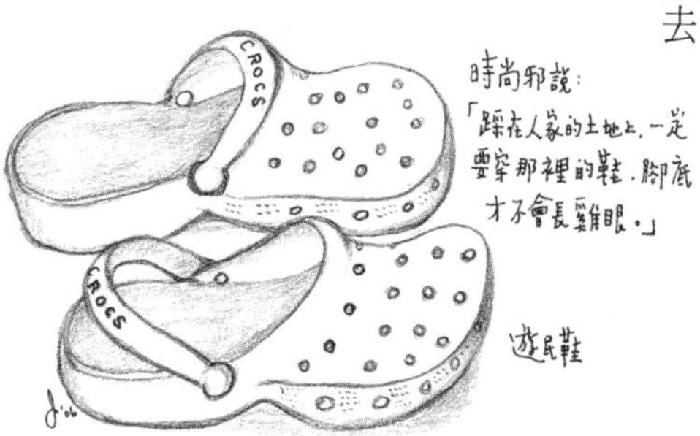

CROCS
CROCS
時尚邪說：
「踩在人家的土地上，一定要穿那裡的鞋，腳底才不會長雞眼。」
遊民鞋

「我們老師也穿，而且那個鞋前面有很多小洞……」

小洞？台灣政治也有很多小洞，鞋與政治殊途同歸嗎？談不下去了，吃水果吃水果。

某日在公園，姚頭丸大呼小叫要我看一小孩的鞋，我總算明白這鞋為何吸引他。《湯姆歷險記》裡的頑童就該穿這種鞋，胖胖的很輕，膠質有彈性，後腳跟鞋圈可活動，放下是涼鞋，往上撥變成拖鞋，果然鞋面有很多透氣小洞。

「有趣有趣，能跑能跳能走路，好多人穿唷！」我說。

據說這鞋從丹佛開始，擴散全美引起流行，鞋公司大發利市。每家大超市都見得到這款胖鞋，掛了五顏六色好多串，似烘焙的大麵包，一雙二十多元，室內室外皆可，跋山涉水、散步慢跑、逛夜市跑沙灘或用來遠拋訓練狗。我叫它「遊民鞋」。

不久，某位擅長研發異端邪說的人發表高見：「到別人城市，踩人家的土地，一定要穿那裡買的鞋，因為路面跟台灣不一樣，台灣鞋無法與異國路面和諧，就像器官排斥一樣，久了腳底會長雞眼。」

（還好這人沒去從政，要不也是一尾政治流氓。）

姚頭丸得「國際公民獎」後，我們逮到理由去選購遊民鞋，一人一雙。那些洞讓我想到台大的兩棟洞洞館，很是親切。（好傢伙，多出三雙鞋了。）

入秋開始下雪，有時短短一夜就積到腳踝，皮鞋球鞋遊民鞋一落腳被雪淹了，又冷又滑，得有靴子才行，只好幫姚頭丸買一雙圈毛雪靴，以備大雪時走一段路去搭校車。（又多出一雙。）

此城居民崇尚自然、熱愛戶外運動，從大型運動店林立可見一斑。店裡各種鞋齊備，球鞋不必談，登山鞋、滑雪靴、溯溪垂釣鞋、打獵鞋，每款鞋展示著不同的生命熱度與生活趣味，那麼健康、爽朗、充實，彷彿每雙鞋都藏著一枚太陽，要帶它的主人嘗一嘗不一樣的人生。鞋子宣言極具誘惑，連我這不愛運動的人也忍不住坐下來試穿。人生不應該只陷在一種姿勢、一種速度、一種海拔、一種風景、一種肺活量、一種心跳、一種情緒裡。鞋子如是說。

多出的七雙鞋應該帶回台灣，時時提醒自己把鞋子當成小狗狗，天天帶出去溜一溜。

18. 退差額

所有商家都說消費者至上，本著服務精神滿足顧客的要求。口號大同小異，但實施起來，中外社會天淵之別。

朋友告訴我們在此地購物，若不滿意三個月內憑收據可退。我們半信半疑。終於有一天，買的那顆籃球不想要了，拿來「祭旗試刀」，我膽小，還用抹布擦乾淨才敢拿去退，果然商家不囉唆立刻退錢。我們是老實人，心裡很不好意思，換買一顆橄欖球。

帶來的數位相機一直有問題，我說換一台吧，這台留著我以後發脾氣可以摔。看上Canon一台六百萬畫素的，有伸縮鏡頭，含稅二百元。去我嬡超市（Wal-Mart）買，用了兩星期，拍出來的照片如攝影家手筆，討我喜歡。朋友來電告知，Office Depot那家店有一台一模一樣的正在打八折只一百六十元，要我們退掉這台去買那台。我們一方面不想吃虧一方面又覺得不妥，貨已出門且是高價格的，人家肯嗎？朋友建議去談一談。我們也想體驗不同社會如何處理顧客的抱怨，帶著收據及Office Depot廣告單，去我嬡超市的顧客服務處，稟明原委，服務人員看了廣告單，說一句：「嗯，確實貴了！」接著啪啪啪打一陣電腦，有個主管奔來按鍵輸入又飄走，重出簽單，立刻退差價四十元入姚同學賬戶。前後不到五分鐘。

這種服務好厲害，令我大開眼界。回想我曾在台灣超市買到一包長霉麥片，拿發票與貨去退，商家囉嗦半天不肯退錢只肯換一包新的，我說我一點也不信任這產品了你還叫我吃，得癌症怎辦？兩相堅持，臉色難看，我這沒路用的人只好退讓，補錢買一盒雞蛋，氣嘟嘟回家滷茶葉蛋。

小事見大，在文明社會，服務精神與消費者權益永遠是商家鐵律。

沒有電視的日子

電視伴著很多孩子成長，也伴著很多人老去。

我們不難浮現這種畫面：一個三歲小孩窩在沙發目不轉睛看著小熊維尼或企鵝家族，旁邊有一顆稍稍嫌胖的陀螺一面戴耳機講電話一面洗碗兼料理洗衣機還不時說等一下別掛斷我接個插撥，「喂」一聲說你是插播我待會兒回你電。這時的電視乃天使下凡、保姆化身。

另一畫面可能在安養院或自宅，老人家坐在輪椅目不轉睛盯著新聞頻道SNG現場直播秀（這個好，一直有人講話如：好的，主播、各位觀眾，記者現在人在案發現場，透過鏡頭你可以看到現場真的人很多喔……），旁邊亦有一或多顆陀螺轉來轉去停不下來，因老人家看得多但反應少，陀螺基於「我在你身邊」原則不時旋轉過來發表簡短新聞評論如：「唉唷，可憐哦！」或跺腳：「這款人，乎死好啦！」

關於電視，有兩個理論最困擾我；一說兒童看太多電視有礙智能發展，一說老人要多看電視才不會癡呆。

來美之前，我家電視除了看百視達租來的DVD，僅在HBO等電影台及體育台、新聞台、公視《大家說英語》、談話節目、Discovery與其他知識性節目間遊走，連續劇、綜藝節目、低俗搞笑的娛樂談話節目都不碰，以致姚頭丸對影視明星完全無知，我對韓劇除了《大長今》亦毫無所悉。我們從小管制姚頭丸的電視電玩時間，一是為了保全視力，二為避免久坐不動造成慵懶，三是培養文字閱讀基礎。聽多了現在學生的「手機病」與「網路癮」——為之神魂顛倒、徹夜不眠，次日進教室趴桌大睡，任教大學的朋友甚至說早上第一堂課學生還在床上出席率很低，我們引以為誡，希望幫姚頭丸建立正確的「數位態度與價值觀」。

雖然開機時間不長，但我們仍考慮戒掉電視，乃因受不了新聞與談話節目，其腥羶、嗜血、逐臭、低級、偏執幾乎到了我們的忍耐上限。然而，人受慣性支配很難自我改造，那支遙控器仍然控制著我們的電視癮，如同酒精、咖啡因與尼古丁，每到固定時間坐下來自然而然打開電視，邊看邊罵，嚷著：「關掉關掉！」沒多久，又開了。

搬到宿舍村，沒電視。每天晚上六點吃過晚餐，時間變得非常漫長。對姚頭丸而言差別不大，從小他花在電視電腦的時間很少，未被影視電玩網路戕害，但對我們兩個關心政治的社會動物來說，晚上好像破了個洞。

朋友建議我們買一台，回台前再去退貨，我們當然不會採用。也有願意出借電視的，但考量姚頭丸須把握時間學習，有了電視一定看球賽看到飽，必定犧牲閱讀的時間與興致，權衡之下，選擇過沒有電視的日子。

記得開學後不久親師面談時，我們提到沒電視電玩，請老師多建議一些讀物讓姚小弟學習，老師點頭如搗蒜，臉上充滿贊成的表情。由此可想，電視、電玩、網路聊天、手機簡訊乃中外孩童、青少年的共同語言也可能是共同毛病。

從此，漫長冷冽的晚上，三人各據桌邊，打電腦做功課、讀書、畫畫，沒有電話聲，一室安靜。直到瞥見窗外明月高掛，果然時鐘指著該就寢的時刻，我說：「晚了，收攤收攤！」在他的聯絡簿簽名畫押，發下兩元餐費。如此度日，姚小弟養成每天閱讀的習慣，沉浸書頁之中。

不知何時起，我也改變了，電視毒癮漸漸消退。也許在台灣累積過多對媒體的反

沒有電視，只能看書的宿舍生活。

胃感——近似拿阿堵物當花生醬抹土司強迫觀眾吃，一旦抽離時空，反胃感與影視毒癮皆消失，不再被宰制遂得到新生，竟然再也沒有電視欲望。

沒有電視欲望的生活變得輕盈，積在體內的影音餿水清空了，那些如煙塵的政客與公眾人物的癲狂言語亦消散，我的自我恢復乾淨。

姚同學與我享受慣了沒有電視的「清福」，得到共識：回台灣後，除了電影、姚小弟的英文節目，我們兩個大人不看電視了。

讀書，每天至少閱讀20分鐘。

巨人的肩膀

我的每一天都是從黑暗即將褪去的時刻開始。

總在破曉之前起床，穿上外套，習慣地掀開窗簾看月色與晨星；好幾次，明亮的月光照進來，灑在地上，就在我腳邊，令我無比愉悅。靛藍天幕鑲嵌點點晨星，各自孤寂明亮，我總要看一會兒，保持一個農人數算天上珠寶的習慣。放心了，沒有遺失。遺失什麼？沒有遺失我以此指認自己的那份孤寂明亮。

漱洗之後精神清新，接著像一隻醒轉的動物尋找牧草，開門深深吸幾口新鮮純淨的空氣，讓心肺像精良機器快速運轉。不久，通常在泡好咖啡鋪好稿紙或打開電腦之際，天色已破，太陽即將從屋頂升起。

此時，我必定站在窗邊欣賞，像兩個知己互喚起床，獻給對方第一個擁抱。旭日現身之前，周圍佈著的朝雲被光芒點燃得十分絢爛，由酒紅金黃而淡紫薄藍，姿態如馬之奔騰、鳥之高飛、水草之曼舞，彷彿只為我示現。我總是靜靜沉醉，完整地承接一天中最富麗的景色。轉瞬，破曉儀式完成，日光大白，鳥啼聲傳來。

我喜歡這樣開始，視之為晨禱早課。短短數十分鐘，月明、星亮、新生太陽與朝

每天5:30起床的人，獨賞日出美景。不論是盛夏或冬雪，窗外總是啼鳥滿枝

雲，流暢地交替。天地瑰麗，興亡圓滿。

回到書桌前，那是我一天中最精華的工作時段，虎虎地前進，多少瓶頸、難題都在這時刻迎刃而解。

早晨九點，上班上學的人都走了。這時刻，有些人還未起床，有的可能再睡回籠覺。我無此福分，一旦下床即無法躺回，所幸精神尚足，繼續工作。但如果陽光躍入走廊，敲擊玻璃窗，正在工作的我瞥見藍天白雲，也會拋下紙筆，背起背包去散步。

從宿舍村步行十五分鐘即可到CSU，那裡校園寬廣，是理想的散步地點。

某次，我沿著小路走著，前面竟有一隻松鼠走來。我停步，牠也停步，相距約四步之遙。我怕驚擾這小動物，牠剛才低頭巡視的樣子顯然是一個認真尋找果實準備過冬的「上班族」，再怎麼說，閒人應禮讓上班鼠。而牠按兵不動，似乎正在測量我的敵意成分。我倆就這麼靜止、對看半分鐘，接著，出乎我意料，牠轉頭一咕嚕往草地跑去，很快上樹。原本這就完結了，怎知牠竟然滴溜溜地跑到一枝橫生的樹幹末端，瞄我幾眼，而後才轉身消失。

這小動物的行為令人莞爾，不知在牠眼中我是何種存在？為何牠要讓路給我？我沿路都在想這隻古怪松鼠，勉強得到結論：牠大概測出我渾身上下毫無進取心，是一個無所事事的閒人，閒人走的路一定跟努力工作、尋覓食物無關，而牠是一隻很賣力的上班鼠，當然不能跟閒人走同一條路，牠依此判斷這條路沒有糧食，所以讓路。

但是，我真的不是一個無所事事的人。為了擺脫這想法，又彷彿為了向松鼠證明，我從栗子樹下未被清道夫掃走的果實中，撿了兩顆漂亮栗子揣在手裡，心想回程時若遇到古怪小友就送給牠。可惜未遇，樹群間不見松鼠蹤影。我往前走，折回，想了想又往前，再折回（真是優柔寡斷的人），下定決心把兩顆栗子放在與牠相遇的路邊，稍稍用草莖掩飾免得被小孩踢掉。我想告訴古怪松鼠兩點；一、很高興認識你，二、我很賣力在散步，不是閒人。

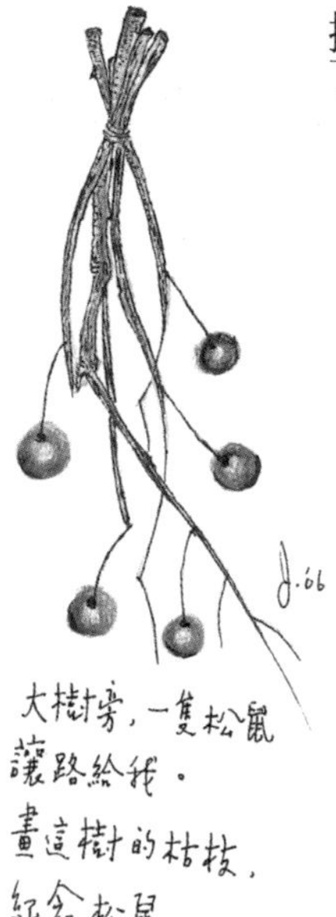
大樹旁，一隻松鼠
讓路給我。
畫這樹的枯枝，
紀念松鼠。

CSU的校園頗遼闊，西望即是連綿的洛磯山脈。統計所是棟古色古香逾百年的老建築，屬創校古蹟，木質地板會發出吱吱聲，彷彿每一步踩死一隻鼠，十分嚇人。這棟古樓前面是寬闊的橢圓形林蔭，約六七十棵數十年至百年老樹，高聳入雲，枝繁葉茂，形成綠色隧道。遠觀古樹參天，綠葉如浪，極為氣派。樹蔭下草坪如茵，行走其間，樹與草的芳香散放於早晨冷冽的空氣中，沁人心動。

大約是下課時間，學生湧出，騎車的溜滑板的步行的，熙熙攘攘。他們穿著隨興，簿本背包水壺手機夾腳拖鞋，標準的大學生模樣，年輕的臉龐顯示人生尚未真正開始。不知他們是否想過，什麼樣的人生在前面等著？萬一碰到不想要的，怎辦？

校園中，有一環形石座，鐫刻牛頓（Sir Isaac Newton, 1642-1727）名言：

If I have been able to see farther than others, it is because I stood on the shoulders of giants.

（倘若我看得比別人遠，那是因為我站在巨人的肩膀上。）

這話深深打動我，思之懍然。人生行路過半，我站上巨人肩膀了嗎？

這感觸去年也曾有過。

夏夜，我們在史丹佛大學校園散步，不知不覺越走越深。來到一長長迴廊，似乎無止境，夜色中每一根廊柱彷彿標示一個提問：

你的學識比昨日豐實嗎？

你的道德比學識崇高嗎？

你的修養勝於資歷嗎？

你的眼界高過年歲嗎？

你為理想獻身了嗎？

你是否忠於信仰？

迴廊之後，步上寬闊的石板地，忽然，出乎意料地，一座樸實教堂出現眼前。天色深藍，明月孤懸空中，濃厚的寧謐氛圍籠罩四周，天地靜默，只聽聞自己的跫音，每一步都是孤單的腳步聲，卻一步步接近那莊嚴肅穆的聖所。剎那間，我眼眶一熱，浮現意念：「啊！學術殿堂，人類孕育雄偉心靈的地方！」剎那間融入學術氛圍與宗教情懷所引起的幸福感如此刻骨銘心，這凡俗之身經此洗禮，較昨日更能踴躍前進了。

如果一所大學遺忘了孕育雄偉心靈的任務，將不過是學歷驛站。如果年輕人不曾被引導站上巨人的肩膀，將來如何把社會帶往坦途？

一九四九年十一月十五日，台大校慶演講，傅斯年校長引用哲學家斯賓諾沙的一句話：「我們貢獻這所大學於宇宙的精神」。然而，我也不免傷感，記得這句話的人恐怕不多了吧！

中文熱

多年前我還年輕時看過一部電影《致命的吸引力》，麥克道格拉斯與葛倫克蘿絲主演，講述一個中年男人激情、驚怖的外遇經驗。我不喜歡這片，把麥克塑造成被詐騙集團凌虐般無辜，偏偏電影賣座，後來他又跟黛咪摩兒演了同模式被女人害慘的故事。這不理它，我要說的是《致命的吸引力》有一幕令我印象深刻；麥克與葛倫站在街頭，下大雨，一把壞傘打不開，葛倫嘲諷地說：「Made in Taiwan!」

電影院裡傳出笑聲與噓聲，我屬於發出噓聲的那一群。

回過頭看看並不很久的往昔，不難想像那時台灣在國際分工勞動中扮演什麼角色。對一個愛鄉土的年輕人，「Made in Taiwan」台詞深深刺傷我的感情與自尊。

現在，「Made in Taiwan」被取代了，「Made in China」出現在任何一樣你想得到的物品上，包括有一年在史丹佛大學用品店因姚頭丸要求買了一個超級貴的史丹佛校徽馬克杯，回家翻過杯底一看，「Made in China」，我當場垮臉——基於兩岸交流行情，這杯子在台灣任何一個夜市都不出五十元台幣，心中暗罵：「史丹佛，你真敢賺！」

這裡的大賣場舉凡「衣住行育樂」幾乎都是中國製造。作為世界工廠，想像那畫面有多駭人：天濛濛亮，十四億人跳下床，一腳踏上公車或鑽進地鐵，工廠燈火通明機器轟隆轉動，上工的人潮像螞蟻回窩，一天有一天的產能，一月有一月的產能，一年有一年的產能。

十四億人絕對不容忽視，如何積極效率地與十四億人溝通交往，亦刻不容緩。新聞提到美國漸漸興起中文熱，似乎不是玩笑事。

不管來自台灣還是中國，在此出生或幼時遷來，做家長的都不願孩子放棄中文，莫不在假日安排課程，盡量挽救節節敗退或難以記誦的方塊字。但在缺乏環境助力的強勢社會硬學中文，其困難不輸於學另一星球語言。可想見，有些孩子心生反感、罷學抗議，做父母的心想，孩子在此生根反正不回台灣、中國了，隨他們去吧。

因此，移民第二代子女的中文都很糟糕，開口撐不到十分鐘；能聽能說已屬難能可貴，閱讀書寫則幾乎不可能。在全中文的環境裡，一個從小打基礎、程度好的十歲孩子大約可以讀懂百分之八十的文言文《三國演義》，可以寫作千字以上作文，能輕易分辨「辨辦辯辮瓣」之讀音語義。然而置身於英文環境，幾不可能達成。實言之，這種無奈的後果也提醒我們，若姚頭丸留下來，他終會割掉中文臍帶。

我記得剛來那天從洛杉磯轉機往丹佛，飛機上，有位東方人坐我們前面，一直支耳傾聽我與姚頭丸的對話。後來忍不住，他轉頭指著姚頭丸問：「為什麼他的中文這麼好？」

他是上海人，在美落地生根二十年，對子女不學中文極感苦惱，聽姚頭丸說一口流利中文，大約起了情感投射驚為「天籟」吧！

宿舍村有不少中國小孩，每到週日即去中文課報到。剛開始，姚頭丸一見他們立刻丟出一串中文。我們提醒他，碰到中國小孩也應該練習講英文。後來才發現無須多慮，那幾個孩子的中文撐不到三分鐘。

關於外國人學中文的經典笑話是，把「你好嗎」說成：「媽你好」、「你媽好嗎」。（不可以笑，好吧，你可以笑。）

宿舍村有個非裔小孩，甚活潑，知道姚頭丸會講中文，興沖沖秀了一句：「我吃飯了嗎？」姚頭丸糾正他：「你吃飯了嗎？」才對啦！

幾天後，他還是說：「我吃飯了嗎？」

姚小弟兩手一攤，說：「沒辦法，我救不了他！」

風中的白楊樹

秋天，藏在藍色天空某一群白雲裡，優游著，尋找落腳之處。小城處處可見野雁與水鴨，閒棲於湖上或在草地闊步；秋天，裹著冷氣流的秋天必定藏入湖心，沁涼了雁鴨的羽翼，隨雁陣低空而飛，灑落於群樹、屋頂及綠油油的草茵上。

於是，在你揮汗躲避豔陽的時候，一夜之間，一小片秋天來了。

只是一小片薄薄的涼意，幾乎不易察覺。白日仍是純粹的銀亮與無瑕的藍空——這裡的天空像善良天使很少陰沉，但日落之後，接手的必是那一片沁涼；它悄悄繁殖，隨月升而增厚。明月高掛中天，一輪清輝在樹影間顯現，召喚憑窗不眠的人：來，月光下散步吧！接受誘引的人才開門踏出一步，立刻縮回屋內，取衣披上。夜像一只黑水晶冰桶，那鑽亮星辰與銀鑄明月，如今都浸在肉眼不見而膚觸可知的波光粼粼般的秋意中。

接著，樹群變了。這小城酷愛大樹，放眼望去皆是參天綠雲，忽然，幾乎是一夜間但想必經過數日埋伏，樹群像學童翻書至同一頁，一齊翻黃。每日的生活舞台不變，孩童仍在同一時間排隊等待校車，上班的人仍開車經過同樣街道，但城市換了布

秋季的主角是白楊樹（Aspen），黃金力量讓人流連忘返。

左：最佳賞葉期僅十日左右。美，從來不等任何人，除了把握別無他法。
右：仰望陽光下這金碧輝煌的小國，我的心被美充滿。

幕，黃金力量降臨。

這力量如此澎湃、柔美，敏感的人可能在某一個早晨起床後被院子那幾棵黃澄澄的大樹嚇住，即使低頭忙碌的人也撐不住這一場美的騷擾，總會自車窗探頭，巡賞車道兩旁的參天綠雲如今變成金色海岸。秋天，確實定居了。

夏日未盡，朋友即提醒我們，此地秋季最重要的美學佈道會是上洛磯山賞白楊樹黃葉，這是不能錯過的年度盛事。其慎重之狀近似告誡，彷彿錯過約定尚可原諒，錯過美的召喚等於犯罪，該坐一年心煩意亂的牢。

白楊樹（Aspen），在台灣城市鄉間不易見到，對我是陌生的，印象中，曾在畫家筆下及攝影作品見過，是具有藝文氣息的樹。這小城群樹繁茂，各展丰采，偏偏不見白楊蹤影。想必這樹自有哲人隱士性格，不愛見人。我們從友人的眸光中讀到對白楊的崇拜，那讚嘆的語句像火苗在我心內竄動，一寸寸燒去印在記憶岩層的夏季綠色景致——我覺得夠豪華了，不相信還有比夏天更美的時候。朋友一再強調夏秋之異，又提了幾次白楊名字，彷彿秋天只為這樹而來。

一個有陽光的秋日，我們再度驅車上山。才過國家公園入口處，四處分佈的黃金色塊吸住遊人眼光。

隱在無邊際松林雜樹之中的白楊，春夏兩季披著同色調綠葉躲入茫茫樹海不易被察覺，但秋寒一降臨，如美神聖殿裡的血緣鑑定，毫無疑問地，這潛逃至民間隱入農樵行列的王子脫去綠布衣現出天賜金身，光芒震懾群樹不可逼視，純正血統令他無所藏於天地之間，無需任何語句，只一眼人人知道他是誰。

上山賞葉的遊人絡繹於途，顯然都知道醉人的最佳賞葉期僅短短十日，若第一場雪提早來臨恐更短，金葉將落盡而剩枯枝。這是公平的：美，從來不等任何人，除了把握別無他途。

我們停在一處寬闊平野，雜草叢生；遠望可見洛磯山巔終年不化的積雪，藍空中白雲悠悠。在這兒，時間這輛囚車彷彿被卸下輪子、支解零件，廢木條被野鹿踐踏，任雀鳥塗污。關在囚車裡被折磨得不成人形的囚徒才踏出步伐，頓覺手銬腳鐐砰然粉碎，身心輕得像蝴蝶，不免責怪自己：「被關這麼久都不抗暴，怎把人生過得這樣狼狽？」踩著野草向前，視線停駐處是暗綠色高山，山腳下一排白楊樹林，現出純粹無瑕的黃金色澤。

在美面前，任何人都無話可說，唯有一步步朝聖。

斑白直立的樹幹顯得高眺，圓幣形葉片十分平滑。一排白色骨幹開展如恆河沙數的金幣之葉，純粹且尊貴，於高山秋寒中窸窣低吟，因風而飛，自成一絕美國度。置身其中，仰望陽光下這金碧輝煌的小國，瞬間，我的心被美充滿，如在聖殿。頓覺白楊樹一年一度說法，對他人說的是韶光易逝，生命苦短；對我說的是，即使世態混沌江湖炎涼，即使知音離席讀者棄絕，即使門前荒草沒膝枯枝擋路，一個文學國度的人也應守護純粹且尊貴的心靈。沒有任何人觀賞，白楊依然是白楊，遺失讀者的作者不遺失自己的筆依然是作者。一世總要堅定地守住一個承諾，一生總要勇敢地唾棄一個江湖。

山上寒風刺骨，不宜久留。我貪戀這場美的洗禮，頻頻回顧，心裡向他話別：

「美啊美！永遠永遠，不要遺棄我！」
風中的白楊吐露黃金語句，落葉隨風而飄。我撿了幾片金葉放入口袋，當作他剛寫了一首短詩贈答。

小徑

我注意那條小徑很久了。

盛夏小城，陽光像僕人剛拭過的銀器。我們才搬來，急著安頓生活展開異國體驗，幾乎每日出門。

車子從小巷彎入大路，我的目光總被遠處起伏的山脈吸引；揣測高海拔積雪山巔野鹿覓食的蹤跡，或隱在松林中那座以熊命名的湖泊水溫。其實，我無須多慮，這季節正大光明，似乎任何缺憾都能被強韌的光線縫合而復元。或許，這就是高溫的詭計，熱，令人忙碌，忙著尋找水源解渴以致淡忘內心深處的缺損與乾涸。

是以，當車子再次彎入大路，我不再遠眺高山，收了線的目光隨意停駐在不遠不近一處蓊蓊鬱鬱的綠蔭中。錯身瞬間，這綠蔭像一道繁複華美的謎，召喚我。

即使在最不足以談論的日常裡，我們偶爾也會在既定軌道迷惘片刻吧。似乎有一條不易馴服的思緒情縷，像靜悄悄的蛇，像不臨水的釣鉤，潛伏於內心深處，偽裝、冬眠、忍耐，忽而在不明所以的剎那，探出來對自己嘆息：「啊，漫長！」

這是無禮且不合邏輯的，因嘆息之時或者正在沏茶、沐浴或坐於公車靠窗位置望向熟悉街道陌生行人，與「漫長」所應指涉的當下具體事物無關。「什麼事漫長？」自我追問，像追一條從窗前飄過的黑影，卻即問即滅；那縷情思退回深淵之最深處，在永恆暗影中安靜了。留下腦海裡紛紛擾擾的慌張與駭異，彷彿行船者忽而錯覺整座海洋是沙漠，而行路者舉步之間誤認路面竟是瀚海，皆不免驚懼。但這驚懼只是一晃，腦中立即湧入現實繩索：該買一盞燈，記得約聚餐時間，那篇稿子不能再拖了……，活生生被五花大綁。適才的嘆息果真沉入深淵之最深處，不再騷擾忙碌且世俗的眼前現實。

「是一種流轉滑行的聲音嗎？」我躡手躡腳地想著，不敢著力太深，怕動員的思緒過多摩擦出火花，吵鬧了深淵最深處那一縷微思，它竟斷了或怒了，從此不再出現；我雖駭異這無禮思緒之干擾，卻也覺得不速之客的觸探帶來另一隻眼眸，另一股氣流，另一道謎。其氣質頗異於日日被動員派遣、嫻熟於現實戰場的思緒兵卒，引我新奇。所以，我躡手躡腳地漫遊，微微想著：「是生命流轉滑行的聲音嗎？」

夏天這雄辯滔滔的演說家，收拾葉綠素語言赴南半球巡迴趕場，秋天的手指屬於魔術師，一夜間眾樹變黃。每次經過，我自車窗看那不遠不近的綠蔭轉成蓬蓬勃勃的金色皇朝，似一個新崛起的小國，準備慶典，頒佈曆法。從多層次的黃褐顏塊中，我遠遠辨識出有一棵巨樹氣派地站著，璀璨閃亮，金黃得高雅純粹，在微風中威武不動卻又有淺淺搖曳的丰采。他必是金色皇朝中的貴冑，不，他或許就是皇。

「應該去散步，認識這樹。」這心念自然而然興起，遂開始留意何處有路徑可通達；從熙攘的大馬路望去，確實有一條小路在平野間蜿蜒，時而可見騎車散步之人。但，那蓬蓬勃勃的金色皇朝，那我心中認定的皇，其所在之處露出三兩處屋頂。於是我不能確定，動我心念的小朝廷是否為私人產業，那皇是否位於藩籬之內而他面前正

我常常去散步的地方，住家附近。自然美景是一種召喚，讓人徜徉、放鬆。

站著一戶保全森嚴彷彿禁衛軍的人家。

這不確定讓我稍稍卻步。再者，尚未找出從大馬路通到蜿蜒小路的方法，想散步的腳就這麼怯怯地擱著。

直到有一天，不快不慢正好在經過之時，一輛單車上坡彎進大路，這才發現通往小路之竅門。如此簡單，不禁懷疑自己是否存有撤退的意念，其實不想認識那樹，不想因私人產業之猜疑成真而白白走一趟失望路。

當我們乘車或策馬奔向未知之途，假設那孤單的旅程充滿艱險；或急於在雪夜降臨之前尋得客棧，或須潛入霧鎖叢林躲避追兵，或加速奔馳躍過湍流……。當此時，我們孤軍奮戰只求脫險，全心全意融入外境而不易聽聞車輪轉動馬蹄馳騁的聲音。除非，只有行雲流水而萬籟俱寂，我們擁有一小段冰雪般的平靜，一小段緩慢的行走，說不定這時就能聽到車輪咕嚕轉動輾過草坡的聲音，聽到敲在石板上踢踢踏踏自己的馬蹄。

如果這車輪這馬蹄不是外物是我們自己，是無始無終的生命自身——比我們所有殘存與遺忘的記憶加總起來還長，比所有量得出的路徑還遠，而我們一小段又一小段的一生只是依附其上的短暫存有，是不可計數光之鎖鍊上的一粒小燈。若如此，若真是如此，當我們沉入如冰似雪的平靜之中，偶然睜眼，察覺了一粒小燈不該察覺的光之鎖鍊，感覺著一小段人生不該感覺到的亙古寂寥，那種無始無終浩浩蕩蕩的情懷充滿胸臆顛覆思維，此時難免要嘆息了：「啊，漫長！」

我揣測深淵之最深處的那縷思緒必是這麼來的，它是那獨特體驗遺留下來的化石，不屬於存放妥當的現世記憶，又不願隨所有被刪除的記憶而去，遂潛入黑暗深淵，像一條被嚇壞的蛇。它不時干擾我，莫非想訴說它的苦惱：何以那無始無終的漫長無法短暫，這有名有姓有苦有樂吞了鉤的短暫一生不能延長？

雪季，湖面未結冰，沿湖散步，心既寧靜又輕盈。

大約是小城所有樹葉變黃之後兩週，風才開始吹葉，第一場雪來了。

無聲無息，雪花飛舞著。點點柔細得像一部《紅樓夢》被善妒天女用指尖一字字剔掉，自空中灑下；樓閣毀了，庭園枯了，人物隱了，故事斷了，只剩白茫茫紛紛然，似有又似一無所有。次日，雪積至腳踝，放眼一片純白。

秋深，這樹擺設金黃盛宴
邀我。日復日，我深情凝視
卻未靠近，終於
錯過它最美麗的
時刻。J.'06

盛夏，像一座
綠殿。深秋時，
如黃金鑲脈。入冬，
眾葉凋落，剩炭黑枯骨。
樹的輪迴，生命法則。我的眼光
似鳥兒停駐，獻上禮敬。
願凋零之日，我亦壯麗。
'06

我想起那樹，小徑周遭平野想必也鋪上一層白毯。積雪雖深，但高原陽光閃耀，天空藍得清透。我穿上禦寒厚衣，朝小徑而去。這不是散步的好日子，但我必須出門一趟。

鏟雪人已清出小徑原貌，三兩位單車客不畏酷寒呼嘯而過，散步的人少了。零下十度的空氣像冰塊貼著臉頰不放，我呼出的霧氣宛如小冤魂。小徑左側往遠處連接數棟建築，中間一片平野應是荒地，此時鋪著厚雪。右側的野地較窄，一箭之遙，聯結小溪與濃密樹林。那就是我尋找的方位，深情凝視之所在。

我稍稍擔心鞋子恐怕要被雪埋了，但依然軟軟地踩下。雪地上前人足印清晰，然追隨他人令我不喜，遂迂迴前行，因完完整整踩出自己的路徑而歡悅著。這雖不是散步的好日子，見豔陽在雪地描出數棵百年老樹姿態，如炭筆剛剛畫上被我窺視，那感覺無比驚奇。人的世界遠了，自然的強壯手臂摟我入懷。

然而，好心情維持不久。我終於來到他面前，那參天樹林，那高過五層樓枝幹虯結的皇，不屬於私人產業令我寬心，可這場雪毀了他的王朝；炭黑枯骨般的樹幹如火燒後尚有餘煙的宮殿廢墟，敗枝殘葉懸掛其上似侵略後未收之屍，一夜大雪

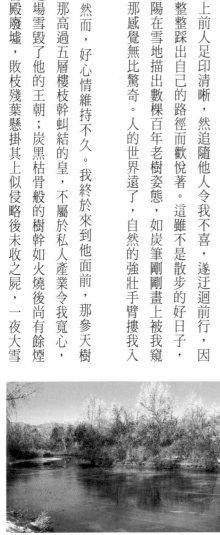

積滿枝幹，是殘忍也是慈悲的手，讓滅亡故事不致狼狽反而淒美。

銘刻我心的金色帝國已滅；他曾擺設黃金盛宴邀我，日復日，我深情凝視卻不靠近。現在，我站在他面前，但來遲了，錯過他最絢爛的盛世。

我的心在懊惱與悔恨之間擺盪，瞋怪這場雪來得太早太猛。然亦自知非雪之過，降雪之前已連續數日低溫，那時純金樹葉應已開始枯乾、凋零。

我深深望著樹，猶不能平復懊喪之情，以目光提問：「這有名有姓有苦有樂吞了鉤的短暫一生，你錯過誰，誰錯過你？我錯過誰，誰錯過我？……」

一陣撲翅揚水的聲音打斷我的提問。從高山遠道而來的小溪穿林而過，成雙成對的小雁鴨優游著，不問人事。

這銀白雪域這光滑如絲的晴空，如此寧靜。四周杳無人蹤，我獨自一人。北方來的大雁飛過藍天，發出嘎嘎叫聲，那必是一種呼喚，告知同伴莫錯過飛航。

我獨自一人，面樹而立。隨即發現離他幾步之後一棵粗壯老樹倒地而臥，根基被風雪侵蝕卻只消去三分一；高原小城少雨乾燥不易腐爛，恐還需數年才能粉碎殆盡。緩慢的死亡是一種凌遲啊！歡樂知覺屬於當下，從不能在回憶中恢復其甜；悲苦卻屬於回憶，從不能因一次次回憶而稍減其苦。若死亡不僅指肉身終止，也擴及那緩慢的過程，則經歷的歡樂無法因回憶而重現，嘗過的懊悔悲苦卻在意識流轉中一遍遍再來。一生不能抱憾，若有憾，豈不成全了善凌遲的死亡。

陽光在雪地描出我的影子，彷彿這人半屬人世半歸冥府。冷鋒不可擋，臉頰似霜，腳趾冰凍的感覺也提醒我不可久留。我的心從懊悔轉為戀戀不捨，問樹：「告訴我你的名字，讓我記憶。」樹無言，雪無語，候鳥的叫聲彷彿提醒：「過客，你要記哪一年哪一輪的名字？」

我遲疑著，要不要踩自己的腳印走回頭路；被踩過的雪變硬，較易行進。但眼前的雪地魔毯如詩如畫，未印上足跡更是引人。我總想冒險試別人未試的方向，走自己不曾走過的路，遂繼續虐待這雙腳，一步深過一步，慢慢向前。

當我踏上小徑，回望那樹。襯著無限清麗的藍空背景，墨黑樹幹伸展壯實的枝條，充滿孤獨的力量，似將軍揮動寶劍率士兵朝天空出征，求仁得仁。遠觀之，如一齣悲劇般雄壯。

那麼，我並未錯過他最美麗的時刻。我錯過的只是繁華肉身，不是這孤高的靈魂。

用圍巾將自己蒙面以禦寒，沿著小徑繼續散步。一座木橋之後，出現結著薄冰的湖。湖岸群樹各有凋零姿態，或懸掛沙漠色枯葉，在寒風中飄飄然；或明明白白只剩長長的細枝密條，被風盤成一團亂，一棵多麼有個性的樹，用這種方式拒絕積雪。越過湖面望去，樹枝錯綜之後，另有幽深所在，隱約可見積著厚雪的河灘，一群黑頸雁鴨棲息著。

湖對岸有幾幢屋子，被樹林包圍，那必是我遠望時見到的。此時卻像空屋，無半點人居氣息。我唯一能依靠的只有這條小徑，看來，它不通往對岸，不干擾雁鴨野營之地，直直地不知通往哪裡。

雁鴨成群戲水，天光雲影共徘徊。

富麗堂皇的大樹，像座宮殿。站在他面前，彷彿與神相逢。

小徑沿湖迤邐，不知名且高大的樹巧妙地築出湖與路的邊界。這些在季節中淋漓盡致地凋零的大樹，具有一股豁然開朗的大師氣質。誰說落葉必須愁苦、冬凋必須啼哭，這裡每一棵樹都優雅、亮麗且崇高，冬日的氣派不遜於春夏。我不禁仰望，藍空下，那密佈枝條像腦中記憶的微血管，構築我既紛亂又平靜的內心。但願我像一棵樹，學習與季節共舞，春夏時欣然紛亂而秋冬獨自平靜。

啁啾鳥啼傳來，棲在銀亮高樹上，一隻鳥兒誦詩。我聽著，聽著，忽然起了熟悉感。

這小徑在暗示我冥府之路嗎？

這雪地泯滅足印，這錯過的樹釋放缺憾，這結冰的忘川封鎖思潮，這高聳的樹群示現奢華的凋零，這清朗雲空指引平靜，這鳥兒以詩歡送。

是了，這是終極之美。當生命末日，我必觀想藍空雪景，重返這陽光與冰寒同在的神祕小徑。漫漫長路不是我該操心的，絕美小徑是我應尋。

獨自一人，我佇立良久，感謝自然的教導，把這人生的暗鉤從喉頭取出。

離開小城之前，另一場大雪之後，我又來到小徑，專程向那棵大樹道別。

我靠近他，觸摸他，看見樹身如遭閃電鞭抽暴雷斧劈一般四處皸裂，結痂的傷口有著滄桑之美。更訝異是，上回來訪未發現的，萬萬千千枝條冒出不可計數的小黑點，那是新葉芽苞。原來冰天雪地之中，春天已悄悄在他體內埋伏，新的輪迴將開始。他不會因這次雪封而減損尊貴，他可能締造更精采的帝國。這讓我安慰。

我向他告別：來世，若你終於換得人身，偏偏我自願做一棵宣揚生之奧義的樹，你會不會到我面前說：「我就是你錯過的那棵樹？」

若會。若會。我必定笑一笑，以落葉回答：「那麼，讓我永遠做你錯過的那個人吧！」

「啊，漫長！」雪地上似乎有聲音傳來。

大雪

那是十月，一個平凡的秋日。前一天氣象預報下雪消息，對終年飽嘗風雪的小城居民來說是家常，但對亞熱帶子民的我們卻是大事。

清早，暗沉的天色證明飛雪已在途中。轉眼間，忽然發現窗外飄起雪，像微風吹落梅花瓣，靜悄悄，不似落雨淙然有聲。我興沖沖拿起相機出門拍院子飛雪，未穿上防風擋雪外套，攝氏零下十多度冷流如冰，手臉立刻僵住。回屋時看到隔幾間遠的中東鄰居也持相機拍照，我們相視一笑，交換初雪的喜悅。這位大鬍子男子只穿短袖，想必也是一時興起不及著裝的。進屋，鼻子僵硬了，可見，坐在暖氣室內觀賞飛雪的那份詩情畫意，若換算成室外，分秒間即有致命危機。每個國度都有獨特文明，每塊地理亦有美與死交糅的宿命風險。

雪才剛下，趁姚同學上班前到二十四小時營業超市採買物資。

沿途所見與平日無異，道路兩旁無數的參天大樹皆落盡繁葉露出裸身；蒼老粗壯的主幹分出數條黑蟒似的次幹，扭腰、潛伏、出擊，衍生千萬枝魚叉般的枯枝刺向天空，如今籠罩在紛然飛雪中，更添肅殺之氣。

經過校區，見不少大學生穿著單薄，一身短袖短褲騎車上學狀甚瀟灑，時髦女生穿低胸T恤配低腰露臍牛仔褲，大踏步一面講手機一面噴白煙過馬路，看得車內的

大雪後，庭院一片銀白

我瞠目結舌。我看著自己「戴帽、圍巾、手套、厚外套、兩件長褲」的「標準戰備裝」，認命地接受青春已逝氣血衰弱的事實，不似同輩仍在「老字門檻」前抵死不從。怎能不從？到雪中接受考驗，個個倒地服從了。

抵超市，不過十幾分鐘車程，雪已從微風飛絮變成滂沱——把雨滴換成雪花即是。原本寬闊的停車場擠滿車輛，可知儲存冬糧仍是雪國居民的首要任務。待我們買妥物品，推著大推車往停車處去，雪更急了，放眼所見一片茫茫，天地像要垮台。

黃昏時雪停了，忽地天光清朗，好像什麼也沒發生，宿舍的黑褐色屋頂與院子深綠草地覆蓋著一層白布似的雪，證明氣象專家沒撒謊。一輛校車停下，吐出一群放學的孩子，在草地上快活奔跑，揚腳踢著跺著，一匹雪半毀了。

我說，還好呀，下雪沒他們說的可怕。姚同學回答，才十月，精采的還沒來。

*

第一次見到雪是大學寒假參加台大登山社辦的日月潭合歡山大禹嶺之旅。出發前，社方發下裝備須知，尤其合歡山健行一段將遇雪，不可大意。我對高山降雪一無所知，心想，《紅樓夢》裡賈寶玉光頭赤腳披一領大紅猩猩氈斗蓬，雪地裡走來，至江邊船頭向父親賈政拜了四拜，了斷俗緣——我背得清清楚楚，這一幕是古典文學經典畫面，念文學的人豈能不知？由此可見雪地不冷。因此，除了向室友借一件短外套應個景，我穿著球鞋蹦蹦跳跳就去登山了。

才要上山，才知遇到的是數十年難得一見的合歡山大風雪。中途，一隊下山登山客嚴肅地警告我方領隊，山上酷寒沿途積雪結冰，裝備不足的同學必須折返千萬不能冒生命危險。我被列入「遣返名單」。幸好那隊登山客裡有位先生願意借我裝備。我穿戴他的手套、毛帽、厚襪與靴子（裡面塞一團衛生紙），獲准繼續前進。

那確是令人大開眼界的白色國度，沒人相信這是我們從小熟悉的自家島嶼，恍若置身異國。隊友莫不尖聲歡呼、打滾，捧著大雪球站在海拔三千九百多公尺的「鳶峰」牌前留影，又紛紛自高處用最原始的背臀法滑雪而下，折樹枝間的冰棍解饞，有人慷慨地發給每人一顆酸梅。

即使是體能強壯的大學生，在雪的懷抱裡瘋瘋癲癲不成體統之後，也開始感受雪地健行的艱險。歌不能多唱，怕元氣漏光；每人身上披的黃色薄塑膠布被山風吹得亂飛，身子又冷又餓，眼前是天地皆要遺棄你的那種白茫茫，每一步彷彿是最後一步。果然，有人倒下，是個大男生，腳趾凍壞了，立刻被送走。剩下的我們像一群脆弱的黃鴨子，在舉目蒼茫的驚險山路蜿蜒而行，疲累至極。

多年後回想，那真是冒險之旅。當年無通訊設備，救援亦不夠迅速，數十人能活著回來全靠上天導引。只要任何一環節出錯，勢必引動骨牌效應，大學生的應變能力有限，其後果就不是走到最後大家拉著前面隊友衣服以防累極脫隊一面模模糊糊唱「小小羊兒跟著媽有紅有白又有花」平安地下山，而是留下終生遺憾。然而，這也是弔詭的，豐碩的冒險故事只在人活著的時候才算數，若出事，一切歸零變成山難數字。大學生畢竟不能先驗地計算生死一瞬的賭局，腦中充滿冒險的浪漫幻想未思及山難威脅，若遇難，大約是在無恐懼意識的瞬間中止的吧！

開眼後，每年冬天寒流來襲，電視報導民眾引頸期盼合歡山降雪又擠破頭上山賞雪，像去冰果店一般。總令我無比同情。

我的第二場雪在千禧年瀋陽，北國三月冰天雪地，公園裡一片枯林藏在積雪中。天色昏沉，杳無人蹤。這回坐車，無須健行，仍然裝備不足，靠友人借一件外套擋住風寒。電視台拍外景的攝影師要我在雪地散步，做出作家雪中沉思的浪漫。我只記得高跟鞋踩在濕滑路上令人提心吊膽，又想起賈寶玉赤腳揚雪那一段，半是緊張半為作家的誇飾筆法略感慚愧，留下的照片因此都是低著頭的。

*

這場小雪次日漸化，宛如主人的馬車歸返，僕人拉開覆蓋家具的白布，城堡又活過來。院子恢復原來的草色，太陽大放光明，氣溫回到攝氏十度左右高溫（以冬天而言），背陽處仍留殘雪，妝點初冬氣氛。

時序滑入十一月，氣象網站上的降雪消息多起來。月底感恩節前，第一場大雪報到。

侵襲美國中西部各州造成交通大亂的暴風雪亦拜訪科羅拉多。之前幾天，氣溫持續下降，入夜皆在零下十七八度，白日最高溫也在零度以下。

那是個星期二，近午開始飄雪。明顯地，一開始即氣勢逼人，不似之前那場雪微風飛架的下法像談戀愛似地；這回一落就是雪花霏霏，似朝廷騎兵追緝要犯，倉倉皇皇，四處刀光劍影，頓時天地陷落。黃昏時，雪已積了一層。晚飯後，院子地上如鋪白毯，靜悄悄無人影。我們三人不想辜負這難得雪景，著裝下樓跑跑步搓一搓雪球只玩一會兒，太冷了，全身每塊骨頭縫隙都滲進冰風。

次日清晨五時，那是我起床工作的時間。黑暗中從客廳玻璃窗望去（門窗是冰的），在院子幾盞吐著微光的小燈照明下，只見漫天覆地的積雪，改變了腦中的空間記憶，剎那間竟有迷失之感。遂速速尋覓從這窗向右望去必會見到的那棵大樹，濛濛灰霧中勉強辨識幽靈般的樹影，但左望的那一排樹卻不見了，令我心中狐疑：我是不是被雪綁架了現正倒在雪地，意識流失、記憶碎片像金縷衣玉片紛然掉落，而非真真實實站在客廳窗前？

這一疑，茲事體大，立刻穿戴全副武裝出門探看。

雪花仍然紛飛，冰凍的氣流襲來，兩頰鼻頭凍住，然而四十多齡的鼻子竟有機會呼吸這麼純粹的冰空氣，亦是難得。往走廊左側踩雪小跑幾步，果然那一排樹隱在濃得化不開的雪霧裡，且院子積雪甚厚，修改了空間記憶的線條，並非我的意識錯亂。

我一時興起浪漫情懷，想趁這昏暗蒼茫且孤獨一人的時刻踏雪漫步，與天地融為一體。然才短短幾分鐘，兩鬢發僵，氣血凝滯，似乎連微血管也結冰，遂拋天棄地，速速返回屋內。一進門，眼鏡立刻因溫差而霧著，脫下手套摸大外套表層，那觸覺像握住一枝冰棒。

忽然，機器聲轟隆而來。漫天雪茫的樹影下，兩位全副黑色雪裝的男人推車鏟雪，車過處雪花高濺，這才露出小徑。我默默感謝，若無開路者，早晨上學的孩子將寸步難行。

搭校車的時間到了，院子裡傳來小朋友興奮的叫喊聲。校車站約在二十公尺外，這一小段路若在平常孩子們像麻雀般跳去就是，此時真是一步慢過一步，雪還在下，怕路滑，我們不敢大意，把姚頭丸這隻亞熱帶鴨子武裝起來：雙層防雪厚外套，兩件長褲，厚襪長靴，防濕厚手套，包頭包耳毛帽，再加口罩以免冰空氣刺激先天不良的鼻子。穿完，我不禁大笑：「你好像要登陸月球！」姚同學陪他去搭車，看兩人蹣跚行走，趕快照相存證，以待來日回味。

上學的小朋友都穿得認不出人，有位中國來的小朋友穿五雙襪子，拄拐杖的馬托也一步步走來。雪讓他們興奮，有個孩子故意倒臥雪上，看得我血管發凍，其他人又跑又跳、搓雪球互丟，直到黃色校車像一隻老胖虎吼了過來。

雪中開車必須提防路面結冰輪胎打滑（那種感覺甚恐怖），速度須慢；我見校車緩緩離去，又見遠處大馬路車輛開得比騎單車的（這些雪地英雄不改豪情）還慢，頗能理解何以此地開車族既有耐心又有禮貌，從不按喇叭不超車也很少變換車道，這種修養大約得之於大自然調教吧！

這場雪積了近二十公分，還算好，不像附近幾州釀成暴雪，把城市折磨得一塌糊塗。每個地方的天災不同，其苦處亦不能比較。我從小受夠強颱淹水之苦，乍見積

雪，認為雪災比水災好，其實不然。固然積雪不像水災入屋，可得一分，但雪厚不化不像淹水二日內可退，需減一分，水災很少一月內連來二三回，暴雪卻可能連續拜訪，癱瘓生活，又要減一分。但積雪甚美，水災甚醜，這一點可得三分。

這裡跟我們遇到強颱停課停班一樣，若風雪過大亦會發布停止作息，讓人車圈在家裡別趴趴走以減少事故。入了雪季，住家學校都得開暖氣，真是耗費能源。學校老師也得多管一事，叮嚀學生下課不可到外面玩，若需外出，叫他們穿上外套。

天色大亮，積雪迎光，其潔白明亮透過視覺滲入記憶，刷淨「記憶瓷磚」縫隙的積垢與霉斑，令人不禁長長地吐盡胸中之恩恩怨怨。頓悟這寸土寸金的心靈地段，怎可用來堆放垃圾豢養牲畜，把人生弄得烏煙瘴氣？皚皚白雪具有奇妙療效，遂自動打掃心思，整頓情感；該洗的洗，該扔的扔。霎時感到心靈輕盈起來，毀去一間專門關著小奸小壞的監獄，換回一座繁花茂樹的花園。

校車開走後，宿舍村作息如常，各自上學上班、洗衣慢跑（真是風雪無阻）。我是沒人管的閒人，清晨兩個多鐘頭的書寫工作告一段落，為了眼睛須強迫休息，正好踏雪散步，悠哉游哉享受銀白國度。

清藍天空下，一望無際的厚白毯，純潔地白著。樹幹枝椏似畫神以白顏料描過，一排雪松描得尤其美麗，如仙境之景。這白雪盛宴，覆蓋心中從亞熱帶小島帶來的社會集體焦躁鬱悶症，那些雜草情緒、頹喪念頭漸漸撤退，只留下冰清雪亮，只想微笑，為自己的人生有機會如此奢侈地融入自然懷抱而心存感激。

每區宿舍村後面是停車場，兩排車輛亦覆滿白雪，我笑出來，真像二十多個剛掀鍋的白胖饅頭。欲開車出門的人穿得大熊似地，擒拿小雪鏟正在鏟，我從未見過此種奇景，癡癡偷看。看那人墊腳尖狂掃車頂厚厚積雪霎時一陣大亂，看得我好樂。又見他使盡吃奶力氣鏟除已結冰的擋風玻璃縫隙，發出鋸子般聲音，更讓我這沒良心的人興奮異常。車後排氣管邊垂了長長短短的冰棍，他大約有些火了，竟去踢冰棍。折騰老半天，終於開車門進去發動，忽又鑽出，明白了，車裡勝過冰箱冷凍庫，他還不想當冷凍肉團。這齣雪天開車短劇，看得我笑逐顏開。

但，輪到姚同學要開車出門，我就笑不出來了。租車公司給了一把很小的鏟，我從二樓窗戶看他吃力地拿小湯匙般鏟那輛 Buick 大車，心想他的裝備不夠暖，待太久豈不凍壞。趕緊穿戴熊貓裝，靈機一動，從廚房抓了不沾鍋專用的鏟子，下樓救急。我揮舞鍋鏟，以炒菜煎魚十八式嘩啦啦鏟奸除惡，快又有用。完畢回家，與一男人錯身而過，他瞄了鏟子一眼，狀甚狐疑。無所謂啦，理家治國都一樣，黑貓白貓能抓老鼠就是好貓。

下午孩子們放學後各顯神通玩雪，跳的跑的打滾的，個個不怕冷。有位大陸來的老先生持大鏟也來玩雪，孩子們幫忙以桶提雪，倒成一堆，老先生似乎想堆個什麼。收工時，我看像山。

次日，孩子們都上學了。老先生沒戴帽，露著童山濯濯的頭，衣服也不厚，更吃驚是沒戴手套，一人持大鏟繼續堆雪，在零下戶外約四小時。他絕對過了七十，個頭小，身子骨靈活不冷不倦，堆出一頭趴著的大獅子，像座小山。我猜，他是練功的。

黃昏，老先生又在修補雪獅。姚同學穿著老友邱教授出借的羽絨外套從學校走回來，我對他說：「看看人家，兩岸怎麼打仗啊，隨隨便便一個老頭子都贏你唷！」

他一面敲鞋底的雪泥，一面答：「誰要打去打，我沒說我要打！」

＊

不是所有人都因雪而歡愉，有人恨雪。

H教授是印度人，年輕時來美深造，與美國女子結婚定居此城，育有三子一女，一家平安。

第一次見他在台北，他到中研院短期訪問來家小

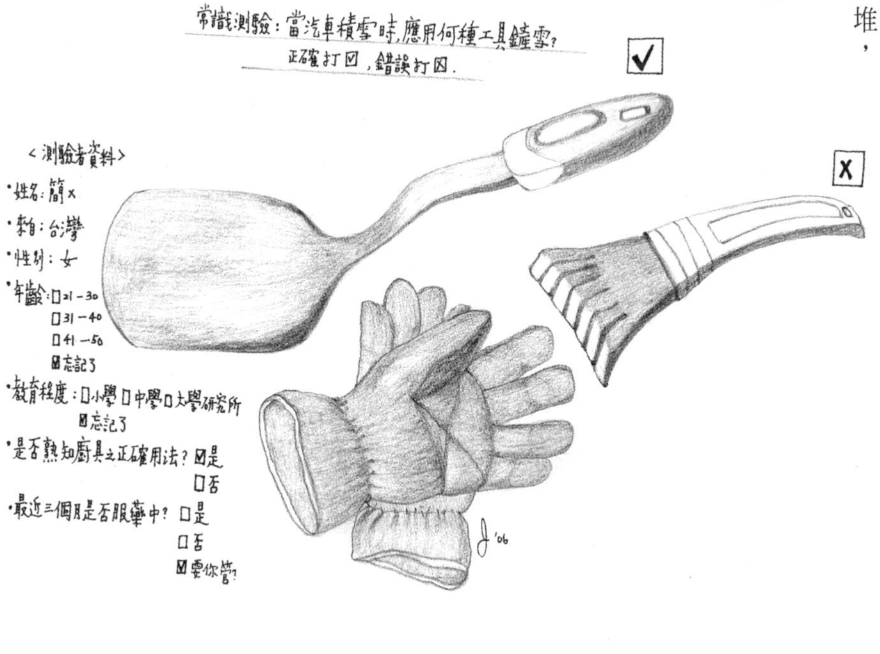

常識測驗：當汽車積雪時，應用何種工具鏟雪？
正確打☑，錯誤打☒.
<測驗者資料>
•姓名：簡x
•來自：台灣
•性別：女
•年齡：□21－30
□31－40
□41－50
☒忘記了
•教育程度：□小學 □中學 □大學研究所
☒忘記了
•是否熟知廚具之正確用法？☒是
□否
•最近三個月是否服藥中？□是
□否
☒要你管？
J '06

坐，送我一尊小小的印度製釋迦牟尼佛。這很特別，從未有人送我佛像，更何況是學科學的男士。我很喜歡那佛的清雅慈悲，供在書房，陪我耕耘稿田。後來，妹妹遷居有所不安，我將佛送她，盼她家居平順。

H在印度的種性制裡屬於最高的「婆羅門」（僧侶），長年茹素生活清淡，醉心於教學與研究，是系上極受學生喜愛的教授。或許出於天賦慧性，H總給人溫暖純善且幽默的第一印象，若穿著僧服必也是道行高深的僧人。他的夫人P是一位優雅且樸實的人，極具烘焙才華，她做的糕點如出自五星級飯店。

四個孩子漸漸大了，這家屋簷固然有小煩惱但也不缺歡樂，直到那一天到來。

三年前感恩節假期，念大學的大兒子與高中的二兒子約一位朋友滑雪，三個年輕人往雪封的高山走去。這不是他們第一次滑雪，也不是特別危險的舉動，滑雪在此地本是稀鬆平常之事，任誰也不會驚怪。

但，死神跟在三個年輕人背後，不知誰會中箭，是H家兩個男孩之一還是別人的兒子，是只取一個還是兩人或全部納入？

如果時光倒退，在三個年輕人滑雪前暫停，預知死神陰謀的神該怎麼談判才能阻止悲劇？假設，在皚皚白雪的冰山旁確實有一場激烈的談判進行著，那慈悲的神費盡

老先生沒戴帽，持大鏟堆出一頭大獅子。

脣舌勸阻死神取消這次行動卻失敗，對方無論如何要帶走一個絕不退讓，如果真是這樣，該讓哪一個中箭呢？

三個強壯的大男生越爬越高，越過一條看不見的安全界線直抵天地悠悠的銀色國度，純粹的冰天無人踩過的雪地吸引他們像天真無邪的稚子投入懷抱，那與天地同尊的感覺榮耀著年輕的心靈。他們放縱速度，讓陡坡引領他們近似飛馳。

接著，死神出手。其中一人從懸崖跌落山谷，撞到岩石，當場昏厥。另兩人驚怖大喊，無力救援，火速下山求救——那恨不能飛的下山之路被新吹起的惡劣風雪阻擋得更加困難，天地悠悠，束手看著這兩個年輕人背著一條人命的煎熬寸步難行，其中一人的心必定沿路破碎，他是最早承受悲劇的人，因為躺在雪地上的是他弟弟。

暴風雪吹得如癲如狂，山下救援人員無法上山，H家的那一夜像被千千萬萬的雪片小刀割著，做父親做母親的無法用任何言語、任何財富換得一個機會上山救自己的兒子，只要思及暴風狂雪一寸寸落在兒子身上，深沉黑夜淹沒所有可能，那孩子孤單地躺在雪地而愛他的父母竟不能喊他的名字、緊緊抱他、陪他，父母的心支離破碎，怎能不發狂？

銀色的感恩節假期，H失去二兒子。

這兒子真心喜愛印度文明，家人從電腦中發現他正在製作一捲印度音樂打算當作聖誕禮物送給父親。一夜之間，這個家從樂園墜入火宅。他的物品衣鞋仍充斥家裡每個角落，他的氣息依然在房裡飄蕩，他的言談手勢笑容仍刻在家人腦海，十七歲的大男孩卻永遠回不來。

意外喪親是苦中至苦，我年少時父親車禍過世，目睹至親死亡過程且同時累積祖母喪子、母親喪夫與自己喪父的三種痛，十多年之久行走於絕望邊緣了無生趣。這痛我懂，看到Ｈ，我很想問：「你的心還是碎的嗎？」

冒然觸及他人傷痛是無禮的，這話始終沒有機會說出口。我很想告訴他，父親走後多年，慢慢地我願意換個角度理解生死；每個人身上都有一張神祕的旅程時間表，驅使我們經驗各個人生階段、遇見不同的人締造自己的故事，即使親如父母子女，亦無法更改、銷毀對方手中那張旅程時間表，因為，除了是我們的父母子女，他更是他自己。

我父親的旅程時間表只能在人間短暫停留三十九年，這一趟最重要任務是帶出五個新生命，但來不及呵護培育即匆匆離去，趕赴另一處驛站。Ｈ的二兒子像來這世界優游度假的，十七歲的人生看似尚未開始難免令人惋惜，但真是如此嗎？有人的人生像寫壞的長篇小說，有的是精采的短篇，哪一種叫完整，哪一種令人留念低迴？短短十七年的旅行，最重要的任務應在他家人身上，那麼，只有最親的父母與手足能點點滴滴從頭回想他像蝴蝶般短暫的一生要帶給他們什麼訊息？那關於生命的耳語、靈魂的祕密，這大男孩以死亡為題，為家人上了一課。

每年冬來降雪，慘白酷寒的凋零景致達數月之久，想必讓Ｈ重回夢魘，傷感抑鬱。無邊無際的痛苦深淵無法遁逃，一景一物一草一木無不刺痛內心，也許遷徙是最好的療傷方法。孩子已踏上另一趟旅程，Ｈ也應該繼續向前！

無論去到哪裡，總有冬天，只要冬天總有冰雪。我很想告訴Ｈ，你的孩子如此奇特，他躺下的地點是人們內心渴求的聖潔象徵，他用最純淨的修道者語言向你這位人間父親道別；戀戀不捨的親情交給雪去傳達吧，下雪的冬天偶爾抬頭望山的時候，請給你的兒子一朵微笑，因為純潔的雪山是他永遠的紀念碑啊！

純潔的雪山是永遠的紀念碑。

返航

暴風雪相送

以捐獻代替送禮

從感恩節開始，這小城洋溢濃濃的假期味、禮物潮，百貨公司、大賣場無不摩拳擦掌準備掏顧客口袋裡的錢；那些能夠世代傳承的文化究其相同之處大概都有「送禮」元素，因其溫暖故能香火不斷。中國人逢年過節酷愛送禮收禮，洋人趁聖誕節禮尚往來；這還不夠，熱熱鬧鬧迎財神爺、日日夜夜盼聖誕老人，中外二老長相、資歷雖不同，卻同樣從事金融服務業。

在冰天雪地中期待聖誕佳節來臨，確實極有氣氛。某些住宅區數十戶人家約定似地，一進入十二月即紛紛佈置庭院、住宅；或在屋簷牽一圈小燈泡，或利用庭中大樹層層垂掛閃爍飾物，或把窗台佈置成聖誕老人驛站，各具巧思與創意。我們特地找一個晚上開車欣賞這些聖誕燈飾，寒冷寧靜的夜晚，一戶戶五彩小燈像煙火瀑布裝飾著黑夜，那麼和諧靜美。任何一個發誓獨身的人，雪夜中走在這條閃爍靜巷，看見透著柔和燈光的屋子，也會輕喟：有個家似乎不壞啊！

行車欣賞之際，我彷彿看見每戶人家從儲藏室搬出聖誕樹與飾物，擇假日全家一起佈置的情景。能用這種方式迎接一年最重要節日的家庭是幸福的，顯示一家人的心仍然暖和、緊密，仍然堅固地護守自己的家園。只有在暖洋洋的家過節才有意義，一年中重要節日大多跟家庭團聚有關，中外皆然，若家庭殘破、暴戾、爭吵不休，每到

節日看到百貨公司櫥窗炒熱氣氛即有無家可歸之嘆，那種結冰心情不足為外人道吧！

然而，一個溫暖的家，應該由誰帶頭經營呢？

Dunn的上學期課程將在聖誕節前結束，不久後我們的旅程也將告一段落。不管因聖誕節之故或基於離情，都應該備禮向老師道謝。尤其數月以來，看到姚小弟過得這麼快樂；學校慷慨地擁抱他，溫暖的手臂、和善的言詞、親切的笑容、從不責罵的鼓舞。他的英文進步很快，學習興致也高，真心喜歡這裡的環境。我們不曾為這個社會付出，也沒去學校當義工，卻平白無故享受如此愉悅的學習環境與資源，心中充滿感謝，更想向老師表達謝意。

送禮是門學問，禮物不可太輕亦不宜太重。經我打聽，每個小朋友都會備小禮物送給班級老師及主科老師，以蠟燭、香皂與巧克力最多。果然，大賣場裡出現很多十元以下的小禮盒，包裝精美，大約就是針對學生需求。

Dunn並無所謂的期中期末考，他們的考試評量都在平日依進度完成，不須再訂定考試範圍舉行期末考讓學生從小養成不良習慣：不用考的不讀，只讀要考的，漸漸變成只為考試而讀。學期最後一天下午，據說學校會開個小派對，那時再把禮物送給老師。

正當我還在為買什麼禮物傷腦筋時，姚頭丸帶回一張單子。顯然跟每年學生送禮的習慣有關，這回，學校明說，老師們要什麼。

單子寫著：「激勵行動」，內容大概如下：

住宅區布置得像電影場景，濃濃的佳節氣氛感染每一個人。

親愛的家長：

Dunn的教職員很高興能繼續給學生做示範，就像IB課程鼓勵我們教學生的一樣，十二月，我們要化關懷、熱心、開放的心胸為實際行動，用學生名義捐錢給紅十字會，以此取代送學生禮物。

如果您也響應，您可以以老師名義捐獻給紅十字會以代替送老師禮物。學生可以寫一封信向老師說明，將信與現金（或支票）交給班級老師。

我們覺得這做法很有意義。當送禮變成例行公事，常導致物品浪費；想想每年各家上市公司股東大會送給股東的小禮物，大多淪為垃圾，若能積沙成塔變成善款該有多好。學校勇於作為，確實難得。將十元現鈔放入信封，姚頭丸寫了一信給班級老師。

Dear Ms. Reines,

I would like to donate 10 dollars in your name to the Red Cross, so I wrote this for you.

I am glad you are my homeroom teacher, because you are nice and cool. If we are good, you give us each a star, then I have a chance to get a trading card（遊戲卡）by 10 stars. Now I have used 46 stars to get 4 trading cards, 4 more then I could get the fifth one.

Very soon I will going to back to Taiwan. So I would like to use this chance to thank you for teach me and give a best memory in my life!

Your student

Jack Yao

這幾個月，姚頭丸的表現還不錯，他詢問：「可不可以有聖誕禮物？」我的回答是：「看你的表現，我跟爸爸商量商量再說。」他很識相，沒怎麼敢再提。後來他興沖沖回家說，閱讀後測驗（A.R. Test）全對，那本書的等級是四。這陣子他確實很認真閱讀，應該給予鼓勵。我們答應他，可以選一樣禮物。

他選了一顆橄欖球。換言之，我們得帶球回台灣。他還想要一套野馬球衣。

我說：「對不起，這不能答應。你太貪心了吧，橄欖球帽有了，橄欖球也有了，還要球衣。再說，這種料子在台灣穿，一定長痱子。」

像我這麼小氣的人，確實不適合當聖誕老人。

老師寄來的卡片

補記：不久，老師回了一張卡片。

Dear Jack,

Thank you so much for the kind donation to the Red Cross in my name and also the thoughtful note. You have really been a bright light in our class and school and we will really miss you. Please write when you get a chance and have a wonderful holiday Season! Go! Broncos!

Love

Ms. Reines

感謝信

嚴寒的氣溫伴著忽喜忽愁的離情，使我們陷入從未有過的起伏狀態。「啊，要回去了！」這話不知不覺掛在嘴邊，既代表即將回家的喜悅，也意味著依依不捨。Dunn的行事曆上寫著這學期將於十二月二十二日結束，放個小寒假迎接新年，接著一月九日開學。但我們打算學期一結束就走，行程很趕。

趁著聖誕節禮物潮，我們開出的名單上包括姚頭丸的四位主要老師；他們不知道我們心中充滿感謝，感謝溫暖地接待一個短期來訪的異國小孩，熱情、和善地教導他，讓他愛上學，讓他真情流露地自言自語：「再見了，Dunn……！」

除了班級老師由我們具名道謝，另三位老師由姚頭丸寫感謝卡。雖然英文仍不好，但相較於剛來時的慘狀已改善不少，這三位老師跟他的英文學習最有關，我相信他們會很高興看到孩子心裡的話。

Dear Ms. Hilburn:

On December 24th I am going to L.A., and then back to Taiwan.

This semester you are my reading teacher, you are so nice, and have taught me a lot. Once I got a hundred percent in my A.R. Test, You said, Great job, Jack! And I will never forget it!

Thanks for being my reading teacher. I will miss you very much.

Merry Christmas and Happy New Year!

Your student

Jack Yao

Dear Mrs. Henderson:

On December 24th I am going to L.A., and then back to Taiwan.

You are always nice, because you always give us candies.

And you taught me many things. You have a smile on your face, I like that!

Merry Christmas and Happy New Year!

Your student

Jack Yao

Dear Mrs. Moothart:

On December 24th I am going to L. A., and then back to Taiwan.

I am lucky you are my ELA teacher. You have taught me a lot, and you are so nice to us. If we make some mistake, you just tell us where the mistake is.

Thanks for being my most wonderful ELA teacher, I am going to miss you very much.

Merry Christmas and Happy New Year!

Your student

Jack Yao

暴風雪相送

一場突如其來的暴風雪打亂了時刻表，像夢一般，我們只能聽命。

最後一週，原來的安排是：

三場好友的歡送聚餐，包括有一場是姚同學的阿姨與表妹從丹佛開車來會。

歸還Hari家與邱家所支援的鍋碗瓢盆、衣服棉被燈具。

買齊回台送諸親友的禮物，尤其是維骨力與善存。（台傭必須寫好明細。）

還車。租車公司給的那輛全新 Buick 是我們開過最好的車，由於回台之後不可能換名車，所以對它也充滿感情。（車子的事歸長工管。）

訂去丹佛機場的巴士，確認機位，聯絡一大早到桃園機場接機的蕭先生小巴士。（運輸之事也歸長工管。）

打包三大件一中件三小件行李。（這是台傭任務，長工與童工被要求丟掉很多文件與玩物。台傭一直對橄欖球帽與橄欖球碎碎念，非常沒風度。）

向宿舍村的小朋友道別，尤其台灣鄉親吳家。

辦理歸還宿舍事宜與銀行相關事務。（長工負責）

寫謝卡。（童工負責）

向學校稟報，歸還圖書、錄音機，跟老師、小朋友道別，拍照留念。

歸鄉時間進入倒數計時，只要依照行事曆辦理就能為這趟旅行畫下完美句點。

但，老天趕來湊熱鬧，暴風雪來了。

那是個星期三早上，姚頭丸上了校車不久，忽然天昏地暗，呼呼颳起風雪；風速驚人，狂掃雪花，把我們慣見的中度颱風換成風雪即是當時情景。不到一小時，雪已鋪地，鬼哭神號的風雪聲預告今天會是個大日子。

五小時後，下午兩點鐘，地上積雪已超過腳踝，放眼望去一片慘白。

這種下法是瘋了的，看這氣勢不容易停，會過夜。風速四十六公里，狂雪亂掃的天象令人生畏，如群鬼出柙，或勃然大怒拉扯枯樹，或尖聲慘笑拍擊門窗。天地之間只剩灰白黑三色，黑是枯樹，白是積雪，灰濛濛如漩渦伸手不見五指是風雪。

我貼著窗戶看癡了，這場來勢洶洶的暴風雪讓我開眼。繼而感嘆，在溫柔的大自然裡，人徜徉其中，追求與天地共遊、物我合一的境界，但面對強勢的自然暴力，除了馴服別無他法。那陣子俄瑞岡州有三位經驗老道的登山客搶在風雪來臨之前上山，原訂速回，因此裝備食糧不足。豈料迷途且一人受傷，最後一次通訊顯示兩人下山求救，獨留受傷者在山上石洞。但暴風雪來臨，山上氣候已不能用惡劣形容，那活生生是天崩地裂的冥府地獄。對一個記者而言，像這樣的山難只需兩百字即能無血無眼淚寫成一則塞牙縫新聞，但對家屬而言，每一秒都是針刺。那三人，永遠留在風雪中。

電話響起，姚頭丸打回來。學校提早放學，家長可去接，或晚些坐校車回來。吳

家也來電，他們要開底盤較高的休旅車去接孩子，問要不要一起拎回姚頭丸。鄉親即時支援，備感溫暖。看宿舍村的車子紛紛往外開，想必大多去接孩子。學校一定忙壞了，電告家長、校車調度，每一環節皆不容出錯。外面狂風暴雪，機關公司學校提早下班放學，路上的「盛況」可以想像。

姚同學去另一區宿舍村路口等姚小弟，積雪更厚了。風暴未息，連接二十四戶的二樓長廊也被潲進來的雪積成一條捲起未鋪的白毯。短短不過百公尺之路，但在暴雪中，每一步都很吃力。我從樓上隱約看他倆歪歪斜斜穿過狂雪而來，姚頭丸那身紅外套緊緊抓住我的眼光，彷彿天地即將沉入漆黑，一盞燈突然亮了，做媽媽的一顆心放下，天地復歸原位，日子繼續向前。

「明天不用上課！」姚頭丸說。

屈指一算，星期五就是學期最後一天了，備好的禮物要送給老師，放在學校的文具雜物及第二個Quarter成績單，都必須在那一天處理妥當。原本放假帶來的「撿到便宜」快樂感，因時間緊迫而變成心亂如麻。

狂雪尚未停歇，遠遠看到幾個媽媽撐傘站在白茫茫路邊等校車，想必身體半僵了，然校車過了預定時間未到更叫人掛心，那輛巴士滿載小朋友，即使龜步行駛也該到了呀！我沒心思想別的，一直踱回窗口。終於，校車的吼聲穿過飛雪傳來，小孩的銀鈴聲響起，媽媽們拎回自己的

放學回來，外頭仍在狂雪。

小獸。即使只是開一輛校車，能在非常時刻平安送回每個家庭的心肝寶貝，也是令人尊敬的。

土黃色校車空了，但不照往例開走竟停靠在旁邊的停車場，我猜，有些路段雪封了。這場雪會天下大亂。

一夜狂雪，次日早晨我起床，掀窗簾一看，墨藍高空閃著碎鑽似的星子，空靈且華貴。視線向下，卻驚訝得暗叫：「唉呀呀，這聲好勢嘍！」兩排數十量車全埋入雪中，只差幾畚箕的雪稍作修飾，就是連綿起伏的山巒。再過兩天我們得還車，若鏟雪不及讓四個輪胎結冰，叫我們上哪裡找大力士把車「拔」出來？

我們沒電視，只能從網路得到訊息。據報積雪兩呎（六十公分），高速公路某些路段及機場皆關閉，報紙頭條是：「從天空來的雪崩」。

原本寧靜優美的小城陷入死寂，舉目皆是無邊無際皚皚慘白。積水尚可一兩日內漸漸退去，積雪是無法退的——除非天地倒轉狠狠搖幾下如對待罐底糖粉一般，把積雪還給天空。

從窗口望去，除了幾個出門巡視災情的人，宿舍村也失去活力。雪，沒人鏟，小路隱沒，大院子成了寬闊雪原，每走一步都得靠兩條腿高高踩下，若禦寒不足，很快變成冰棍。至此明白，細雪唯美、飛雪飄逸，與人的情感相印，但一旦成了暴雪，則是無所逃遁的牢籠。

我們三人關在家裡開始起了騷動。姚同學急著預訂三天後去機場的巴士，但電話

一覺醒來，車子淹在雪裡。

不通、網路不靈；車子陷在雪裡也得早點兒挖，免得結冰還不了車。姚頭丸一直問下午能不能去學校、明天能不能去學校，他想做幾本書的A.R. Test。台傭為錯估行李箱容量而懊惱，抱怨人類智能發展至今為何還克服不了「物質不滅定律」，大聲嚷著：「是誰說可以帶橄欖球帽回台灣的！是誰買這麼多『善存』！」沒人理睬，台傭一面壓衣物（姿勢凶殘，像摔角選手猛壓躺在地上的衰男）一面自己小聲回答：「是我我我——！」

星期五，學期最後一天，不知要不要上學？打電話到學校，語音回答：「學校關閉，直到一月……」。受暴風雪影響，手腳俐落直接放寒假。

所有的計畫都必須調整，討論「備胎方案」。所幸機場關閉一天半之後已漸漸開放，巴士也訂到了。大方向穩住了，其他小節走一步算一步。

聖誕節將至，宿舍村很多人得外出，鏟雪車忙著鏟大馬路還輪不到這兒，車主只能自救。有幾位男士分頭做工，欲鏟出車道。

鏟雪全憑力氣，這裡住的都是知識分子讀書人，即使手能縛雞也縛不了幾隻，鏟不到半小時必定氣喘吁吁、手掌起泡。有一位身材壯碩的老美頗有一點歲數了，在酷寒中鏟雪五六小時，其他人休息去了他還撐著，毫不計較氣餒，隨後他的太太與四個小孩也出動。我想，他們夫妻必定頌揚無私奉獻的精神以引領家庭、教育孩子。我特別感動，他所做的示範矯正了功利社會自掃門前雪的陋習。善行會感染，左鄰右舍漸漸開門出來，有工具的用工具，沒工具的找替代。我們只有一雙靴，沒鏟雪工具，只能學別人在鞋上套塑膠袋，拿掃地用的小畚箕湊數。即使如此，這小畚箕頗爭氣，讓

姚同學去「挖」車。

我立了不少功勞。

不多久，開來三部大型鏟雪車，歡呼聲響起。我深深感到在災難時刻才能檢驗一座城市的效能與品質。

這樣的暴雪是我未曾見的，對此地居民亦屬不尋常，據說列名五十年來第七大。這種盛況才第七，可想見前三名有多悽慘。朋友說，幾年前有一場雪，足足讓小學放假一個禮拜。

學校關閉讓姚頭丸很沮喪，他沒能向老師同學告別，好像事情沒做完，少了一個完美的句點。我們僅能託吳家代辦一切後續之事。

離開柯林斯堡前一天，歸還車子前，姚同學載姚小弟去Dunn小學做最後巡禮。無限藍的天空下，他站在淹至膝頭的積雪中與這所可愛小學照幾張相，當作話別。

暴風雪趕來送行，使這趟短期遊學缺了句點。也許，這是一種暗示，所有的遊歷與故事只會暫停不會完，說不定在某年某月又重新開始，像樹的主幹衍生旁枝。那麼，有沒有話別不重要了，對一個孩子來說，這棵異國遊學樹才剛開始畫呢；一望無際的白雪像一張紙，似乎說著：放手去畫吧，人生無限寬廣。

是的，人生無限寬廣。

再見了，可愛又溫暖的Dunn小學。

一個野馬迷的機場觀球報告

前情提要：

銀色聖誕前夕，我們告別美麗的科羅拉多。這一天也是野馬隊在自家主場迎戰辛辛那提孟加拉虎隊（Bengals）的大日子，這場比賽攸關野馬能否晉級季後賽。暴風雪凌虐後聖誕佳節前，科州的野馬迷不畏暴雪握緊雙拳等著吶喊加油。早上臨行，Hari教授送姚頭丸一本橄欖球明星球員專輯*Football Now*，說：「真可惜，你看不到這場比賽！」姚頭丸露出哀怨的眼神。

丹佛機場候機室，電視正現場轉播比賽。我猜那是唯一一次旅客希望飛機延遲起飛的，姚頭丸擠在一群老美中間盯著電視，不時傳來沸騰的聲音：「Go! Go! Go!」機場屋頂快被掀了。

後來，他發了e-mail給Hari教授，「紙上轉播」那場比賽的精采片段。這原是小孩個人的激情不足為道，然而，想想那個處處散發運動活力的城市在短短數月間對一個異國孩子的影響，不禁讓我想保留他的運動熱情像把漂亮大樹的葉子夾入書頁一般。我期待我們社會也有集體大汗淋漓、不畏強颱去為一顆野球吶喊的時候。原信雖經姚同學「指正」了幾處文法，但無損小野馬迷的澎湃情緒：

Dashing Through The Snow

Dear uncle Hari, and family,

How are you guys doing? I am doing very well! And remember when the Bengals played against the Broncos? The Broncos won, do you know what happened? Let me tell you.

First quarter, the Bengals ran the ball and scored a touchdown.（0&7） Next it was the Broncos' turn.

But the Broncos could not get a first down so they punted it away. And the Bengals's Carson Palmer was sacked by the Broncos, now it was second down and 10 yards. Still, Carson Palmer did not do very well, he passed the ball to their wide reicever Chad Johnson, it was intercepted by Champ Bailey! Then the first quarter was over.

Second quarter, the Broncos were on their 38 yard line, Broncos' center Tom Nalen snapped the ball to the fullback Kyle Johnson, he passed it to Jay Cutler, then Jay Cutler passed it very far to Marshall. But he got the ball when he stepped on the line, and the referees were deciding whether it was complete or not?

Finally it was complete, he got the first down inside 10.（Yes!） On third down and goal, Jay Cutler got the ball, and he passed it to their tight end

Tony Scheffler, next the Bengals' Jackson chased up to cover him, and Tony Scheffler caught it, once I thought it was intercepted by Jackson, but he got the touchdown! 7&7, tied.

They kicked the ball to the Bengals, first down and 10. Carson Palmer passed it to Chad Johnson, he started to run, Champ Bailey, Domonique Foxworth and someone tackled Chad Johnson, he fumbled the ball and it was recovered by Champ Bailey.

First down and 10 yards, Jay Cutler got it, He passed very far to the wide reicever Javon Walker who was in the end zone. He caught it and got the touchdown. That was their second touchdown in this game! 14&7.

Unluckily the Bengals kicked a field goal, 14&10. And later scored a touchdown, 14&17 now.

Third quarter began, the Bengals were on the offense first, but they could not get the first down, they punted it away.

But one of the Bengals caught the ball when he was near the end zone. Once I thought Broncos would start on their 20 yard line. But the referees ruled that he was not in the end zone. Mike Shanahan was angry about it because they had to start on their 1 yard line, and if the QB was sacked by the Bengals when he was in the end zone, the Bengals would get the safety and score two points.

First down and 10, Broncos ran the ball and only got 1 yard, second down and 9. Mike Bell got the first down by running the ball for 11 yards.

Several plays later, the Broncos just needed about 20 yards to score a touchdown, but they could not even get the first down and became third down and 11. But how amazing! The Broncos wide reicever Javon Walker ran the ball with 11 yards just like he was the running back, first down and goal. And Mike Bell ran the ball and scored a touchdown!!!! 21&17 now.

Fourth quarter started, and still it was the same score, the Broncos kicked a field goal by their kicker Jason Elam, and they got 3 points. The scores became 24&17.

The game was almost over, but Bengals scored a touchdown, 24&23. Now the Bengals were going to kick an extra point, the snow became a little bit stronger.

Bengals' holder could not catch the ball, and the kicker of Bengals could not kick it.

But they wanted to win because if they did not win the game, they could not get the playoff spot. So they used on side kick to give them a chance to win.

But one of their players fouled. Then they could not use on side kick now. And fourth quarter was over. Broncos won by the scores 24&23.

Uncle Hari, Broncos did a great job!!!!

Have a Happy New Year in Fort Collins!

Your friend

Jack Yao

寄望

不想看到的事

我希望每個孩子都喜歡上學，像春風吹來，每一片樹葉以口哨響應。我希望每位老師教學的青春永駐，即使白髮如霜亦不覺疲倦。我希望那方小小講台是阿拉丁的魔毯，老師帶領一群孩子探索生命意義，遨遊知識殿堂。

作為一個媽媽，我不想看到以下這些事。

1打：最最不想看到教室裡老師打人。當那隻手高高舉起，那瞬間他不是老師是魔鬼的僕人，教室不是殿堂是集中營；不管以棍棒、手掌或以腳踹，在大庭廣眾下怒氣沖沖打人，尤其對一個孩子動手，他怎可能是一個老師？至於性侵，請恕我不在此描述，那人應直接送到監獄或地獄報到。

2精神虐待：不動手打人，但改以丟粉筆、丟茶杯、丟鉛筆盒、丟鞋、丟書，或怒氣沖沖衝到學生座位將他桌上所有東西掃到地上，再吼他：「站起來！」讓他站著上課，讓他的書本文具滾得到處都是，再彎腰像一條狗兒一樣樣從別人腳縫撿回來。

這樣做，除了用虐待他人換取自己的情緒快感之外毫無意義，這樣做的人，我們能叫他老師嗎？至於喜歡用「集體凌虐」如全班罰站罰跪吃紙，藉眼見他人受苦以求得極大情緒高潮的人，對不起，「老師」兩字我叫不出口。

3辱罵：白癡、笨蛋、弱智、低能、只會吃、啞巴、聾子……，這些帶著病菌的言辭不應從老師嘴裡吐出來。

4絕對權威：當學生挑戰老師的管理、教學時，可不可以不要像帶刺的玫瑰，而是像溜滑梯，學生可以上得去但他知道爬太高很危險，老師可以溜下來但隨時知道怎麼上去。可不可以不要出現這種念頭：你以為你爸爸是教授就什麼都懂？你以為你媽媽是法官就可以這樣嗎？如果我們死也不會拿老太婆的裹腳布來纏頭擦嘴的話，我們也不應該把惡質惡臭的觀念供奉在大腦的神龕裡。

5分數崇拜：可不可以不要在考卷上打這種分數：九一．五，八七．二五，除了醫院對病人的檢查數據應力求精確之外，我很不想看到這種評分。可不可以不要語帶威脅：「這次考試，七十分以下的人考卷抄十遍！」可不可以不要機械式的重複練習；考過的考卷訂正後抄一遍，次日用一模一樣的考卷再考一遍。你會把吃過的食物吐出來，炒一炒，再吃進去嗎？

6攻訐：我也不想看到或聽到，有老師在學生面前痛罵另一個老師或校長。想想那種場面有多猙獰，那種示範有多可怖；一個老師竟站在講台上怒不可遏地罵另一個老師，說他沒資格、憑什麼、自私……。亂倒情緒垃圾跟隨地小解有何不同？

7不回應：不管家長在聯絡簿寫什麼，都不回應。讓家長像失戀的人胡思亂想：孩子沒交給他嗎？老師生氣了嗎？太忙忘了嗎？我得罪他了嗎？他會對付我的孩子嗎？

8政治奴性：我真的不喜歡校園裡有政治邪氣。可不可以不要談政治，不要談個人的意識型態。我們一定要請政治人物來校演講、頒獎嗎？學校可以公然幫打算參選國會議員的家長發文宣、插旗幟嗎？一個教育者站在政治人物面前，不需要卑躬屈膝。能不能拉出一條嚴謹的界線，告訴所有政治人物：這裡是莘莘學子的殿堂，琅琅書聲甚好，請您安靜。

9失控的家長：我真的也不想看到一些失控事件。譬如不理性的家長，把老師當成轄區內的假釋犯，不時予以監督、詰問。我也不想看到因孩子而結怨的家長在校園內對罵。我當然也不想看到鄉愿、永不道歉、從不認錯的校方置身事外。

10最後一件，讓我想一想。

我想看到一座被愛與熱情包圍的校園，這校園就在台灣，明亮、溫暖、和悅、認真、誠懇，每顆種子在這裡學習發芽，每位老師都交給種子足以禦寒的祝福。

這最後一件，請允許我先嘆一口氣……

我衷心想看到老師關愛失親的、貧家的孩子；因為富人與貧家最大的差異在於，當黑夜降臨，富家之子手上有燈，而窮人家的孩子只剩——

老師。

媽媽送你九樣禮

親愛的姚頭丸：

這趟旅行已到了尾聲，回想夏天剛來時的情形，不免驚嘆時間如箭一般飛逝。短短數月，我們三人各有收穫，也重新發現彼此的新優點。尤其你，你的適應能力以及快速融入新環境、認真學習的種種表現，讓我覺得安慰。可見，你的眼睛能接受新事物，你的腳能走遠路，你具有我們從未發現的另一種勇敢。希望往後回想這次旅行，你都能記起這份樂觀、勇氣而以自己為榮，持續用這種精神面對人生的每一次新開始。

還記得開學第一天老師送你的十二樣見面禮嗎？旅行將盡，換媽媽送你禮物。送什麼好呢？我得想一想。

但首先想起的竟是你送我的禮物。一張畫，你一定忘了，因為那時你還未上幼稚園，成天在家跟著我瞎混，有一天抓一枝橘色筆在紙上咻咻亂畫，說：「媽媽，送妳！」我收來看，嚇一跳，你畫了八個太陽八個蘋果送我，每個太陽負責照耀一個圓滾滾的大蘋果，畫滿整張紙。我把那張畫折成小方塊放在皮夾內，提醒自己要活得正派明亮、圓融平安。

我該送你什麼呢?你的人生還在山腳下，但輪轉的四季會推你上坡，我的人生風雨已過，正一步步往下走。下坡的人口袋裡總有一些還算珍貴的感悟，值得與未上坡的小子分享。有些你不見得懂，先聽一聽，把它收在心裡的小口袋——就像你把什麼東西都收起來不丟般，說不定有一天當你獨自面對困境或必須做抉擇時，這些話語會生出奇異的力量，協助你鼓起勇氣，掌舵前行。

媽媽要送你的**第一樣東西是一片葉子**。

每一片被你拾起的葉子都有名字，都曾隸屬於一棵也許很老也許還很年輕的樹，站在山谷或繁華的市街，有自己的形狀、顏色、香氣及生滅的習性。我希望這一片葉子提醒你內省自己的生命，從何而來將往何處去，尋覓所隸屬的那棵「樹」，身心安頓，盡情展現生命的丰采。即使只是一片葉子，也應感謝陽光的照耀。

第二樣禮物是一個秤。

首先，在秤的兩端擺上柔軟的情感與相對等的理性，就像一斤棉花與一斤鐵。情懷感觸是你天生具有的，但理性需靠後天訓練。遇到事情，不可只用情感情緒做主，亦需客觀理性，不能只看眼前也要思索未來，如此才能從紛擾雜亂的現況中做出正確的抉擇。凡事皆有正反，猶如黑夜與白晝，希望你能慢慢體會這把小秤的重要，靈活地運用，懂得如何保持平衡。

第三樣是一塊炭。

我希望你記得，一個行布施的人生比掠奪的人生有價值，一個慈悲的人永遠比貪婪的人更接近神的胸懷。你爸爸與我都是來自重視品德修養、為人處事道理的平凡家庭，即使家運不濟之時，長輩也不曾放棄教導我們修身行善。我當然也應該把這份「家傳」交給你，希望你提醒自己修養品德，並且在能力範圍內思及不幸之人而多行善舉；無需湊熱鬧做錦上添花之事，希望這塊炭提醒你，雪中送炭的意義。

還記得曾與你同班一年的S嗎？他剛轉學來時很不適應，後來我們知道他的身世悽苦，三歲時媽媽病逝，曾寄宿於外地學校，鮮有家庭溫暖。

有一晚臨睡前，你談起他在班上的表現，有些地方跟不上，同學對他頗有微詞。我從你的描述中揣測，S在班上並不好過。

我說，好比兩個人一齊走路，一個身上沒背東西走得又直又快，另一個背著很重的包袱走得慢，腳步也歪歪斜斜地。前面那個罵落後的這個：「你怎麼那麼慢！努力一點好不好！」S身上的包袱是你們這些有家庭照顧的人不能想像的，不要嫌他慢，他現在最重要的不是走得快而是走得穩，等他學會穩住腳步，你們誰也追不上。

我又說：對一個媽媽來說，最痛苦的莫過於生了小孩自己卻被死神抓走而無法親自照顧，孩子哭了，無法抱他，孩子餓了，無法餵他。如果可以，媽媽的靈魂一定哀求死神：「我已經死了，可不可以先不要離開，讓我多看看我的孩子。」死神答應她。S媽媽的靈魂說不定還跟在他後面，看到同學對他這麼不客氣，一定更痛苦？如果你能憐憫他的不幸，善待他，S媽媽一定很安慰，會對你的「心」說：「小朋友，謝謝你對我的孩子這麼好！謝謝你……」你們應該想一想失去媽媽永永遠遠再也見不到的痛苦，幫S媽媽照顧他的孩子才對啊！

我未說完，你已淚如雨下，哭出聲來：「S再也看不到媽媽！」哭得彷彿是你自己失去媽媽一樣。

這一刻我知道，你有一顆善良柔美的心，你能憐憫、體恤他人的痛處。善良，是上天給的珍貴天賦（當然，處在現今社會有很多人不能認同這點），我希望你能保護這顆善良柔美的心，從身所為、口所言、意所生，散發慈悲。

我特別叮嚀你，不可對S說出任何一句會刺傷他的心的話（你說，有同學看了《魯冰花》電影，故意在他面前唱：「夜夜想起媽媽的話……」），當同學對他不友善時，要挺身勸解。也許你做得有限，然而你的友善態度已讓S感受到了。有一天，爸爸去接你放學，你尚未下來，S正巧在校門口晃，他看到他，大概爸爸的臉讓他立刻聯想到你遂覺得相像得太有趣，竟走過來問：「你跟我班上的姚某有什麼關係？」爸爸回答：「我是他爸爸。」他立刻說：「喔，他是我的好朋友。」

我很欣慰你是雪中送炭的那一個，不是在他人傷口撒鹽的人。

第四樣禮物一定讓你覺得疑惑，送筷子做什麼？

沒錯，我要送你**一雙筷子**。

筷子一定成雙成對，否則就不叫筷子。我想先讓你知道，人生中很多追求與努力，成功或成果，一靠實力一靠機運，雙雙配合方能取得。我們固然應該為了目標而努力不懈地鍛鍊自己的實力，但也必須留一點空間給「機運」去發揮，因為天底下沒有必然成功的保證。然而，你要相信媽媽的經驗：天底下也沒有白吃的苦頭、白捱的磨練、白受的罪；好比說，有的人拿的兩支筷子一樣長，很快夾到盤裡最好的那塊肉，你拿的筷子卻一支長一支短，明明實力不比別人差卻短少了機運，當然夾不到菜。你看著他人大口大口吃飯嚼肉，心裡鬱悶，真想把筷子扔掉——那就是自我放棄，千千萬萬不可如此，這世界上沒有任何人任何事可以叫一個生命白白毀棄自己。

若以後你碰到這種處境，要記得媽媽的筷子理論；只要你能挺得住挫敗感，耐心地在每個日子裡自我鍛練，總有一天，你的實力會對應到與它相當的機運而開花結果——換言之，那一長一短的筷子可能召來兩雙筷子，而這個結果是你當年意想不到的。

第五樣禮物是鐵釘與榔頭。我用它來代表自信心與意志力。

小小一支釘子，被榔頭敲入牆壁後，竟能掛住比它重百倍的畫或櫃子，多麼奇妙！信心與意志力也有相同的作用，它是我們人生的釘子與榔頭，能掛住夢想，實現願望。當我們欣賞一幅畫或看到別人牆上的掛櫃時，很少翻看背後用什麼釘子掛的，同理，對於他人的成功，總是驚嘆、羨慕或生出不是滋味的嫉妒，也很少探問釘在他們背後的那根釘子有多粗多長，是何等深入地敲進身體才能掛住龐大的夢想！

我希望你把自己的釘子、榔頭收好，不要丟棄，以自信與意志力迎接成長過程的每一場挑戰，不要畏縮、驚慌、逃避，遇事不可自我打擊：「我不行，我做不到……」何不換個角度想：「我要給自己一個機會嘗試，不難，一定可以做到……」即使當你嘗試時，四周傳來嘲笑，你也要為自己展現更強大的信心與意志，不可敗陣下來成為一生的痛苦回憶。

還記得Dunn小學音樂會中那位說話很慢的男孩嗎？他站在舞台上一字一句那麼認真地誦念故事，充滿勇氣，不只證明自我也鼓舞別人。而你，自從在台灣你的學校某次在台上出醜，被老師當場評論「台上一條蟲，台下一條龍」後，你對上台充滿壓力，形成恐懼。雖然我們在家做了一些練習，你依然害怕得不得了。每當我們討論這事時，你總是抱怨老師在那麼多人面前這樣評論你，害你丟臉。我說，如果你是一個肚子很餓必須出門買食物的人，你會因為天空下雨而站在門口抱怨嗎？不會，你當然會撐傘趕快去買食物。同理，如果你對某項學習感到饑渴，你才不會在意老師或同學的表情、評論，你會驅策自己勇猛前進。因此，以他人的評論——「都是誰誰誰害我怎樣怎樣」的句法，其實是最偷懶的、把責任推給別人的作法。我每聽到這種句子，總會反問：「如果他批評你吃飯的樣子不好看，你是不是就絕食了！」

我想，問題的癥結在於，你把自己的鐵釘與榔頭弄丟了。

親愛的姚頭丸，媽媽也曾經丟掉過榔頭與釘子。

高中時，我念的高中是聯考排名倒數一二名的，有些同學會故意反背著書包，以免路人看到書包正面的學校名。有一晚，我從圖書館出來在火車站等小火車回台北，昏暗的燈光下，我依然捧書默讀。隔不遠，坐著一對六十多歲老夫婦，老婆婆大約看到我，對老公低聲說：「你看，真用功！」沒想到老公絲毫不顧慮我會聽到，竟以較高的聲音評論：「用什麼功，××高中的，假用功！」

我確實被這一番評論傷到心了，更加對自己的未來感到徬徨；念升學率不佳的高中，又沒錢去補習，我拿什麼跟別人競爭？那一晚，我把寶貴的榔頭與鐵釘丟在小火車站了。

然而，我越來越不甘心，心想：會對年輕人講那種話的老先生顯然沒什麼涵養，根本不值得尊敬。我為什麼要讓一個我不尊敬的人傷到我呢？如果我被他影響，那豈不是胡塗了，居然隨隨便便被一個沒修養的陌生人控制心緒甚至影響未來！

我找回榔頭與鐵釘了，而且這副比以前的大。心中響著一個聲音：除非自我放棄，否則誰也傷不了我！

還有一件事也很慘。從高中到大學畢業約六七年時間，我不斷向幾家大報副刊投稿，每投必退。當時投稿若須退稿必須自附回郵信封，我寫成新稿，照例在郵筒前祝這篇厚厚的稿子「一路順風」，寄出後不久，也照例會收到厚厚的退稿——裝在我熟悉的筆跡寫好的信封裡。如果一個人連續挫敗六七年還愈挫愈勇，表示他真的適合走這條路。但另一個更重要的原因是，我已經知道怎麼使用自己的釘子與榔頭了。這些往事，希望能讓你明白，沒有挫敗的人生就像一顆欠缺水分又不甜的西瓜，沒多大意思。面對挫敗時，懊惱、生氣、抱怨之後，記得拖出工具箱，把釘子與榔頭找出來。

既然談到工具箱，**第六樣禮物**也跟工具有關，不妨一併交給你。

我要送你**一把鏟子**，你現在還不需要，但難說有一天媽媽不在世上而你的心傷得千瘡百孔，屆時，希望你想起這把鏟子，一鏟一鏟地填補心靈裡的坑洞，在不為人知的時刻，全心全意修補自己。

傷是怎麼造成？有時連自己也說不清，但那些大大小小的洞卻標示著已發生的事件；盡你所能地找出每一個洞的成因，勇敢、誠實地面對，掏出洞內積存的東西——憤怒或懦弱、恐懼、怨恨、不甘心等，把這情緒再複習一遍，接著想一想：「我要保留它，讓它繼續在寸土寸金的心靈版圖佔一席地嗎？它值得被當作傳家之寶保留嗎？我要繼續讓造成坑洞的那個人坐在我心靈的寶座上還是現在就把他轟出去？」

如此反思之後，你會聽到自己內心最真實的聲音做出最好的決定。最重要，你將發現自己比以前更強壯了。

第七樣禮物是四把鑰匙。

第一把提醒你管理自己的健康，一生都不要失去運動的習慣與樂趣；你要記得爸爸從小陪你運動所花的心血，長大後要繼續保持。身體是你唯一擁有的獨木舟，用來乘風破浪，尋找人生的金銀島。不論何時何處，都要好好管理。

第二把管理你的財富，要懂得開源節流、投資理財的道理。這一點，媽媽已經開始教你理財的方法；你的紅包與零用錢原本放在撲滿，現在放在銀行存定期定額基金。雖然很少，但理財之道本來就是從小砂粒開始理起。我希望你擁有正確的物質觀，將來勿墜入時尚名牌的消費漩渦不可自拔，把物質當作滿足虛榮、填補空虛的捷徑，不知不覺成為名牌奴隸。

第三把，管理你的感情。總有一天，感情的追求將緊緊抓住你的心，甚至左右你的思緒，這是人生的必然過程。我希望你能慢慢體會，感情之事不可強求亦無須苦苦等待，更不是霸佔為王。在追求的過程中，不可傷人亦不應自傷。樹枝上綻放的花朵很美，感情傷口的瘀痕血花則一點也不美。

第四把，管理你的生活。這一點，你真的要加把勁多學一學。只要是人，只要活著，總有家務瑣事，總有作息起居。這些事都不重要，但若你不會處理，每一件都會煩死人。將來，不管你在外求學就業或是成了家，希望不要讓我一踏進大門以為自己掉到福德坑垃圾場。

第八樣禮物是書。但願你一生都不要失去對知識的熱情，不丟掉閱讀的樂趣。不止是書，希望藝術、音樂亦常伴你身邊。你能優游自得地享受獨處時光，因閱讀而擁有豐實的心靈。

送你最後一樣禮物之前，我想起一件事。

幾年前你剛轉到新學校，與同學相處有些小磨擦，又想在課業上出頭，弄得頗有挫敗感。有一天臨睡前，竟覺得自己什麼都做不好，不像某某同學什麼都好。

我說：「你怎麼這麼想？上天給每個人不同的天賦與禮物……」

我的話未說完，你哽咽地說：「上天沒有給我禮物！」

我嚴肅地說：「你永遠記得，上天給每一個人禮物。但是，祂不告訴你禮物放在哪裡，你必須自己找。有的人很快找到，大叫：我找到了，有的人過不久也找到了，說：我也找到了！有的人還沒找到，怎麼找都找不到，於是傷心地說：上天不公平，沒給我禮物。你現在沒找到，不代表二十歲時找不到；二十歲沒找到，不代表三十歲找不到。有些禮物非常特殊，祂要先訓練你的力氣，你才能打得開那禮物。我也曾經認為上天沒給我禮物，後來才發現祂有給我……」

「祂給你的禮物是寫作。」你說。

「沒錯，跟考試一百分、全校前三名、全校長得最漂亮比起來，這個禮物太珍貴太珍貴了！」

「祂給我的禮物是什麼？」

「我不知道，你要自己慢慢找，你還小，急什麼？不過，我確信祂給你一顆善良的心，給你還不錯的學習能力，健全的身體——雖然扁平足有點瑕疵但還可以啦，給你溫暖的家，你看，隨便數數都四樣了你還有什麼不滿意的！上天對你太好了！」

你還記得這事嗎？

這就是我要送你的**最後一樣禮物**，**一個盒子**。

但願這個盒子提醒你，在這世界上，有一樣禮物是專屬於你的，你是被上天祝福過才到這世上的。不管處於何種困境之中、陷於泥濘路上，都要鼓舞自己站起來、邁開步、向前走（這是以前我鼓舞自己的口訣），去尋找上天給你的禮物。

有一天你會明白，上天給人的禮物中最珍貴的是；在一無所有之中，一個人竟能突破重圍，建設燦爛、溫暖的人生，反過來對上天說：「嘿，我把自己當作禮物，送給你！」

把這九樣叮嚀放在心裡，希望它們比書包裡任何一張考卷更能陪你走上漫長的學習之路。希望你的一生朝向圓融與明亮，如同你稚齡之時毫不遲疑、慷慷慨慨送我的那張畫：

八個蘋果伴隨八個太陽。

後記

1.

這本書是從天上掉下來的。

換言之，我們拖著行李抵達柯林斯堡（Fort Collins）那一天，我完全不知道往後五個多月會有十二萬字自我的指尖敲出。我怎能想像這些？到那一天止，我因乾眼問題還是個拒絕用電腦寫作的手工作家，行李箱內有一疊稿紙以及預定完成的功課。

事情開始起變化是在安頓之後，二姚出門幹活，我在家看不到半個中文字頗似魯賓遜漂流荒島有點兒精神飢餓，被逼著上網用一指神功打字發「簡氏報告」e-mail給親友團。沒想到這台筆記電腦像個小書僮乖巧聽話，未刺痛眼睛，平日做慣家事手指還算靈活，速度漸快，一指練成三雞兩鴨飛奔狀，字越打越多。偏偏親友團個個充滿同情心，回應迅速、言詞溫暖、語多鼓舞（簡直就是好不容易把禍害送出去怕我住不慣溜回台灣般），令我百感五內，載欣載奔又打了幾回「簡氏報告」分享異國生活所見，以慰身陷焦躁生活的諸親好友，文末且附簡氏工商服務自娛娛人，十分不正經。如此「媚來媚去」竟一步步越陷越深；字打得飛快，想分享的事很多，我像個臥底的，每天給總部送一點情報，總部也每天記我一支嘉獎。

原本這是快樂的事，但事情又開始起變化了；隨著姚頭丸帶回的學校訊息越來越多，我的心情越來越沉，這所小學逼我看到別人的教育現場。

姚同學念過民國四十年代的城市小學，我念過五十年代的鄉下小學，這些陳年舊事姑且不提；姚頭丸念過公立田園小學及私立小學，周遭親友正巧都有孩子念小學，平日聚談所及超過十所小學，統整各家留給我的印象，發覺生態大同小異。我儲存著對台灣現今小學的認知，以此為座標試著認識這所美國小學，才發現無法放進我的認知系統，茲事體大。

我告訴親友團不再寄信了，要認真思考寫一本書的可能。

2.

首先，我得回答自己幾個問題：

美國生活是個舊廚房舊材料，何必去炒？「旅遊」題材滿坑滿谷到了膩的地步，誰有興趣看天黑就回家、危險的地方不敢去的中年老袋鼠全家出遊記錄，既無玩命冒險、夜店狂歡又無異國豔遇。坊間談異國教育差異的書甚多，我不是教育專家也受限於停留時間短暫，如何能碰？市面上宣揚「資優兒童」、鞏固智育掛帥的書大多單薄，封面放天才兒童照片以刺激其他父母的焦慮感讓他們更看不起自己孩子繼而增進補習班業績的作法，素來為我所不喜，我能抵抗出版社的操作意圖與讀者的誤解嗎？為什麼非寫這本書不可？我的這趟旅行跟別人有何不同？

每天，我面對自找的問題好似開門看見大窟窿，頭就痛，幾乎要搥腦（電腦）刪除所有檔案一了百了。之後，我換個角度自問，到目前為止我看到這一趟旅行所帶來的最特別之事是什麼？

「轉變」，是的，我看到轉變。

看到孩子進入一所校園氛圍親切、老師臉上掛著笑容的學校如沐春風（那個牛皮紙袋讓我眼眶微紅），展現了積極學習與主動閱讀。看到我們一家暫時脫離令人沮喪不斷紛擾的社會，卸除無力感之後，心情如在桃花源安頓一磚一瓦般愉悅。看到帶一個家出國「慢遊」，分工合作，每一件記憶都顯得熱鬧珍貴。看到孩子在溫暖有禮的學校變得溫暖有禮，我們在文明的社會變得文明，處於微笑社會也時時在臉上掛出微笑。

於是，我知道這趟旅行最特別是，展現了全家一起出遊的「短期租住」模式——非小留學生或母袋鼠帶小鼠型的移民行動，而是大人小孩共同體驗的「遊學」之旅——遊小學、遊生活、遊山川。旅遊，也是教育與學習的一部分，浸泡於他人社會藉以檢查自己社會之有所不足，或許就是這趟旅行漸漸跨過私體驗界線進入公眾思維之後，不得不負起的任務。

既然是「任務」，我的角色很清楚了：假設，請讓我大膽假設，我是教育研發暨國際考察組（別懷疑，這是個剛剛才虛構出來的單位）從全國數百萬家庭中挑選出的「種芽家庭」——為了進行教育改革，政府派遣家有小學、中學生的家庭在父母至少有一人隨行的情況下，再配合一位老師，同時赴有關單位擇定的一所國外學校「寄讀」一學期。學生浸於異國教育系統學習，老師進入班級隨堂上課以記錄教學現場與學校經營，隨行父母從家長角度觀察孩子的變化，記錄一切轉變與心得。

假設，在擬定教育改革具體作法之前，兵分二路：有一百個種芽家庭與一百個老師分佈於全國各中小學發掘問題、認真記錄，另有一百個種芽家庭配合一百個老師外派到五個國家的一百所中小學進行為期半年的教學現場體驗與考察。半年之後，這總共二百個老師與二百個家庭所提出的具體報告、紀錄片，相互參照、對比、研討之後，會讓我們的教育起什麼變化？又假設，這些教學現場紀錄片透過研習網絡（或電視時段）讓老師與家長觀摩、觀賞，不談大理論，就只是看電影一般，看我們的孩子與他國孩子所過學校生活之不同，看一部兩部三部四部五部⋯⋯之後，我不相信做老師做父母的內心毫無感覺！

最後一個假設，我是外派種芽家庭之一，以作家的本能訓練，這本書便是該報告應有的樣子。

我希望這趟旅行中關於小學教育的種種見聞實錄，能展現異於教育理論的親和力與臨場感，讓「小學部隊」同胞們——包括小朋友、老師與父母——從中獲取活力與熱能，即使是一點驚訝一絲遲疑也比麻木沮喪好。遇事我總想，為什麼別人做得到我做不到？這種想法意謂著還有改革的熱情與學習潛力。借他山之石或許能對照出我們根深柢固的某些觀念不只不是「學習」而是「反學習」，某些填鴨式教育技倆乃過去聯考的餘毒。這些觀念與作為雖然「保證」了孩子在成績單上的數字，卻可能逐步扼殺「閱讀食欲」與「學習的興奮感」使之從小就是個「投機客」——要考的才讀，不考的不讀。最後，變得像大多數的我們一樣：離開學校就不再看書了。

我們做父母與老師的，要把這種人生再次、再次、再次塞給孩子，然後自豪地說：「一切都是為他好」嗎？

3.

感謝許多朋友協助，Hari家、邱顯聰家、王志民家、孟繁村家、張蕙玲家。最感謝的是親友團近乎盲目的熱情相挺、隔空吶喊，促成本書誕生，他們是老友惠綿、照美、可風、怡馨姊、美蘭姑、毅安、吉廣與老師、曼君、敏麗、麗雲、千慧、玲君、希如、子庭。

謝謝印刻初安民、江一鯉竟然為這本小書火力全開。謝謝名慶不眠不休為這書趕路。

謝謝姚同學與姚頭丸，他們爺倆幫了大忙。放心，我會繼續煮飯的。

二〇〇七年五月

雪地作者照

附錄

附錄一
親友團的信

簡媜姊：

看著妳分享美國的教育，心情是有些影響。這影響是好的，有對於姚頭丸在異國環境努力的感動，有教師對學生用心的感動，也有點想要對台灣教育做些什麼的衝動。總覺得「認命」是我們最大的本錢，知道姚頭丸在那邊過得好，不會因此相對地覺得在這邊特別不好，反而整個心情跟著姚頭丸一起變好。讀妳的e-mail是愉快與讓人期待的。

——毅安　雅惠　嘉宇　瑄宇

簡媜姊：

我了解妳感到心情不好的情緒，雖然我還是好想看到關於這個小學的任何事情。看起來，如果可能，姚小朋友還是在美國繼續讀下去，會比在台灣快樂許多，也許也會學得比在台灣多。

我姐姐在她女兒國中二年級的時候，決定把她送去美國姑姑家當小留學生，因為父母意識到，如果這孩子在台灣繼續讀下去，一定會叛逆得不知會發生什麼無法掌控的事！她太聰明了，卻沒有發揮的空間；她讀的是私立中學，學校非常嚴格，每天有寫不完的考卷，她在班上不是第一名就是第二名，但是我們都已經看出她的脾氣越來越暴躁而且對課本和考試越來越厭惡，但還是勉強自己照單全收！後來，姐姐一家也趕緊移民，全家都在美國生活。我的甥女一開始不太能適應，但是第三個月就已經有好多朋友，而且越來越快樂。現在，她是加州柏克萊眼科醫學院碩士班學生。

很奇怪，台灣小孩和家長也都很努力啊！但就是沒辦法讓小孩又快樂又願意吸收知識。我的彩光個案中有幾個小朋友因為這樣需要來做彩光，也有大學生來作治療，因為不知道自己是「什麼東西」，將來能夠「成為什麼東西」，醫院判定他們是憂鬱症患者，從高中開始就吃憂鬱症的藥。後來跟惠綿姐一印證，她也覺得她的學生越來越多憂鬱症，這跟整個社會教育體制出了很大的問題有關係吧！希望妳的書能夠趕快生出來，至少給這快要成為一潭死水的台灣教育投下一顆會泛起漣漪的石子！

——可風

Dear 簡媜：

今天從宜蘭回台北才打開信箱收看簡氏報告，不瞞妳，繼施明德反制扁新聞以來，這兩封創下本人e-mail點閱率新高，不下犯毒癮的程度。忽然覺得自己儼然成為第一男主角（姚頭丸）的新粉絲。

信裡的畫面很清楚，看信的人不得不嚮往那樣的生活環境，那樣的生活品質，妳說每當看到異國優於台灣的……那樣的感嘆，這使我想起上回去希臘時，看見愛琴海那一刻的撼動，竟然是怎麼和蘭嶼的海一樣的美，一樣夢幻的藍，常看IKEA的商品推銷希臘藍，怎沒聽台灣人在推銷蘭嶼藍？

昨日在宜蘭時看見天空灰藍透明，像浮一層淚光，不知為什麼總覺得是老天在看台灣人民的眼神……

寫到這裡，我大約知道自己為什麼會一直點閱妳的信，因為裡面有陽光，有能量，這麼充滿能量的所在（或原本能量就充沛的妳在磨亮異國生活），看信的同時，也跟著沾光，通電，幸福一件。

到時候，妳會不會不想回來台灣了……

——子庭

哈囉：

收到妳第一封e-mail就急著想回應妳，孩子一聽到一天寫功課不能超過四十分鐘，別說他們，連我都羨慕不已。台灣小孩每天補東補西，真可憐。不愧是作家，看妳形容的辭句，都像置身在那美景裡。當妳看到那無限藍的天空時，提醒姚頭丸，他有個同學叫天藍——其實他的名字，和我們在美國看到的藍天是有關聯的。在美國就是有一種很悠閒的感覺，像妳說的，政府不給我們過好生活難道是有長遠的道理？我想是擔心哪天共產黨來，怕我們適應不良吧！

——千慧

簡媜：

很久沒有看到妳的雌雄本色了，這次頗有英雄氣概，恍如舊識。很好奇，妳究竟希望小姚長成何等樣人？雖然隨順他東飛飛、西飛飛，卻總覺得線頭還在妳手中！

——吉廣輿

親愛的簡媜：

謝謝一直分享異國教育見聞，每次讀完總是感觸萬千（妳說得對，很影響心情）。我很贊成妳把這些觀察與體驗寫成一本書。我這兩年密集接觸人智學與華德福教育，著迷之餘，也常想到這理想的教育方式該如何在已經千瘡百孔的現實中落地生根?但現實是如此慘澹無望，這問題一直無解。我想，姚頭丸的學校或許有許多天時地利人和，才能讓主事者充滿自信地往前走。不管大環境如何，真正落實一種美好的教育模式是很令人嚮往的!

——玲君

附錄二

開學十二樣禮物迴響

編按：〈老師的十二樣見面禮〉中姚頭丸老師在開學時給學生的禮物，激勵作者老友台大中文系李惠綿教授，她借花獻佛，將這份禮物清單製成A4講義，開學時送給學生。以下收錄的就是學生對這十二樣禮物的迴響。

1.

一開始看到開學十二樣禮物，有點一頭霧水，經過老師的解釋才恍然大悟，原來是個別具創意的開場白，讓我覺得這是一堂包容力很強的課。十二樣禮物都提醒我們正向的看待別人，也看待自己；提醒我們面對錯誤的態度，是接受它，轉變它。

十二樣禮物不只在國文課，更在生活中不斷提醒我：放開心胸去感受別人，靜下心回頭審視自己。再由這種過程中，激發出各種想法，各種體會，而得到多元的成長。

台大公衛系吳宜娟

2.

很久沒有這樣的感動，開學十二樣禮物，一份真誠的心意，一張紙的感動。真心誠意在這個時代，一切都被認為是虛假。老師在這學期不斷給了我很多的震撼：原來人，可以堅持信念，就算很多的眼淚和心酸，也都可以不妥協。我一直以來都盼望著回到自己的母校教書，我想當一個當年坐在台下期待遇到的老師，我也想給學生這十二樣開學的禮物。許多年以後，老得不能走動了，坐在安樂椅上輕輕的搖著，一陣清風拂面，我想我會想到老師。這一生不想有因為沒有做到而後悔的事情。

台大中文系陳楚賢

3.

記得第一次收到老師送我們的那十二樣禮物，當下的反應是有點錯愕又不知該如何收下，但是剛上大學的我，很乖的把老師的話記在心裡（笑），不論面對什麼事情，我都會想起第一次見面時，老師給我的感覺——即使行動不便，但對學生無限的關懷與教學的熱忱——我深深的懷疑是否坐在台下的我，才是那個行動不便的人？這個學期以來，我碰到許多挫折，肇因於自己對自己的期許，我不希冀有多亮眼的成績，我求的是任何事情都盡力參與，所以我負責了很多活動，甚至將很多實驗的繁雜工作都一肩挑起，因此，在學業報告與活動的兩頭燒之下，我的體力腦力漸漸枯竭，但壓力卻從未放過我自己，每當此時，我當會想起老師的點點滴滴——記得有一天清早，很冷很冷，看見老師戴著口罩抱病前來上課，心中滿滿的不捨，即使自己也感冒甚至起了請假的念頭，卻硬生生的被我吞下去，我答應過自己要效法老師這種執著的精神，對任何事的態度都會全力以赴。我想：開學收到這十二樣禮物和老師形象對我的影響，是非常深遠……

台大醫學系顏宏軒

4.

新學期一開始，文學史的第一堂課，老師贈我們十二樣開學禮物。禮物雖小，但件件皆是溫馨的叮嚀；看似平凡無奇，實則寓意深遠。

老師逐一的讓我們猜猜每件禮物的涵意，記得我也輕聲的試著回答其中第六項的口香糖，對我而言，其極富彈性的韌度正象徵著我們遇到挫折或麻煩時那股纏鬥到底不放棄的堅毅。老師親切的傾聽著大夥的想法，詳加解說後便將這份愛的禮物送給了我們。於是我知道這陌生的共一〇二教室是間溫暖的教室，在這兒除了文學史的修習外，我還會學習到更多人生可貴的道理。

我有了鉛筆得以書寫希望，就算寫下的是繆思妄想又有何妨，我還有橡皮擦可以擦掉重新來過啊！有了面紙和巧克力，我得以幫自己和別人拭去淚水，一同分享甜蜜的巧克力好忘卻煩憂。老師贈我們以銅板，鼓勵及肯定我們的價值與優點，還有軟綿綿的棉花球，恰似充塞在教室裡那充滿和善的言語與溫暖的感情。課堂上老師總是敞開胸懷，不吝將自身坎坷的奮鬥歷程分享予莘莘學子，使我們在人生崎嶇的路上少走許多冤枉路，並得以看見人性的光輝也知曉了世態的炎涼，我有幸得到老師的首肯成為我們這一班的一員，牙籤、橡皮擦和ＯＫ繃讓我這旁聽的老學生隨身攜帶著老師愛的囑咐，心中滿是溫暖⋯⋯當我有困難時，我知道老師和同學都是我的救生圈，而我也想當個小小的救生圈，為我四周的人付出一些心力。

謝謝老師在學期之始送給我們這十二樣情真意切的禮物，並期待下學期全班再度共聚一堂，幸福的聆聽惠綿老師既精采又緊湊的中國文學史。

台大外文系鍾麗卿

簡媜作品

1 水問　一九八五／散文／洪範
2 只緣身在此山中　一九八六／散文／洪範
3 月娘照眠床　一九八七／散文／洪範
4 私房書　一九八八／札記／洪範
5 下午茶　一九八九／散文／大雁，一九九四由洪範重出
6 夢遊書　一九九一／散文／大雁，一九九四由洪範重出
7 空靈　一九九一／散文／漢藝色研
8 胭脂盆地　一九九四／散文／洪範
9 女兒紅　一九九六／散文／洪範
10 頑童小番茄　一九九七／散文／九歌
11 紅嬰仔　一九九九／散文／聯合文學，二〇一九由印刻重出
12 天涯海角　二〇〇一／散文／聯合文學，二〇二〇由印刻重出

電子書

1	老師的十二樣見面禮	二〇一九／散文／印刻
2	我為你灑下月光	二〇一九／散文／印刻
3	誰在銀閃閃的地方，等你	二〇一九／散文／印刻
4	吃朋友（策畫／撰寫）	二〇一九／散文／印刻
5	紅嬰仔	二〇一九／散文／印刻
6	陪我散步吧	二〇二〇／散文／印刻
7	天涯海角	二〇二〇／散文／印刻
8	十種寂寞	二〇二一／小說／印刻
9	女兒紅（重修版）	二〇二一／散文／印刻
10	胭脂盆地（重修版）	二〇二一／散文／印刻
11	夢遊書（重修版）	二〇二一／散文／印刻
12	只緣身在此山中（重修版）	二〇二一／散文／印刻
13	月娘照眠床（重修版）	二〇二一／散文／印刻

印刻文學 158

INK PUBLISHING

老師的十二樣見面禮 增訂版

一個小男孩的美國遊學誌

作　者　簡　媜
攝　影　簡　媜　邱顯聰
速　寫　簡　媜　姚　遠
總編輯　初安民
責任編輯　陳健瑜
美術編輯　黃昶憲　陳淑美
校　對　柯冠旭　陳健瑜　姚怡慶　簡　媜

發行人　張書銘
出　版　INK印刻文學生活雜誌出版有限公司
新北市中和區建一路249號8樓
電話：02-22281626
傳真：02-22281598
e-mail : ink.book@msa.hinet.net
網　址　舒讀網http : //www.sudu.cc

法律顧問　巨鼎博達法律事務所施竣中律師
成陽出版股份有限公司
總經銷電話　03-3589000（代表號）
傳　真　03-3556521
郵政劃撥　19000691　成陽出版股份有限公司
印　刷　海王印刷事業股份有限公司
港澳總經銷地　泛華發行代理有限公司
地　址　香港新界將軍澳工業邨駿昌街7號2樓
電　話　852-27982220
傳　真　852-27965471
網　址　www.gccd.com.hk

出版日期　2007年 6 月　初版
2022年11月 1 日　二版二刷
ISBN　978-986-387-604-5

定價　470元

國家圖書館出版品預行編目資料

老師的十二樣見面禮（增訂版）
一個小男孩的美國遊學誌／簡媜著；
－－初版。－－新北市中和區：INK印刻文學，
2022.09面；　公分（文學叢書；158）
ISBN 978-986-387-604-5（平裝）

863.55　　111011575